大雅

为一种品格注脚

沃尔科特系列

奥麦罗斯

[圣卢西亚] 德里克·沃尔科特　著
Derek Walcott

杨铁军　译

广西人民出版社

献给我的同船之友

献给我的兄弟罗德里克

以及罗杰·斯特劳斯*

* 船，原文 craft，也有“艺术”的意思，用在这里意在双关。罗德里克（Rode-rick）是沃尔科特的双胞胎兄弟，罗杰·斯特劳斯（Roger Straus，1917—2004）是著名的出版商，Farrar，Straus and Giroux（FSG）的创始人之一。

目　录

第一书

第一章

一

“就是这样，我们砍倒它们，凿独木舟，
时辰呢，是黎明。”菲洛可提提[①]笑对那些
想用照相机摄走他灵魂的游客说。“风

一把消息传递给**肉月桂**[②]，叶子便开始
颤抖，正当阳光之斧砍入杉木的一瞬，
因为它们能看到映在我们眼中的斧刃。

风掀起了蕨类植物。阵阵的呼啸，如同
渔民赖以为生的大海，蕨类点头，‘是的，
那些树，必须得死’。鉴于高地上寒冷，

我们把拳头塞入外套，呼出的气息如
迷雾的羽毛，朗姆酒在我们之间传递。

---

① 菲洛可提提（Philoctete），加勒比海的渔民，与荷马史诗中的菲罗克忒忒斯（Philoctetes）有主题上和身世上的对应关系。

② 肉月桂，原文 Laurier-cannelle，由两个法语词汇组成，月桂-肉桂，是圣卢西亚特有的树种。

酒劲一来，便豪气顿生，变成刽子手。

我举起斧子祈祷，让双手鼓满了干劲，
去害第一棵杉木。露水注入双眼，但
我又灌了一口白朗姆酒。我们这才继续。”

如果再多给点硬币，他便会在榄仁树下，
伴随海螺袅袅升起的呜咽，把一条裤腿
挽起，给他们晒他被生锈的铁锚扎破的

伤疤。伤疤皱巴巴的，跟海刺猬的头冠
差不多少。他没解释伤口是怎么痊愈的。
“要听的话”——他笑说——“一块钱哪够”。

自从高大的月桂倒下，他便把自个儿的
秘密，交给一道喋喋不休的瀑布，随之
飞流直下女巫山①；让地鸠求偶的鸣叫

传送给沉默的蓝山，七嘴八舌的山间
溪流，迸溅着，携带这音符汇入大海，
却注入平静的池塘，透明的鲦鱼倏然

而游，一只白鹭在芦荡中高视阔步，发出
生锈的嘎嘎声，一条腿抬起，在泥浆里

① 女巫山（La Sorcière），圣卢西亚岛靠近东北海岸的一座山。

一啄一啄。寂静被一只蜻蜓锯成两半，

清澈的沙床上，鳗鱼蜿蜒签写它们
各自的名字，这时日出照亮河流的记忆，
巨蕨一浪一浪，朝着大海的呼啸点头。

尽管烟雾忘掉了它从中升腾的大地，
荨麻掩盖了月桂砍倒后残留的树坑，
一只鬣蜥却听到斧头的声音，每一轮

晶状体，都因它被遗忘的名字而模糊，
那时，这座拱背岛，还叫“伊奥那劳”，
即“发现鬣蜥的地方”。鬣蜥却不慌不忙，

只一年便撑起背藤，颈下垂肉扇形展开，
肘部弯曲好像叉着腰，随着岛屿，移动
它慎重的尾巴。它的眼睛似裂开的荚壳，

历经百年一瞬的停顿，最后成熟，直到
一个蜥类不理解，堪与树匹敌的新族类
直立，在阿鲁瓦克人[①]的腾腾烟雾中站起。

倒下的是它们的支柱，露出蓝天一角：
原来的多神殿，现在却住了个唯一神。

---

① 阿鲁瓦克人（Aruac），南美印第安人，是圣卢西亚最早的土著。

最早的神是一棵高米尔树[1]。沉闷的

发电机开始闷吼，鲨鱼张开两侧牙床，
木屑纷飞，如鲭鱼跃出水面，落到
颤抖的杂草中。他们抬起还在震荡的

灼热锯片，检查它刚才锯出的口子。
然后，刮去坏死的苔藓，把缠绕住
伤口、勾连大地不放的藤蔓，清除

干净，然后点了点头。发动机颤抖着
恢复工作，木屑飞溅的速度，因鲨齿
咬合更均匀，大大加快。他们捂着眼，

生怕被粉碎的巢打到。香蕉园上空，
岛屿耸起了它的双角[2]。日出的光线
顺着它的峡谷流淌，鲜血溅在杉木身上，

林子里，溢满了一片献祭的阳光。
一棵高米尔树嘎嘎裂开。支柱没了，
只剩一树叶子如大块油毡。渔民们

---

① 高米尔树（gommier），一种桦木。

② 这里指的是圣卢西亚西南海滨的大皮通山（Gros Piton）和小皮通山（Petit Piton），高耸如耸起的双角。这个角的意象或比喻，在后文多次出现。

听到嘎嘎声往后跳开。桅杆缓缓
倾斜，倒入蕨类的沟里；脚下袭来
大地的震动，阵阵波动随之退散。

二

阿喀琉仰望月桂树倒下空出的洞。
一朵堪比排浪的云朵，泡沫翻卷，
默默愈合了洞口。他看到那只雨燕，

远离家园的小可怜，穿过云浪，
迷路于蓝岭起伏的波谷。一条蒺蔓
缠住他的脚。他挣脱羁绊。周边，

别家的舟楫在锯子下成形。他用弯刀
划了一道雨燕十字，拇指触碰嘴唇，
这时，高地上充斥斧头的砍劈声音。

他举刀从那死去的神身上砍削枝干，
一节节劈断，同时却也没耽误祈祷：
“树啊！你成不了独木舟，一无所是！”

那些老树胡须披拂，忍受这场针对
部族的大屠杀，没发出它们作为一个
民族，曾使用过的语言的任何音节，

教给它们的小树苗的话语：从杉木
高耸的低语，到墨水树[①]的绿色元音。
轻木[②]钳紧嘴唇，对肉月桂保持沉默，

红皮的洋苏木忍受它的肉中之刺，
而树脂篝火用卷舌把叶子烤得焦黄，
阿鲁瓦克方言，在那刺鼻的气味里

噼里啪啦烧成灰烬，它们的语言
消逝了。渔民们欢呼着好像野蛮人，
跳过刚砍下的树。神终于被砍倒了。

侏儒般矮小的他们，却砍下巨人的
皴皮躯干做成桨橹。他们辛勤劳作，
密密麻麻的，如一支火蚂蚁的军队。

不满于烟雾对森林的伤害，蚊子
纷纷射出吹箭，扎进阿喀琉的身体。
他用朗姆酒擦胳膊，保证被他拍作

星号的蚊子，死了也是醉醺醺的。
它们扑击他的眼睛，绕着圈攻击，
逼得他闭眼，流泪不止。一大团

---

① 墨水树，又称洋苏木，原文是法语 bois-campêche，可以提炼出黑色和紫色的染料。

② 轻木（bois-flot），亦即 balsa，速生树种，可以长到 30 米高。

飞上高竹，如阿鲁瓦克箭手逃避
毛瑟枪响似的伐木开裂声，被火焰
之旗和劈枝斩叶的无情之斧压缩出

一条通道。人们用鲜麻绑住粗木，
然后蚂蚁般把木头拖至悬崖，推下，
碾过高高的荨麻。缠藤挂蔓的原木

积攒了一辈子，本是与生俱来的
对大海的饥渴。树干急欲成为独木舟，
犁入荆棘的巨浪，用圆石砸出洞来，

感受其体内的使用价值，而非死亡——
成为船壳，大海的房顶。然后在海滩上
被人们用锛子凿成中空，塞入煤炭。

一辆平板卡车运送其缠绳的躯干。
好些天，炭在凿孔里闷烧，蚀去
木心，灼宽后，始有棱条的船舷。

阿喀琉感到这中空，在凿击中吐息，
渴望大海，船首的尖喙分开水面，
冲向鸟群荫蔽、雾霭轻锁的小岛。

事情就这样成了。沙滩上，平底船
如猎犬蹲伏，嘴咬嫩枝。神父用钟形

法器给它们洒水，然后划雨燕十字。

他嘲笑阿喀琉的“吾人信痒上帝”号[1]，
阿喀琉说：“别管我！上帝咋拼我咋拼。”
一天日出，弥撒之后，独木舟先后进入

披着白罩袍的浅海，上下颠簸，船首
迎着波浪点头同意，忘记为树的岁月；
一个效劳赫克托，另一个，阿喀琉斯[2]。

三

阿喀琉在黑暗处撒完了尿，拴好
遭海风侵蚀的半开门。一手如蟹钳
把鱼缸夹起；他把这煤渣踏脚砖

---

① 阿喀琉文化水平不高，把 trust 错拼成 troust，所以这里也故意把“信仰”翻译成“信痒”。当代西方文学理论主张，对殖民者的语言（英语）的错拼，包含了被殖民者对殖民者“高雅”文化的下意识“低俗化”“模糊化”，因此构成了对殖民话语权威的侵蚀和反抗。有后殖民主义学者甚至认为在当今的后殖民语境下这是唯一可行的反抗方式。

② 阿喀琉斯（Achilles），荷马史诗中的希腊英雄，本书主人公阿喀琉（Achille）和阿喀琉斯显然有对应关系，这里作者提到阿喀琉斯很可能不是拼写疏忽，而是明确建立了两者之间的对应关系。后文还有少数几处作者会明确提到阿喀琉斯，所以译者把 Achille 翻译成阿喀琉，而不是以其对应关系，翻译成阿喀琉斯，正是出于在建立联系的基础上区别两者的目的。

藏回草屋下的洞里。快到仓库时，
咸腥的晨风吹着他，走过灰蒙蒙的
街道，两旁沉睡的房子，街道的

钠气灯，嚓嚓踩过干涩的沥青；
他数着那几颗小星星，蓝光闪烁。
香蕉叶冲着公鸡波伏浪涌的怒火

点头，尖利的打鸣声如红色粉笔
在黑板上画山。海浪如他的老师，
等在那儿，冲他谨慎的步态发火。

他们在水泥房的墙外碰头之际，
晨星已退却一步，只因厌恶渔网
和死鱼内脏的恶臭。头顶的阳光

刺眼，海平线乍现。他把渔网
放到仓库门边，在池子里洗了手。
海浪并不喧哗，瘦骨嶙峋的狗

也静卧独木舟旁，一瓶苦艾酒
在渔民之间传递，他们咂吧着嘴，
酒的苦树皮味让他们浑身发抖。

这是阿喀琉最感幸福的天光。他们
抓紧船舷之前，先是肃立，把大海
全部的宽度纳入，感受新的一天。

第二章

一

赫克托在。西奥菲勒也在。就此
而论[①]，他们都只有教名。普拉希德、
潘克利斯、克里索斯托姆和玛尔约，

菲洛可提提的白发卷浪。他们把
船桨平行放入舷槽的坟，好像一对
男人和女人。他们舀走舱底的树叶，

松开面粉袋船帆的绳扣，浅水边的
赫克托，以大海为圣水池，匆匆做了
感恩祷告，走入齐着大腿根的水面。

其他几个人沿沙滩齐步前行，只余
满头白沫的菲洛可提提。未愈的腿伤
好像发光的海葵，肇因于一只锈锚，

① 就此而论，原文 in this light，也可以理解为呼应上一章结尾所述的“光”：在此光中。

那分叉的铁疙瘩，在回流中剔开
他的皮层。他俯身泡沫，舀水浇在
伤口上，嘶嘶作痛。很快他便会

瘸着腿来到榄仁树那没啥用的庇荫，
紧咬牙关，挥手作别，为自己伤口的
臭味羞愧，而他们也会再次把他一人

丢在斑驳的光影下。今天的日出还是
他妈的一样。他感到一阵扯痛，延伸
至腹股沟。他踉跄着，手扳一只膝盖，

离开印满脚印的海滩，过早市，沿街
而上，走进玛·吉尔曼的小店。她打开
一瓶白朗姆酒，放在他够得着的地方。

船友们目送他走开，然后双手交错
如同铁锚似的，摇动船底；龙骨犁过
干沙，遭到湿沙的阻滞，船中摆放的

平行的桨，震得哒哒响，随着一声
诅咒和祈祷，那些原木一个挤一个，
拢成一个楔子，包铁嘎嘎地颤动着，

钻过轻啮的头排浪花，滑入鼓舞
人心的大海。松散原木翻滚于海浪

之中，脸朝下，仿佛地球另一边的

海岸，那些迷失在战场上的武士。
它们被拖到一处地方，仰面躺在
马疯木下，盯着太阳从额头上方

滚过，潮涌线上的这群密耳弥冬人[①]
脚踝被高高拽起，浅色螃蟹在下挖洞。
渔民擦了擦手。此刻，所有的独木舟

都已乘上粉红的晨浪。晨光照耀，他们
轻柔地抓住船头，好像马夫牵着马儿，
缰绳似的缆绳晃动，拴住它们的口鼻——

赞美上帝、晨星、圣卢西亚、眼之光[②]，
先是把舀水的铁罐扔上去，纵身上船，
船体猛然一倾，再把一只船桨安放于

缓摆的船尾。赫克托扯起折叠的船帆，
与海鸥齐飞赶路，希望回来之时早于
海螺色的黄昏，鹈鹕低飞、横掠而过。

---

① 密耳弥冬人（myrmidons），希腊神话中的战斗民族，阿喀琉斯统率他们参加了特洛伊战争。传说密耳弥冬人是宙斯用一窝蚂蚁造出来的，所以得名密耳弥冬，其希腊文本意即蚂蚁。

② 这些都是独木舟的名字。

二

天蒙蒙亮，七个海洋[①]起床煮咖啡。
太阳升起了，加热地平线的炉圈，
云团发酵如面包。他朝着发光的

铁玫瑰的热源，把平底锅推到
炉圈上，稳稳坐住。锅被所盛之水
带动，晃了好一会儿才平静下来。

茶壶喷气了。他摸索出一把锡椅，
靠平底锅坐下，听它冒泡。水可以
烧开，却不像水手长的哨子那样

提醒沸腾。他不是没听到那只狗
早晨的呜咽，尾巴在房板下砰砰地
打门，想让人放它进来，但他嫉妒

已深入大海几英里[②]的平底船。这时，
他听到第一阵风洗刷橄仁木的器皿；
昨晚上，月似圆盘。他用耳朵观看。

---

① 七个海洋（Seven Seas）是一个盲人，被作者塑造成某种智者的形象，和奥麦罗斯，亦即荷马，有主题上的对应关系。

② 为尊重原文，全诗保留英制单位。1 英里约等于 1.61 千米。

太阳爬了上来，他随屋顶温暖而暖。
由于疾病摧毁了他的视力，当夕阳
最后一次握住大海的手，摇动——

一种向内的黑暗，在日月不可察的
交替之际加深——他通过第六感摸索
而行，好像月亮，没有时针和分针，

仿佛他要涮的盘子，擦得干干净净，
平底锅咕噜噜响着；失明不是末日。
不是棕榈表盘，缩小于正午的沙滩。

他能感觉得到阳光爬上他的手腕。
阳光如一只猫，沿着一条沙土街的
栅栏移动；他感到，它掰开院子里

面包树攥紧的拳头，划过短铁桥的
栏杆，如拨动竖琴，它摇曳不定的光
沿着河水潋滟；他看到教堂后边的

那方池塘，满月映在水中，宛如
生锈的搪瓷盆定住了，无法动弹。
平底锅下的火环，被他拧为日落。

狗挠着厨房的门，想让他给开门，
但他手指敲着餐桌，就是不给开。

两只黑鸟在他早饭时喳喳争吵。

除了一只手忙乎，他端坐如大理石，
眼似蛋清，掰着手指重新清点另一片
大海的过去，需多少次划桨才能计量。

啊，奥麦罗斯，请用螺号起航这一天，
就像您在我少年之时所做的，那时的我
还是个名词，被日出的上颚温柔呼出。

一只蜥蜴在防波堤上掷出它的问题，
扎入苏醒的海中，一网金色的苔藓
烘亮礁石，他们的远舟不得不避闪。

只有从您的身上，掠过了大海的羊皮
地图，经过多少世纪，我才得以听见
阵阵轰鸣的涌浪，如同灯塔下的羊群

蹒跚移动，而独眼巨人，被阳光
阖上瞎眼[1]。独木舟仿佛是希腊战舰，
从其上缓缓锯过的，是军舰鸟的镰。

在您眼中，灰橄仁种子猜到了树的

---

① 荷马史诗《奥德赛》里，独眼巨人波吕斐摩斯把奥德修斯和同伴囚禁在洞里，被奥德修斯设计刺瞎了独眼。失去独眼的波吕斐摩斯赶羊出洞，手摸羊背一一检查，却没想到奥德修斯躲在羊肚子下逃走了。

形状，葡萄叶生了锈，如锯齿参差的
海岛，瞎眼的灯塔，感到海岬逼近，

如巨人一样急停，手里握了一朵
大理石的云，掷入粼粼的星海飞溅；
一个黝黑的渔民胡子拉碴，双颊

如晒干的海刺猬，升起面粉袋船帆
在竹桅上吹拂，眺望我们这部史诗的
海平线的开篇；光，在海浪上拉网，

独木舟，载着乌檀黑的船长出发，
我终于能够回望那些浅露的岩石，
因为您的光芒，惊动了我们的码头，

绞盘冰冷，拴着懒散地摇晃的帆船。
风把海港之书一直回翻至“奥麦罗斯”
这嗡鸣于一个女人的喉咙花瓶的音节。

三

“奥-麦罗斯，是他的希腊语名字。”她
笑着，抚摸小小的半身像，它鼻子残缺，
如同拳手，而我想到七个海洋，他坐在

晾晒的渔网边，呼吸腥腐，倾听浅海的
涛声。我说："你是对的，荷马和维吉尔，
是新英格兰农夫，飞马保护他们的加油站。"

画室阁楼上，我轻抚一只臂膀，感受到它
大理石的冰冷，继而抚摸冬日冷光下的肩，
我感到那泡沫之头在看。我念，"奥麦罗斯"，

"奥"，是海螺吹响的声音，"麦"，在我们
安替列斯的土话里，既是母亲，也是大海，
"罗斯"，一段白骨，粉碎的白浪，呲啦

一声撕开领子，摊在蕾丝刺绣的海岸。
"奥麦罗斯"，是干树叶嚓嚓嚓的声音，
是海浪退潮时撞击岩穴的咚咚的闷响。

我嘴里咀嚼这名字。我看着光线在她的
亚洲特征的双颊织网，突出她一对眼睛，
如黑橄仁籽之形，这时安提戈涅转身说：

"我厌倦了美国，回希腊的时候，到了。
我想念我的那些岛。"我写，场景重现——
以她转身抖散一头黑发之瀑的洒脱。

我看到，海浪如何在她的颈项的海边
谱写蕾丝的图案，重叠的丝绸如浅水，

盘旋在她的脚踝的周围，如海浪无声，

我感到另一座冷冷的雕像，雕的不是
她，而是您，以其橄仁籽的石眼观看，
残缺的鼻梁扭向一侧，窸窣的丝绸顺从。

若是它能透过她的地板（如发烫的白色
甲板，防漏膏被安替列斯的酷热消融），
从而看到货舱里的幽灵，那么它的鼻孔

便会被戴镣铐的脚踝散发的恶臭刺激，
铁链串起的脚，如叶子沙沙摩擦地面，
这无辜的大理石，也许会转过白籽眼，

看到她桌下的恐怖，张开嘴巴的惊弓，
即使她的扶椅挂着希腊白袍，美若七弦琴，
它也只能重复那亘古之姿：忍受、凝视。

她静静躺着如同港口，一朵云以我的
阴影遮挡住她；这时，船头从黑发的
芳雨中缓缓浮现，上面画着两只眼睛。

我听到一只花瓶，发出一声沉闷的呻吟，
那不是冒着枪林矛雨的国王的诗篇；而是
独木舟上粗鲁的渔民用以诅咒的散文。

第三章

一

"Touchez-i, encore: N'ai fendre choux-ous-ou, salope!"[①]
"你再动一下，看我不他妈的把你这货砍死！"
"Moi j'a dire—'ous pas prêter un rien. 'Ous ni shallope,

'ous ni seine, 'ous croire'ous ni choeur campêche?"
"我跟你说过，别跟我借东西。你有了一只
独木舟、一张网。你以为你是谁？洋苏木心？"

"'Ous croire'ous c'est roi Gros Îlet? Voleur bomme!"
"你以为你是大岛村[②]的国王？你这偷罐贼！"
然后改用英语："让你看看谁是国王！来吧！"

赫克托从荫影里走出。这个怒火中烧、
失去理智的疯子！阿喀琉看到他带着
一把弯刀，于是赶紧把他借来的锡罐

① 这是法语或者说是受法语影响的土话(patois)，因为原文每句土话下都紧跟着英语翻译，所以此处保留原文不译，以下同。

② 大岛村(Gros Îlet)，圣卢西亚岛西北边靠海的一个村子。

放回到赫克托的船头，摆放整齐。
然后，受够了这个疯子的阿喀琉，
擦了擦自己的刀子，也举了起来。

村民们从榄仁树和蜡叶马疯木的
绿荫下涌出，看赫克托挑起的决斗。
阿喀琉迈步走到浅海温暖的岸边

迎战。赫克托跨步朝他冲过去。
村民们跟在后面，海浪的呼啸声
降低了，恐惧地蜷缩在海滩上。

遥远的海面闪亮着一场滂沱大雨，
纷纷的雨箭斜斜偏过绿宝石防波堤，
阳光中，箭身带了一股透明的力量，

他们身后，村民排成排观看决斗，
胳膊举到空中，大呼小叫的声音
仿佛一群鱼。赫克托手举弯刀，

溅起水花，在细雨中跑步冲向
阿喀琉，愤怒的海浪咬自己的尾巴，
活似一场狗咬狗的闹剧。愤怒中

人们可以兄弟相残，那疯子扯掉
阿喀琉的衣袖，等于撕裂了他的心。

对赫克托感到愤怒，他觉得那是

耻辱。导火索却是一只用来舀水的、
生锈的破锡罐子！其实两个渔民的
决斗，归因于一个叫做海伦的幽灵。

二

村子里，玛·吉尔曼的小店历史最久。
姜饼色的阳台，芥末黄的山墙，绿色
饰边的房檐，油漆老化，如皮肤松弛。

楼下的歌舞厅里，摆了几张木桌，
可以玩多米诺。一道珠帘隔着，她
每次穿过都叮叮作响。霓虹灯招牌

写着“不痛咖啡，欢迎光临”，招牌下
是“可口可乐”加持。这不是她的主意，
是她亡夫的想法。“简直是一个预言”①，

玛·吉尔曼笑着说。炎热的街道通往
海滩，两边是小店、夜总会和一家药店，

① 玛·吉尔曼后来治好了菲洛可提提的伤，所以咖啡馆的名字“不痛”似乎是“一个预言”。

药店歪斜的荫凉下，拴着瞎子的黄狗，

平底船启航之后，他便坐在木条箱上
说着一些瞎子说的那些黑话，双手好像
拐杖凸起的节疤，耳朵跟狗一样灵敏。

有时他会唱歌，风中飘散的音符混入
吉尔曼拨动念珠的声音。老圣·欧米尔[①]。
他说要环游世界。他们给他取了个教名

“七个海洋先生”，本是一种鱼肝油商标，
印有扭动的箭鱼。但他口齿不清，听在她
耳中如希腊语，或某种古老的非洲胡话。

隔着发烫的沥青篱笆，瞎子歌手似乎
在数着什么东西，一根手指轻叩拐杖，
谁知道他的眼睛没有穿透重重阴影？

每个月的头一天，她都会帮着他
从那座小邮局里领取老兵津贴，
他从来都没有效仿其他人那样

抱怨自己的境况。阳光移到手上了，

---

① 有论者说圣欧米尔（St. Omere）指的是沃尔科特的朋友，圣卢西亚画家邓斯坦·圣欧米尔（Dunstan St. Omer，1927—2015），这里应该指的是七个海洋。

便把箱子朝荫凉处挪挪。玛·吉尔曼
看到菲洛可提提一瘸一拐沿街走来，

于是从角落的窗前站起身来，把他
按例要用的药都拿出来，一瓶白腰果，
一罐黄不拉几的凡士林，以及

一小搪瓷盆的冰块。他一整天都会
在不痛咖啡馆里等待，埋头把药膏
涂在他的胫骨那处伤口的嘴巴上。

三

“Mais qui ça qui rivait-'ous，Philoctete?”
　　　　　　　　　　　　　　“Moin blessé.”
“你怎么了，菲洛可提提?”
　　　　　　　　　　　　“上帝保佑我
受了这种伤，玛·吉尔曼，qui pas ka guérir pièce.

永远都好不了啦。”
　　　　　　　　　“唉，你不要太在意。
回家躺下，让你的脚稍微歇上一歇。”
菲洛可提提挽起裤腿，从破酒吧的

窗口望向大海。伤口发痒，似乎

被海葵的须卷蜇过，又像被葡萄牙
战舰水母蜇过，脓疱肿大了似的。

他相信，这伤来自他的先祖被铁链
拴过的脚踝。否则，为啥治不好呢？
他背负的十字架不光来自铁锚，也来自

他的种族，为了一座又黑又可怜的
村子，仿佛猪猡，在村里燃烧的垃圾堆
拱食，最后被吊到屠宰室的铁钩子上。

玛·吉尔曼在缝纫，抬头看到他的脸，
白炽的大街让他眼眯缝着，伏在桌上，
好像就等昏睡过去。连着好些天都这样。

他把头紧紧埋在两手之间，冰块在他
自恨的姿态附近化成温水。她听到
那些穿蓝色制服的、上学的男孩子们

凑近了对他喊："费劳！费劳索飞！"[1]
他？裹着层层凡士林和酒精的木乃伊。
在这埃及式的静寂中，她轻轻嘟囔：

---

① 费劳（Pheeloh）在英语中和菲洛可提提的简称"菲洛"（Philo）谐音，费劳索飞（Pheelosophee）和哲学（philosophy）在英语中谐音。

“那种花叫啥来着，一种药，我祖母
知道药方，熬煮成汤。我以前常看蚂蚁
在她的白花盆里爬。上帝，哪里去找？”

哪里去寻这种根茎？什么样的番泻叶
煮成草药，能清洗他腐败血液的肢干？
那血浓如汁水，从杉木的伤口涌出？

那名字感觉如发烧，有什么含义？也许
得镰刀狠狠一划，才能把那该死的名字
从烂薯秧割开。他说了声“谢谢”。离开。

第四章

一

村北是一片洋苏木林子，随处荆棘，
阴影干燥而斑驳。失修的路上，圆石
横躺，石英半埋，如雨点闪亮。这片

洋苏木林，跟下村一样古老的风车，
曾属庄园的一部分。废弃之路，路边
几口生锈的大锅，是用来煮糖的容器，

还有焦黑的柱子。这几样东西就是
历史的全部了，如果这也算历史的话。
洋苏木躯干扭曲，被海风吹成橘黄；

上边挺拔了一棵令人吃惊的仙人掌。
菲洛可提提瘸着腿去他的白薯园。他
哆嗦着经过庄园，弯刀小心抱在怀里，

绵羊浑身褐色乱毛，结了块，不断叫
“咩——菲洛可提提”！大西洋的风

把榄仁树蜡烛火苗一般齐齐地压弯。

想到蜡烛，他便想到了自己的死亡。
风翻动大片薯叶如非洲地图，叶脉
流出白浆，像菲洛可提提，踉跄着

走在薯田里，越来越虚弱，仿佛是
医院病房里的病人，皮肤是一棵荨麻，
头是蚂蚁的集市；他听到螃蟹呻吟，

患了蟹钳关节炎，他感到，一只蝼蛄
从溃疡钻进骨头。他的膝是发光的铁，
胸是一袋子冰块，生锈的牙齿围栏后

是一只侏獠关在笼子里，疯狂的尖叫
似要迸发而出；舌爪在他口腔的穹顶
瘙痒，摇晃笼子的栏杆，陷于狂怒。

他看到院子里升起的蓝烟，被渔网
压弯的细竹竿，秃头鸽乱飞的羽毛。
他骂骂咧咧，嘟囔着：弯刀割断烟雾，

公鸡屁股下蛋，上帝才允许黑人
休息；正在此时，一阵猛烈的箭簇
射进破溃的伤口，他在田垄里尖叫。

他伸出那条腿。用恳求的食指和拇指
夹住钢刀的利刃抽过。薯叶一身冷汗，
缩成了一团。他砍的全是藤蔓的根。

他砍断薯藤的脚踝，看它们一没了根
便身蜷缩，头低垂，就唾骂：“贱货！
这下知道没有根活在世上什么滋味了？”

骂完失声哭泣，脸埋在砍倒的叶丛里。
汁液自藤蔓伤口流淌，仿佛他的悲伤。
一只苍蝇迅快撇清和这场屠杀的关系。

菲洛可提提感到一只蚂蚁爬过眉头。
不对，是微风。往上看到一大片蓝天，
和树枝上栖息的一只不声不响的雨燕。

二

他通过脊背感知到村庄，听到下方
海上船运的嗡嗡声。雨燕看了看他，
叽叽喳喳飞向大海，吞没在云沫中。

芋头叶子的蜡层上，一滴露珠需要
多久蒸发，菲洛可提提便需要多久
躺在硌得慌、发烫的卵石上，观望

那天空变幻着地理学的云川大陆。
他请求上帝的宽恕。静静的海湾里，
绿草清香，云朵变幻，多么美好。

随后，他听到武士奔赴战场的厮杀声，
仔细一听，却是风掀起死薯叶、棕榈
叶矛，嘎嘎乱晃发出的喧响。放牛人

徒劳地寻找城市；他们才是被找到的，
注定与胜利无缘；他们才是被注定的，
没有夷平过前方寸土；他们才是平地。

他将成为一个耐心之人，如一匹老马，
一只蹄子重重地踩踏草场，抖动鬃毛，
挥舞尾巴，驱赶围着伤口乱飞的苍蝇；

如果马能忍受如此痛苦，人也可以。
他抓住树枝，在松软的地上试了一试
他僵硬的马蹄。轻飘飘，好像海绵。

三

我坐在白色的露台上，等着买单。
扎着黑领结的侍者蹚着沙子走来，
穿过展开的躺椅，扭动音箱里的

迪斯科，托盘在一只手上航行。
游客们翻转身体，大中午的烧烤
炙焦了他们的脊背。侍者一直在

跟皮鞋作对。不停地一脚陷入沙子，
托盘摇摇欲坠，却没把一滴鸡尾酒
溅到烤焦的脊背上。他决心要满足

沙滩的需求，好像圣卢西亚版的
劳伦斯[①]，只不过他跋涉的目标是一升
有了自我意识的香槟。如所有天生的

输家，他很快踢翻了冰桶。他把托盘
放下，擦去冰块上的沙子，扔到桶里，
再把瓶子丢进去；清理好这片狼藉，

他有了余暇帮一个人妻，把乳房塞进
三角背心，她的丈夫坐那儿怒火熊熊，
好似裹浴巾的酋长。劳伦斯皱眉示意，

我随着他转头望向村子，是海市蜃楼：
中午的天空现出一只笼子，沙滩上
跑着一只毛茸茸的豹子；蜃景淡出，

① 这里的劳伦斯指的是阿拉伯的劳伦斯（Thomas Edward Lawrence，1888—1935），英国人，推动支持了阿拉伯人反抗奥斯曼帝国的起义。

一个戴马德拉斯布包巾的女人淡入，
她骄傲地仰着头，虽然不过是在找工作。
我很想起立向这位美人致敬，她好像

一艘离港的轮船，吸住圆睁的眼球不放。
“这谁呀?”坐在我桌旁的游客问女侍应。
女侍应的回答是：“她吗？她太傲气了!”

不可思议的黑檀面具，眼睑分明，精雕
细刻，扑闪在棉絮状的白云中，女侍应
轻蔑地说，“她就是海伦”。一切自此而始。

第五章

一

普朗科特少校轻轻放下吉尼斯黑啤，
舌头的卷浪从享受退休金的胡子上
舔走金色晶莹的泡沫。旁边的毛德

安静啜饮麦芽酒，颇有人妻的娴雅。
尖顶茅屋设计得如牲口棚，面朝破村，
拉菲草的装饰空空荡荡。他听到

毛德改变姿势，椅子吱扭扭的声音。
变幻依旧的云朵，满帆奔向马提尼克[1]。
这是他们的酒吧，在银行和农场之间，

每周一次，下午一点，毛德给人家
送了兰花之后，他们形成的固定习惯，
把每次来都要坐的同一张拉菲草凳的

① 马提尼克（Martinique），是圣卢西亚北边的岛屿，法属海外省。

桁桅[1]放下，沉入自我反省的沉默。
毛德捋一捋后颈卷发湿润的发梢。
少校敲击吧台，转动一只草编杯垫。

他们的沉默，不啻神圣的相互交融。
他们来此是在战后，他负了伤。养猪、
种兰。两人的银婚纪念，如清水闪烁，

毛德的故乡也如此，掩映在威克洛郡
格兰达洛[2]，丹尼斯穿卡其衫和肥短裤，
还是当年在蒙元帅[3]手下服役的老装束，

对他来说，浑身硬壳的游客是非洲军团
留在沙漠的尸体。为了隆美尔，为了死，[4]
军品白兰地在酒架上放至浓烈，旁边

陈列了几瓶拿破仑干邑。一瓶落尘的
比富达金杜松子酒，浓缩了全部的历史。
我们自行来到绿岛，如同碟子里的橄榄，

---

① 凳子并没有桅杆，这里是把凳子比作船。把某物暗喻为船，后文还有很多这样的例子。

② 格兰达洛，原文是爱尔兰语 Glen-da-Lough，意思是“两湖峡谷”，位于爱尔兰威克洛郡。

③ 这里指的是二战时期英国的蒙哥马利元帅。

④ 这句话原文是拉丁文 Pro Ronmel，pro mori。隆美尔是二战时纳粹德国非洲军团的统帅。

被一口咬到核，吸出籽，吐在盘子里，
仿佛黑色的西瓜子散落。**荣誉学位**[①]？
他头部的伤又能毕业于怎样的荣誉？

这是两人周六的休闲窝，不是街角酒吧，
也不是铸铁栏杆装饰的维多利亚俱乐部。
他不再去那个中产蠢货趋之若鹜的地方，

满是自大狂，比跳蚤都多，一个英印
殖民统治机构的翻版，白上衣的黑仆
端来金汤力[②]，他们低下的听觉判断力

简直分不清，哪一个是来自曼彻斯特的
二手车销售员，哪一个又是混迹于国外、
假冒上流社会人士口音的家伙。他并非

军官，却也坐在柳条椅上，撇着腔调
人谈"美矣"，一个赛一个文雅！上帝啊，
竟然和那些蠢货火药味十足地互相攀比

谁的出身更为高贵。每个人都在撒谎，
夸耀出身，却被掩不住的伦敦东区腔、
表演过火的不耐烦暴露。兰开夏郡来的

土包子，诧异于那些黑仆口音当啷啷

---

① 荣誉学位，原文是拉丁文 pro honoris causa。
② 金汤力（gin and tonic），一种鸡尾酒。

如抽屉掉落的餐具，一下子让他们和红膝
夫人们掉了身价。对他们来说，他战场上

表现的勇气，蒙哥马利指挥的沙漠之役，
十字架下摆放的丁香，之所以保存下来，
不过是因腌在维多利亚俱乐部的盐渍里。

他曾装出军官的口吻。自己羞愧也罢，
但确实有用。他喉音沙哑，谈些罗孚车
之类的时髦。卡其布短裤也宣示了他

被遗忘的军旅生涯。全都过去了，除了
关于出身的阶级斗争，这对亚历山大城外
面朝下埋在沙里的死者，怎么都是侮辱。

一张地图钉着些小旗。那些游客匍匐的
身姿，远远越过救生员的红旗标志，
仿佛他的那些被沙子蒙住眼睛的战友。

有何意义？赢得风笛的婉转和一块
破布？但有何不可呢？战争的光荣属于
自由民；雨街的儿郎，跟洋基佬一样，

倒在图卜鲁格和阿莱曼[①]两倍炽热的

---

① 图卜鲁格（Tobruk），利比亚城市，二战北非重要战场，郊外有盟军阵亡将士陵墓。阿莱曼（Alamein），埃及城市，位于地中海沿岸，二战期间有两次重要的战役发生于此。

太阳下，尸体发黑，堆在被摧毁的坦克
阴影旁，浴巾般被拖入棕榈树的荫凉。

一排排白浪冲刷着，仿佛蒙哥马利的
第八军，突破非洲军团的后防线之后
受到的夹道欢迎。当我们吹吹打打，

进入图卜鲁格，人们裹白布单，喷水般
朝天扔帽子，我靠着坦克炮塔。欢笑的
英军队列，风笛嘹亮。我，骄傲地哭了。

泪珠刺痛他的眼睛。毛德隔着盘子握住
他的手。他知道，能看见他脑子深处的
弹伤的毛德。是他的白护士。他的长官。

二

不是俱乐部玩伴。而是密友、同伴。
战友。他们蜷伏着手捂钢盔，突突响的
梅塞施米特[①]机炮断续扫射，在战壕上

洒下一串串迷你棕榈叶。他朝天射击。
塔姆布里再次把他拽下来。“别他妈的

① 梅塞施米特（Messerschmitt），二战期间德国空军的战机型号。

冒头!”司考特朝他们跑来，乐呵呵的，

他身上唯一惹人发笑的部位，是胳膊，
从肘部往下，空空如也。他抬起残臂，
模仿德国佬的敬礼；他的滑稽动作

刚一结束，身体便以膝盖为轴倒下，
脸上还咧着笑容。我回头看塔姆布里，
眼睛圆睁，却不转动；然后一声巨响

我们所有人都从沙地腾空而起，我想
我被击中了，但是却想不起任何事情，
直到几个月后。是的！我记得塔姆布里

大而无神的眼倒映的天空。司考特的笑。
所有这些，当冰块叮叮，生啤的泡沫噗噗
起灭，能和维多利亚俱乐部那帮人说吗?

我把这份伤痛缝入普朗科特的性格。
他必须受伤，痛苦是这部虚构作品的
一大主题，因为每一个“我”，最终而言

都是一个虚构。幽灵的叙述者重新述说:
塔姆布里。眼睛只余蓝孔。爆炸之后，
聪明人司考特也是。普通人。不出众，

也不英俊。一朵云缠住他头部，弄得他
好像阿拉伯人，目光穿过病房的摩尔式
拱廊，看向蓝蓝的地中海，目光转移，

看到悬崖上躺着的毛德，和泊在港口的
运兵船，远看如圣甲虫。两天假期结束，
他们就会出发，他原以为，再也见不到

毛德了，但假如他们能再见，那么不管
战争什么时候结束，新的生活也必须
开始，哪怕是在十年之后，若是她能够

等待，不是在这面绿崖，而是世界的
另一边，某个阳光明媚的岛屿，那里，
他们所称的历史根本不会发生。哪里呢？

这世上还有哪里，能够焕发地中海的
天真？她有资格在战后获得一座伊甸园。
就在那儿，桑特群岛之战[①]争夺的小岛。

老毛德，红似一朵茶月季；她的金发
曾像火光里的啤酒杯，如今她伸出手臂，
睡衣勾勒它的轮廓。“这是一幅罕见的

① 桑特群岛之战（Battle of the Saints），1782年4月，英国舰队和法国舰队在加勒比海为殖民利益爆发的战争，英国舰队获胜。

塞舌尔群岛的地图。”“啊，亲爱的，不！”
“你是我的荼月季、王冠、信念、荣誉，
我的沙漠白百合，女王，我愿为你而战。”

有时，同样的思念降落于她，那是她在
怀念爱尔兰。他把酒杯安顿在他们美好
婚姻的指环里。唯一的缺憾是没有儿子。

三

天暗得好快！毛德想；彩釉天，镀金
棕榈，酒吧如拉菲草圣坛，全都暗淡了，
甚至是圣母玛利亚塑像，她在给她长着

小虾米的婴儿洗澡！总有一天黑帮分子
会把这几座岛当轮盘瞎转。丹尼斯的
奉献有啥意义呢，如果那些岛屿的部长

自己都从赌场牟利，说辞却还是老一套：
提供更多工作岗位？他们的未来充满不祥，
走来的那位黑似乌檀的黄裙姑娘也一样。

“我们的麻烦来了”，毛德对着酒杯喃喃道。
一阵狂风刮来，吹斜了冲浪者的三角帆，
普朗科特看到，骄傲的海伦从风中飘过，

穿着毛德给她改过的黄裙子。"这裙子
她穿更好看，"毛德笑说，"但这姑娘太会
撒谎，还偷东西。她的将来会怎样呢？"

"上帝才知道。"普朗科特说，眼光追着
浅滩上那只蝴蝶的黄斑翅膀（那翅膀
曾属他妻子）和天鹅绒脊背上的黑 V。

海伦低着头；看起来像是无根的浮萍，
而不是那个曾统治他们家庭的傲慢女仆。
就在那一瞬间，普朗科特因为她的无助

而产生了点责任感，想给那可怜的姑娘
和她的岛屿一些补偿（冷酷的语带双关①）。
他喝干了那瓶冒着气泡的吉尼斯黑啤。

塞舌尔。瑟筛尔②。再来一瓶。橄榄盘里
果核越堆越高，绿心吮得光溜溜的。懂得
我们从他们那儿拿走啥了吗？懂，先生！

那么快点吧，因为帝国在退潮。他目视
妻子优雅的剪影，镶嵌于一朵象牙白的
椭圆形的云朵，如一只维多利亚盒式吊坠，

---

① "补偿"的原文是 redress，如果双关的话，就是"重新穿上衣服"的意思。

② 瑟筛尔（Seashells），海贝壳，英文发音和塞舌尔（Seychelles）相近。丹尼斯在继续他的双关游戏。

正如当日，刀剑交叉的过道里，她掀起
面纱。其时，旗子正从上旁遮普邦[①]的
避暑山庄降下来，仿佛一席掉落的船帆；

一只大象折腿下跪，它身上厚重的褶子，
如同茶歇亭子，仿造英印殖民风格而造，
英印殖民机构的退潮，撩起各殖民地的

海岸，如掀起海伦的蕾丝面纱。金色的
棕榈，在正午的蜃景中摇摆着它们的
流苏，艾登[②]的埃及，沉入深色的沙漠。

吉萨金字塔变暗，锐利如皮通山，阿喀琉
把船桨摆好，好像来复枪。如云的穆斯林
解放了，拥入清真寺的洞室，名誉和光荣

褪色，如同陈年的白兰地。石砌修道院
升起忏悔的赞美诗。国殇纪念日[③]的鼓点
敲击**你也会死**[④]的节奏。鸽子咕咕叫着，

盘旋在特拉法尔加[⑤]上空。海伦需要一部

---

① 上旁遮普邦（Upper Punjab），位于印度西北部。

② 安东尼·艾登（Anthony Eden，1897—1977），20世纪50年代中期英国首相，任职期间埃及把苏伊士运河收归国有，因苏伊士运河危机辞职。

③ 每年11月11日是英联邦国家纪念第一次世界大战阵亡者的纪念日。

④ 原文用的是拉丁文 Memento mori。

⑤ 特拉法尔加（Trafalgar）广场，位于英国伦敦的中心枢纽地段。

历史，普朗科特为她感到遗憾。不是他的，
而是她的故事[①]。战争属于海伦，而非他们。

海伦这个名字，连同其历史幻象，照亮了
海滩；那只蝴蝶，普朗科特高兴地看到，
闪闪飞掠一个个的密耳弥冬人，从一个

四肢伸展的游客飞往下一个。她的村庄即
特洛伊，村庄烟雾翻腾，模糊了倒卧沙场的
士兵。而她的脸拨云见日，双乳似皮通山，

棕榈生锈的长矛狂舞，在浅滩即将咽气的
咕噜咕噜的背景音下；高卢人和不列颠人
为了她而爬进城堡和工事，被摧毁的营地

散布着长满荆棘的坑道，阳具般的加农炮；
为了她，杉木被斧头砍倒在绿色的晨光里。
他的思绪飘荡着，乘着幻想的迷雾，远远

飘到那道海峡之上。劳伦斯来了。他说：
“我换班了，少校。少校?”毛德轻拍他膝盖。
“丹尼斯。账单。”但那账单从来没有结付。

① 英语中“历史（history）”一词从字义上讲是“他的故事”，海伦需要的不是“他”的故事，而是“她”的故事，所以作者把 history 改写成 her story。

没有付给那女佣，她在正午的海边徘徊，
手里摇着一只塑料拖鞋，身穿偷来的裙子。
战争仿佛海雾消散，但阵亡者却一点不假。

这座岛屿曾被称为海伦；一连串的幻觉
从这名字生发而出，他对此微微一笑；
它所唤起的荷马式联想，仿佛围城上空

腾起的硝烟；桑特群岛之战，便是借着
此名而发动的，又称“加勒比的直布罗陀”，
前后经过了十三个条约的签署，她改换

祷文的速度实在太快，膝盖还没来得及抬，
就改换了新词，最后才在凡尔赛，法、英
两强之间，缔结了和平。这时，涌入脑海的

思绪被打断了，劳伦斯摇摇晃晃走上平台，
他带来了账单，而且那条约也得到了签署；
那份账单的纸片上，掠过她的脸庞的阴影，

正如两个世纪前的凡尔赛和会上，掠过了
海军上将罗德尼所集结的大军兵力的阴影；
一座形如狮子头颅的岛屿回忆着战争，

它蹲伏着，两肋因为干旱而褐黄，山脊上
摇摆的草宛如鬃毛。好一会儿，他的目光

才随侍者，沿白台榭上的白铁围栏而移动。

此时在奥林匹克村，适逢圣彼得纪念日，
他担任官方的一位发令员，手里拿了一把
信号枪，那枪是他从码头经理那里借来的。

此地不是爱琴海。不需爬到帕特农神庙
便可头戴桂冠。领奖台朝向他们的角斗场，
即大海的露天剧场。当一个人戴着王冠——

胜者桂冠[1]——没人知道这个词有什么含义，
也不在乎是否有人给他们说明。那些拉丁文
音节，淹没于一片掌声的方言中。赫克托

会赢，又或许阿喀琉以头发丝的优势险胜，
其中一位滑下涂油的旗杆，助威声或嘘声
此起彼伏；他们大腿交缠如环，从呐喊的

观众席一跃而下的时候，或者，在他们绕村
跑满六圈马拉松的时候，真正的奖品是海伦，
不是盾牌，也不是保存到圣诞节才吃的咸肉。

---

① 胜者桂冠，原文是拉丁文 victor ludorum。

第六章

一

如此的仪式晨间上演，棕榈的铜矛下
低矮的水泥墙边，盖因人类追逐荣誉，
哪怕是半人半马，不管凭自己的双脚，

抑或角斗士们兜着圈子，尖爪加长了胳膊，
抑或人形剪影绕着扇贝圆齿的白奖杯比斗，
这时，一个男孩骑马哒哒哒，轰然奔来，

把螯钳伏低的角斗士分开。奥麦罗斯，
你的时代如此，我们的亦不例外，随便
什么岛或者什么人，任何比斗都无不同。

一匹踏溅水花的马匹，绳子即可控制。
只有剪影长存。没人记得踏水冲锋者的
名字。时间凝固了一把投枪的抛物线。

在海伦的背后，墙壁的阴影下，世事
如此，代代重复。她和两个女人说闲话，

打听有没有哪家招服务员，但两人都说

职位满了。而白人经理真正想说的是，
她的态度粗鲁，对待那些白人或游客
没有一点点迁就和顺从——那帮男人

来玩，就是要摸摸当地的姑娘，随时
都有脏手在她臀部乱摸，后来她烦透了
这些男人的下流无耻，就对收银员说，

她干活为了赚钱，不是为了忍受侮辱，
然后脱下制服，赤裸裸宛如上帝造我的
第一天，走出酒店，当我经过游泳池，

人们惊得差点淹死，因为我尚未全裸，
还穿着内衣，一个男人大喊："美呆了[①]!
再脱!"我转身屁股朝着他。人们吓死了。

两个女人尖声大笑，海伦的衬衫塞进
裤腰里，她俯下身体，肘部撑在膝盖上，
问她们海滨餐馆的中国佬要不要招人。

她们说"不招"。在她的身后，踢球的人

---

① 作者把 beautiful（漂亮）改写成 beautifool（漂亮但是愚蠢），一方面说明此人说话有口音，另一方面也兼具讽刺意味。

在顶世界。海伦说："姑娘，我怀孕了，
但不知道父亲是谁。"一个回声问道

"是谁"，那呜呜的回声，是马疯木上的
鸽子在悲鸣。"还要花钱坐车，不划算。"
海伦站起身来，掸掸裙子，松开鞋带。

二

变化之火燃烧于海滩尽头。她必须决定
是进入这烟雾，还是绕开。在一把剑
割开烟雾的停顿中，白皮肤的海伦死了；

她，墨涅拉俄斯[①]的女人，在两只船桨
撑起的空间内，投下的影子，漫步而行，
而那些黑猪仔在大岛村的垃圾堆觅食。

但烟雾在沙纸上留不下字迹。"昨天，
我所有的忧虑还都遥远"[②]，她低声哼唱，
一只手拎着两只透明的塑料凉鞋，晃荡。

---

① 墨涅拉俄斯（Menelaus），希腊神话中的斯巴达国王，海伦之夫。海伦被特洛伊的帕里斯拐走后，墨涅拉俄斯和阿伽门农率领希腊联军，发动了持续十年的特洛伊战争，夺回了海伦。

② 这一句是披头士乐队的歌《昨天》里的歌词，海伦把歌词里的过去式改成了一般现在时，不知有意还是无意："Yesterday, all my troubles seem so far away."

三

海滩远处，那个男孩骑着公马转圈，
公马越来越近。海伦听到蹄子的闷响
从光脚反馈上来，转过身，脱缰的马，

脖子如海豚一般，剧烈呼吸的长胸
因呼哧呼哧的鼻孔充气而扩展如风箱，
被惩罚的波浪水花呈扇形泼溅出去，

男孩发出印第安人的呜呼声，脚后跟
使劲儿镫刺马腹，卷起厚厚的一团
模糊不清的尘雾，公马唏溜溜的嘶叫

驱使记忆烫伤了她的头皮。一场战争
爆发了。太阳之矛把它自己插入沙地，
马硬化而为木马。火烧特洛伊，烟雾

飘动，编织一个无声的场景：全身披着
浓雾的武士酣战正盛，而她，一手提溜
凉鞋，穿过浓浓黑烟的大门来到阳光下。

就在昨天，这片浅水还属于斯卡曼德[①]，

① 斯卡曼德（Scamander），希腊神话中的河神，属于特洛伊一方，曾水淹战场，差点杀死阿喀琉斯。

他全副武装的影子从马背上跃起，头盔
仿佛铜黄的坚果，阿伽门农则统帅了

一群蓄了杂草胡子的船长；就在昨天，
那只黑色的舰队还停泊在雨燕的鸟道，
河海交汇，波浪兴起，渔网撒下的地方；

就在昨天，一段有眼无珠的浮木，听到
海上传来一阵竖琴的拨动，白色的惊雷
从牛肉桶岛[①]传来，七个海洋，还有狗

坐在小酒馆的阴影里；一席红帆驶入
游移的水龙卷，模糊的平底船比蜗牛
还要慢，触角把天边的礁石绳结——

解开，并拖出一道银色的黏液作为尾迹；
就在昨天，在那时间丧失意义的大海上，
礁石的金苔欺骗了阿尔戈的英雄们[②]。

那次海滩见过之后，我还见过她一次，
她的面容摇荡我心，诱人的目光把我
麻醉，任何比喻都无法形容那状态，

---

① 牛肉桶岛（Barrel of Beef），位于圣卢西亚的罗德尼海湾。
② 古希腊神话中跟随伊阿宋乘坐阿尔戈号寻找稀世珍宝金羊毛的船员。“欺骗”（fleeced）这里是双关，因为 fleece 兼有羊毛和欺骗的意思。

但是，他们认为她情绪不可控，觉得她
作为一个服务员来说，唇舌太过尖刻，
因此，她只好摆摊卖珠子、发夹、茶几。

她给游客编头发，金发搭配亮珠，梳成
一根根小辫的发型，或者，就坐在她的
甜品篮旁边，躲开那些草棚小贩，穿着

T 恤和纱笼裙，绝不掺和那些小贩彼此
乌鸦般的争吵，谁抢了谁的生意等等。
阳光穿透几只椰壳面具，在她如雕似刻的

面庞，投下闪烁的光影纹路，珊瑚耳坠
反射大海的耐心。曾有一次，我经过她
和他人投在地上的混影，她冒着火花的

眼睛透出警惕，我又一次感到一股寒意，
似乎她是一只藏在笼子阴暗角落的豹子，
吸引我，还有阿喀琉，走向它的身影。

我停步不前，用尽了全身的力量，才能
鼓勇走向她的货摊，好比猎人接近一只
蜷缩在树枝上的母豹子，一身黑缎皮毛

撒满了叶子的点点光斑。我是否可以走到
她的面前，假装我只是要买一个面具，或

一件 T 恤衫？她的目光，看起来充满厌倦，

就好像一头停止摇尾，以轻捷的一跃没入
草丛的母豹子；她打着哈欠，没入繁茂的
棕榈树密林的印花布，而我只能站在那里，

震惊于那猫科动物的轻捷，震惊于她消失的
速度，在她身后，还在震颤的空气被她的
回响一分为二，摇曳不定，仿佛是一杆芦苇。

第七章

一

地点？这得从集市上铁的喧嚣谈起，
一片片切成月牙形的默罕默德瓜[1]，
还有法老棺材里伸出的香蕉之手，

柠檬金黄如伊特鲁里亚[2]的狮子睾丸，
青花鱼瞪着死月眼；痛苦随着一个个
排开的货摊越来越深，包菜的卷发头

堆在盘子里，取悦无法取悦的恺撒，
奴隶们头冲下，吊在钩子上，十字架
钉着反叛者的尸体，掏空了内脏，从

橙子层堆垛的城堡，西洋菜的桂冠，
经过辣椒小小的心脏，一直到人心果，
如献给西班牙征服者的处女的乳房。

---

① 默罕默德瓜（Mohammedan melon），也就是西瓜。
② 伊特鲁里亚（Etruscan），前 12 世纪开始活跃在今意大利的史前文明。

集市货摊包含了安地列斯群岛的历史，
也包含了罗马的历史，那罪恶的果实，
这里，摇摆的黄铜天平，只有秤砣的

铁泪，才能够平衡，每一边黄铜托盘
都平衡于一道地平线，却从不会相等，
新旧世界并无不同，世事从来如此。

他们从这铁市里出来。阿喀琉把篮子
装满，还给海伦。海伦说："Ba moin!"
"把那个给我!"
　　　　　　阿喀琉说："听着！我不是你的奴隶！

你一定要显摆给人家看吗?"当然了，
她发出银铃一般标志性的大笑，径直
走在前头。而他，感到自己像一条狗

吊在后面，吃着残羹冷炙，突然听到
他自己的愤怒响彻大街。人们回头看
出了什么事。阿喀琉看到她的黄裙子

没入人群，转瞬不见。海伦两只手
提着篮子，头都没回一下。她的顽固
不化，让他疯狂。他追上她。试图

把篮子夺回，但她又夺了回去。

“你不是我的奴隶！”她说。
　　　　　　　　他说：“我的手乏了。”
他跟着她，一直来到港口的外围，

经过那些木炭贩子，运货车摆在一起，
仿佛塌鼻子的古战车，眼睛闪烁光芒，
马达嗡嗡空转。她怒火冲天地停步，

疯子一般叫道：“你走开，小屁孩！”
　　　　　　　　　阿喀琉压住她
背靠小巴。这可把豹子激怒了。爪子
飞闪抓破了他的脸；他抓住她一只胳膊，

指节却被她的细牙咬破，衣服扯坏了，
他也在盛怒中还击，撕破她的黄裙子。
她靠的是赫克托的车，被后者拉到车里，

这下子，分明是驯兽师把豹子圈进兽笼。
当人群把他和赫克托分开，阿喀琉感到
身体所能容纳的所有骄傲都被抽空了。

阿喀琉两眼含着泪水。他没法掩饰。
赫克托爬上去坐在她身旁，她移开肘。
车在港口里飞奔。阿喀琉捡起水果。

二

她不在家。他记得对她失去信任的
那一天，虽然是最晴朗的一个早晨，
他却差点丧失理性。他没敢告诉海伦

他们缺钱花。龙虾不当季，潜水
捞珊瑚，也不准；贝壳，也被禁止
售卖给游客，但他以前捞过贝壳，

从来没被抓到，相信运气在他这边。
早晨，微风习习，狮头岛的山岭上
矗立的要塞①，他从低一层的棱堡

潜水，捞海螺，锚定的船不停摆动，
堆在船上的海螺张开紫色的褶口，
有时，混入一只石头叶片似的海星。

他用一只胳膊肘勾住倾斜的船舷，
他看到高墙下摆动着一席黄裙子，
好像起风时猎猎飞舞的一挂船帆。

护栏的尽头，是一个男人。缓缓地，

① 这里应该指鸽子岛（Pigeon Island），上边有罗德尼要塞。

他从漾动的船边滑到水下。赫克托
和海伦。他任由小船龙骨磕碰他的头，

用一只胳膊作桨划水，换到背风处，
怕高处的他们听得到贝壳的碰撞，
平静的水面上，声音一传就是几英里。

他拽起绳子，松动绑在船上的那头。
然后贴在船边划水，听贝壳在船板上
咯咯作响，好像他自己的牙齿颤抖。

他解开船头缆绳，用牙咬住，蛙泳的
身姿，躲在“吾人信痒上帝”号下，迅速
起灭的泡沫之花，如花环套在他头部。

现在只有上帝可以信任，他的影子说，
因为他跟这岛屿一模一样，头上长角①；
贝壳长着蜗牛似的触角，赤红的狞笑

翻滚于他头上的盐腥，几如地狱恶魔，
他的伤痛，相当于菲洛可提提的胫骨。
很久以来，他便对赫克托有这种感觉，

---

① 头上长角也就是“戴绿帽子”的意思，影射圣卢西亚在英法等殖民者手里多次易手的历史，同时，也实指大小皮通山高耸如角。

而现在，他必须打起精神，不能让人
发现他携带了海螺。有时，旅游局的
检查员会观察这些渔船，只要有一遭

他们抓到了你，就会罚款，吊销执照。
当他感觉离那个堡垒有了足够的距离，
便两手使劲儿，把自己从水中拽上来。

一个接着一个，他把漂亮的海螺拿在
手中，一一掂量，想到它们在沉默中
饱含了深深的痛苦，其口裂如日出之拱，

其花瓣打开，宛如女阴，柔软而脆弱，
渔夫把它们浸入水里，阖上他的眼睛，
因为它们沉至沙床，突突冒泡的嘴巴

分开，却没听见任何呼喊。海伦不是
他的，它们更不是，但都是大海的宝藏。
这个想法虽然高尚，却没带给他平静。

三

我们曾共此一船。但却有一些变化，
如潮水蚕食码头一般啮咬爱的地基，
风中吹过爱的誓言，再次给我安慰，

说我一生中从没有现在这样快乐。
视线透过铁丝网：我们倾诉的地方，
机场边哗啦啦的榄仁树，树影斑驳，

树叶的拍击，如她的秀发被风吹拂，
盐水的光芒猛然犁出海浪的沟壑，
三个海湾之外，一个平静的小海湾内，

正是中午，我俩轻摇慢摆，做着那
身体相互交缠、难辨彼此的变形记，
在从前奴隶所造的石头防波堤之旁，

一道屏障礁被一拥而上的白马跃过。
他们连成一体如湿滑的鼠海豚交配，
一条白被上，交织着下午的斑马线，

听得见面包树叶子摩擦房顶的声音，
下面街市的噪音，还有她分开的蚌壳
发出的微弱的蟹鸣，她的额头闪烁

新娘的沉睡的汗，安慰天堂里的亚当，
额头随之裂开，如菲洛可提提的伤口，
鼻涕虫爬出沙土，睁开其新生的眼睛。

我从浅睡中醒来，心迷神惑，不知道
身在何处，浅睡之中，甜梦迎来日出，

然后，模糊的意识才小心谨慎地勾勒

另一个形体的轮廓，亚麻床单呼吸着，
起伏不定，如一条下锚的小船，随着
清晨起伏的海浪点头，叽叽喳喳的海燕

从船头的缆绳起飞，去往另一片海岸。
一只无声的独木舟被缠绵爱意拉过来，
其中一个俯身过去，用一道隐形绳索

拉近裹住的身体，她微笑着，一只眼
睁开轻叩你的指节，你让她继续躺着，
自己却来到半封闭、沐浴晨光的阳台，

俯瞰下方白色的小镇在阔叶之间隐现，
还有一艘游轮。摩恩岭[①]上，兵营里
斑驳的屋顶，汽车如甲虫，缓缓爬下。

---

① 摩恩岭（Morne），位于卡斯特里斯港南边，全名 Morne Fortuné（好运山），英法争夺圣卢西亚控制权的战略要地。

第八章

一

这座岛屿的博物馆里，陈列了一只
变形的酒瓶，锈满了愚人金[1]，来自
堡垒之下寒铁海水的深处。专家们

给它贴过各种标签，其一称，一艘
西班牙帆船从卡塔赫纳[2]被飓风刮走，
往东逶迤而行，金条和酒，从货舱

一路撒落（很多潜水探查的人都持
此种观点）；其二，完全是胡说八道，
编得未免太过粗陋，说这镶金的瓶子

是从桑特群岛海战的一艘旗舰掉落的，
但外表坑坑洼洼的，很难判断。不管
怎样，神话的年轮每一百年扩大一圈：

---

① 愚人金（fool's gold），又名 Pyrite，亦即黄铁，是一种矿物质，淡金褐色，易误为黄金。

② 卡塔赫纳（Cartagena），哥伦比亚北部加勒比海岸的一座海港城市。

认为沉没的是**巴黎城号**[1]，而不是
满载帝国币的西班牙大帆船，一只章鱼
长着月亮一般的独眼，充当船的警卫。

深似潜水员的信念，却从来没被发现，
他们对残骸的确信扭转了全村的看法，
村民们相信，沉船之处会有军舰鸟盘旋，

一群愤怒的海鸥会攻击那些军舰鸟。
虽然专家们怀疑，他们却仍然确信无疑。
西班牙大帆船的阴影飘过横格线本子，

在本子上写写画画的阿喀琉，凑近一只
煤油灯，在天气变得恶劣之前算出债务；
那黑船让他魂梦不安，而月亮的章鱼眼

闪闪发亮，如一先令的硬币，从棕榈树
升起，触角似的树叶伸出。一切都是钱。
钱会改变她，他想。恶劣的生活条件

会是她变坏的原因吗？他曾嘲笑过人们
对一艘沉船的信仰。但现在，他也开始
从近岸礁线外的一艘小船，扎入水中，

---

① 巴黎城号（Ville de Paris），桑特群岛之战中的法国旗舰，被英国舰队俘获，在驶往英国的途中遇飓风沉没于今加拿大的纽芬兰附近。

带了一只梭镖枪和龙虾罐。他必须确保
没有船只突然出现，他轻轻地斜翻船桨，
收回之后，放入卡槽，没发出半点声响，

小心翼翼从船边放下铁锚，一只脚踝
用活扣绑了空心水泥砖，以便下潜更快，
一只防水塑料袋，围在两肩，充当钱袋。

就让她去挣那些小钱吧，他一边诅咒，
一边在身上画十字。拯救和变化，就在
水下，卡在巨石之间。绑在脚踝上的

水泥拖他下沉的速度，比帆布所包裹的
灌铅尸体还要快，他胸膛里硬石的心脏
使他变得更加沉重。如果在她的心目中

爱已死去，那该怎么办？把银币倾倒在
曾给过他温暖的肚皮上，又有什么意义？
想到这里，他沉得更快了，不断下沉，

深深沉入他的宝藏：莫艾多①，达布隆②，
而那些海草缓缓蜷曲的手指不断呼唤；
他感觉到那种溺水者的冰冷侵入腰臀。

---

① 莫艾多（moidore），17、18世纪的葡萄牙金币。
② 达布隆（doubloon），西班牙殖民地及其美洲殖民地所使用的金币。

二

他为何来到此地，海龟问，它长着
教皇的头，在珊瑚宫里款款地划桨，
桨上附着一些环状物，被一身黑皮、

好奇友善的鼠海豚轻触。为什么？
问号般的玻璃海马问。他为何不顾
上面的美好生活潜入海底？看到他

踩着黑暗之水，海苔藓愤怒地摆着
胡子，如水底杉木。难道爱情的可贵
比不上从帆船舱门泻出的钱币之光？

珊瑚的骨质国度钙化了他的皮肤。
摇动的花园里，巨扇沿着铰链开合，
镌刻了伊比利亚国王像的金币之眼

被海藻的手指装进口袋；在这里，
海床是泥，而不是波浪形状的沙地
给你看它的嶙峋的肋骨，变异鱼

睁着护目镜的眼球；在那无声世界
它们舔舐白珊瑚，水蛭般把水吸干，
那些看似圆石的东西却伸出蟹钳。

这不是一个活人该来的世界，他想。
死人和他都不需要金钱，但也许他们
只是不愿放弃亲手带下来的东西罢了。

海床泛起的碎片漂过他，碎片来自
越海而来沉没的尸体，它们发如乱草，
骨头好像长长的珊瑚手指，圆鼓鼓的

眼睛打量着他，大脑似的珊瑚泛起
汩汩的词语，每个泡沫之球都包含了
一段传奇，比那只酒瓶口吐露得更多，

但对于踩着加勒比海床腐土的阿喀琉
来说，没有一枚金币能偿还其深深的
罪恶。几百年的赎金透过苔藓的舱门

闪烁，被夜盲症的独眼巨人一一清点，
每一卷须都把柔软牙床试咬的对象收取，
光随每一阵波动漾满银色的天花板。

这时，他看到了那艘帆船。她摇摆的
舱门，扇动一舱舱银色鲭鱼。他瞥见
它们银币似的鳞片，触须的影子仿佛

守财奴一般，慢吞吞地收取硬币。他
松开水泥块，上浮。第二天，她更加

神秘，她的触角呼叫，直到沉船消失，

再也没有赢得海伦的希望。他的金币
再次成了海螺，他的银行是海螺的银行。
每天，他头脑清晰如大海，从危险的

礁石，撬开蕾丝的扇贝，或淹死海螺，
亲手留取螺壳，又或紧追魔鬼鱼，那
十字架鱼感到长矛的威胁，匆匆奔逃。

他虽不再相信任何虚构之船，但每次
皱眉，一道锚影依旧断开他的眉宇，
因为她现在变成了幽灵，形枯骨峋，

他不知她在哪里。她永久地消失了。
他想起翻滚在那里的煞白的骷髅头，
如波浪手掷出的骰子，运气跟他相类；

他在堡垒的冷影下，拖着覆满苔藓
胡须的龙虾罐子，看到淹毙的葡萄牙
军官，他们的珊瑚石眼里鲦鱼穿梭。

三

菲洛可提提想在两人之间讲和。他跟

赫克托说大家都是男人，他承担伤痛，
不管上帝给他多少耐心，他都会接受，

但他俩之间的仇恨更糟，他们有一个
共同的联系，亦即大海。从他们在高地
伐木之日始，大海便把杉木变作独木舟。

他说，女人不管做啥，都只是自家的事，
男人则是绑在一起的工作伙伴。但两人
听不进。不管是赫克托。还是阿喀琉斯。

第九章

一

飓风季节，万事艰难，阿喀琉一分钱
都没了。他的伙计菲洛可提提给他
找了个陆上的工作。普朗科特猪场的

水泥食槽，成了独木舟。笤帚是桨。
他头套麻袋挡雨，穿过路边嗖嗖的草，
为了省钱，徒步六英里，奔向猪场。

黑叶下，细雨嘶嘶，狂风摧残的牧场
涌来一阵贴地的白雾，山下竹林狼藉，
他也差不多。脏风中，他怀念大海的

味道。他很高兴普朗科特在海伦之事后
给他一个喘息机会和住所。母牛在树下
呻吟，去农场的土路弯弯曲曲，泥浆

乱淌，形成径流，在脚趾之间扑哧作响。
可以肯定没有太阳。没有烫手的桨闲躺于

灼热的船舷，也没有大海和它漂白的帆。

他穿着叽叽咕咕的长筒雨靴，把糊状
饲料铲入食槽，圈里拥挤不堪，他把
木门一推，赶紧跳开，一群鬃毛竖起的

大圆石头，便蹭着他的膝盖奔涌而出。
阿喀琉用一把打扫院子的笤帚刮去
水泥地上的粪团，粪团蛛网一般流散，

汇入下水道，他拿镀锌的铁桶使劲
撞恶臭的墙，憋着一腔愤怒，不停地
使更大的蛮劲去撞击，仿佛一排排浪

嘶吼着，扑打盘踞的礁石。心里诅咒
这些难逃劫运的猪，遍地遗屎，嘶叫着，
它们打滑的蹄子进入他的梦想之门。

“我怀念北方的细雨，四季分明。”毛德
自语，言下之意是这里的天气缺乏含蓄。
清风感觉受到了侮辱，因为雨水之所以

粗砺，全都是因为季风的怒火，在猪圈
和挂了一道雨帘的门廊间，布设了一座
不可穿越的丛林，发出单调的沙沙之声，

藤条抽打每一面山墙，裹着毛边的雾气，
镀锌的排水槽，嘶吼、喷吐。不一会儿，
山丘便浸透如纸，绘出一长卷中国山水，

她看到了一种此前从来没有见过的含蓄。
水墨竹子。湿云。戴草帽、拄杖的农人。
蕨类的泼墨。白雾。一只苍鹭飞过新瀑。

天空的地图撕碎了，分裂成一个个国度，
阿喀琉看到马尾巴卷云那会儿，沉重的
月亮，镶了一道湿透的光晕，那是天空

隆隆轰响的预言，一并体现在如下这些
征兆里——从靛蓝的水龙卷的寡妇面纱，
到站在摇摆的枝头上的白鹭的蜡烛细腿，

再到那闪电的火柴；一团团脾气暴躁的
蚍蜉，爬满科尔曼气灯的玻璃罩，高温
烫伤了它们的翅膀，好像蚂蚁纷纷滚落。

第二天，却恢复风平浪静。麻鸦和海鸥
在内陆盘旋。然后，远远出现奇异的
黄光。他去玛·吉尔曼拥挤的小店

买些煤油，在回来的路上，被店里的
煤气灯，照得跟半个瞎子似的，这时，

一道蓝光照亮屋顶，闪电分叉的齿缝

拓宽街道，点燃白鹭，棕榈之影投入
天空皲裂的石灰。阿喀琉错手掉了瓶子。
镀锌的夜空落着雨。海伦拥在他怀里。

狂风如汽车换挡，配备了大海奔涌的
油门。他捡起煤油瓶。在他反应过来，
几步抢到门口干着急，却打不开锈锁

之前，噼里啪啦的雨矛便一下子把他
打得紧贴在门上，他用肩膀把门挤开，
随即，成千上万的铁钉子，倾盆而下，

狠狠砸在他的铁皮屋顶上。那些乌云的
大帆船，两舷蓝光齐射，彼此全力拼杀。
浇透的阿喀琉加油、点灯；把黄铜灯罩

倾斜到可以挡风的角度，脱下衬衫甩在
床上。灯捻扭曲阴影，院子里的大蕉树
相互击打，争着分享他头上小小的屋顶。

过了一会儿，他渐渐习惯了铁皮屋顶上
砰砰的雨声，一边吃凉鲹鱼，一边祈祷，
希望沙地的高处，那冰冷的独木舟完好。

他捻小灯芯，透过飓风那粗糙、磨损的
雨绳，想象那艘西班牙大帆船和它的魂。
赫克托和海伦。他躺在黑暗中，睁着眼。

二

赫克托没有和海伦在一起。他和大海
在一起，试图挽救独木舟，船锚松脱，
兼有大片大片的黑雨，无情地抽打，

船头掉了个，在他及时抓住船桩之前
没入浪谷，那漂着坚果的黑漆漆的水峡，
舱底围绕着他的双脚打转，大水漫灌；

他看见海浪重重拍碎。掀起巨屋之浪！
随即，一声大炮的轰然炸响，嗡嗡不息，
暴雨之中，看不到陆地，但想必不远，

因为水底全是沙子的褶皱，但他惊恐地
发现，人和船被大浪裹挟，几乎超过了
在狂风中打转的灯塔，没有了锚的固定，

船朝向一侧倾斜，他只好挪到另一边
用体重压着，他用短桨怒划，想把方向
转过来，却只划到空气，褐白的浪顶

卷着折断的棕榈叶；他撑桨站起，龙骨
摇摆不已，他坐下来，连灵魂都打湿了，
他颤抖不已，爬到船头，跳水向岸边游去，

却被转着圈的船尾撞到，他只好潜浮到
漂浮的碎片下求得安宁和深度，但越深
激流便越快地席卷着他，闪电和雷鸣

响彻天地，他看着独木舟沉没，却没有
丝毫悲伤；他顺着一道波谷浮了一会儿，
仰躺着划水，计算大浪袭来的正确节奏，

然后像个冲浪者，沿慢慢升高的水墙
滑下：一旦掌握了节拍，就能借崩裂的
浪花随波而动，不必违背大海的意愿，

大海让转，他就转，哪怕把他当做垃圾
也欣然领受；就这样，他感到了细沙的
涡流，踉踉跄跄地，他立在了浅水之中。

三

独眼气旋咆哮着，因为有一段飞掷的
棕榈之矛，堪堪砸到他的独眼，他在
齐膝的波谷里跋涉，瞎子一般往前行，

闪电，他那踩着高跷的信使，用叉步
横过天空，不时在波谷上方噼啪炸裂，
仿佛分叉的电骨。他的老婆，雨妈，

从她的楼上房间的阳台上倾倒水桶。
她摇晃浸湿的棕榈的拖布，反复挪动
家具，云团沙发的那些轰隆隆的轮子

唤不醒入睡的太阳。忙活了一整天的
太阳宁愿埋头睡觉。毕竟这该死的聚会
结束后，留下的是他，清理狼藉一片。

因此一看到小雨，他第一时间便登了床。
现在大海好像一只巨大的火炭盆，手持
它的海岬把手，烹炒了一盘风暴，雨点

滋滋，如油脂炙烤玛·吉尔曼的小店，
人们哄抢蜡烛。蜡烛、钉子，忽然多出的
信神的人们挤着，还有涨价的火柴面包。

在飓风季节那笔直的灰色丛林里，当
脏兮兮的大海返还死者的花环的时候，
所有的村庄只能被动地任凭当班之神

随意演奏那些能让头盖骨共鸣的乐器，
大海起伏的波浪拨弄竖琴叹息的涟漪，

用指节击扣的卵石急骤的珊高[①]鼓声

催促海王神在洞穴里起舞。狂欢开始！
额苏里[②]摇晃她的拉-拉[③]；铁匠敖公[④]
感觉到“不痛”[⑤]；耽巴拉[⑥]扭曲着身体

仿佛一只赞多里蜥蜴[⑦]，他们的巨脚
在天花板砰砰乱跳，喝醉的海神在房间
乱冲，喊着“妈妈，这音乐吵得我发疯[⑧]”，

说了这句双关便呕吐不止。人类祈祷，
但那些神，尽管累了，却还在进行舞会，
而且必将持续多日，他们的音乐包括

雨水的波尔卡，波浪的彗星舞，浪花
每逢节奏的变化便一阵拍手。这是因为
神不是人类，他们完全能够和谐相处，

---

① 珊高（Shango），起源于非洲约鲁巴人历史的神，掌管风暴雷雨。
② 额苏里（Erzulie），海地非洲神话里的爱神。
③ 拉-拉（ra-ra），一种乐器。
④ 敖公（Ogun），额苏里的三个丈夫之一。
⑤ 咖啡馆名字，见第三章第二节，同时也是双关。
⑥ 耽巴拉（Damballa），非洲神话里的创世者，多以蛇形出现，前文“额苏里”是其妾。
⑦ 赞多里蜥蜴（zandoli），加勒比地区的一种鬣蜥。
⑧ 发疯（in seine），英文本意是“在渔网或在塞纳河里”，和 insane（发疯）同音双关。

在他们的云殿里，举办那飓风的舞会，
把神聚在一起的，是电闪雷鸣的天气，
敖公也可与伙伴宙斯发出一道闪电[①]。

阿喀琉在他的棚屋之下听到电话线
查克查克[②]和小提琴的旋律，如海伦的
呻吟，或七个海洋，盲目的他如雨帆。

一片狼藉的峡谷里，车头顶着棕雨
泛起道道褶皱，载客的小巴头灯大开，
沿着河流般的道路缓缓漂浮，穿过

残肢断臂的香蕉作物，僵硬的母牛
膨胀，裹在泥浆里，树木的叉角翻滚，
流过岸边，如麋鹿迁徙。就好像河流

嫉妒大海，厌倦了被一步跨过，因此
加入了一股如此巨大的力量，把村子
变成孤岛，把桥梁变成了泄力的筛子，

涵洞却被掀翻了，挤到了一旁。雨带
移走了，但是人们还敬畏地望着山岭，

① 发出一道闪电（fire one），取决于 one 指代什么，这里也许有“跳上一场舞”的双关之意。

② 查克查克（chac-chac），用葫芦做的打击乐器，内填晒干的葫芦籽还有其他细粒，摇晃发声。

害怕它再一次飘回，而洪水，骄傲地

流入大海；阿喀琉能够听到棕黄的
洪水，在红树林之中怒吼奔突；洪潮
漫过了独木舟的龙骨，雨水灌进船舷，

如果再不舀出的话，船便会发生扭曲
以至于腐朽。这一下，河流可满足了。
它也是神啊。太多的东西，被人忘记。

狂欢结束了，一只老鼠出现，弯弯的
爪子如青苔之丝，鼻子拱着露珠，这时，
灯塔睁开独眼，太阳光乍现，人们开始

清点天神造成的损失，天空渐渐放晴。
蜡烛烧尽熄灭了。黄色的大型拖拉机
搅拌树木的色拉，那些穿着黄色的

救援外套的工人扶正电线杆倾倒的椅子，
穿雨衣、戴白盔的合同工，听见一道道
海浪冲上海岛的响板，从此地，一路

冲向瓜德罗普[1]，电线挂着雨珠，纹丝

---

① 瓜德罗普（Guadeloupe），加勒比海上的小岛，属小安地列斯山脉，法属海外省。

不动。闪电收起高跷，从最后一道山峦
褪去，他们见识了天神一夜之间的破坏。

阿喀琉在一棵雨中颤抖不止的榄仁树下
从独木舟里舀水。下次风暴之前，必会
风和日丽，空气格外清新，沁人心脾。

第十章

一

对普朗科特来说，坏天气带来的
是绝望，七月中旬以来，淫雨不断，
农场啥活儿都干不了。今年的雨

如灌木丛岿然不动，满天枝杈倒立，
往下生长如红树林，或一棵巨榕。
猪圈顶棚松松垮垮垂了几只灯泡，

电线上粘着些苍蝇，他跟别人一样
看着那些漂浮之物，厌恶完工之后
工人们分别陷入的、各自的沉默。

他知道，他们总是把他看作老板
敬而远之；他们的头上是他的屋顶，
他们坐在那儿，闷闷不乐地发呆，

瞅着白案板上的百合，毛德花园里
被横雨冲垮的堆土流露出某种已然

泯灭的痛苦，猪圈的漏水，风一刮，

绞绳一样卷着，从板子里渗漏出来，
毛德坐在灯光点亮的屋里，绣她的
花鸟织锦，每一阵横风都似乎把她

吹得离他更远。他看到她镶在窗里，
感觉她正在飘走，好像沉没的西班牙
大帆船里的鬼魂。他疾步冲向房子。

他留在房子里。姜黄色的公猫收了爪，
搁在雨线交织的窗上。豪猪奔向屠宰场，
好像那些厌倦了战壕和工兵铲的步兵，

被大雨搅得发疯的百合选择了水葬，
好像维多利亚时代小说里怀孕的姑娘。
毛德救回一些百合。她穿雨帽和黄雨衣

俯身于花床上，细雨纷纷，越发柔和了；
这时，花床变得昏暗了，细雨变得浓稠，
甚至比刚才的那一阵泼雨下得更为急骤。

树木和电线杆倒了。房子里点亮了灯光。
冬天用软塌塌的周报和茶包围了他们。
她的目光越过那些兰花，看灰袍大雨

从灰乎乎的草坪穿过，移向灰蒙蒙的
大海。她从爱尔兰带回来的水晶泪灯，
嗡嗡震颤一会儿，停一会儿，接着又响。

她叶脉外露的手，把救回的百合球茎
放入花瓶。塞舌尔。瑟筛尔。他看着她，
咕嘟嘟地吞着茶水，这让她生气到发狂。

听她弹耳朵生茧的《班达米尔的溪水》[1]，
他觉得自己就像这雨季，有杀人的冲动，
每个音符给房子缠一根神经刺痒的毒藤；

他装满烟斗，嘴巴咬着，让它倒竖起来，
在一阵狂怒中冲向钢琴，把盖子猛地关上，
差点砸到她的手指。毛德等了一会儿，

阖上那本《爱尔兰小曲》的乐谱，仔细
把它压在琴凳的天鹅绒坐垫之下，然后，
拖着披肩和他擦身而过，一边爬缓慢的

楼梯，一边扯手指。越活越蠢，少校
陷入狂怒。窗户布满了泪水，却一滴
都没流下。什么时候？都怪颅内的旧伤。

---

① 爱尔兰诗人托马斯·摩尔（Thomas Moore，1779—1852）的歌词，他最著名的歌词包括《夏日里最后一朵玫瑰》等。

胡说八道。借口还不容易。他从没把
这归罪于战争。这更像一种原罪。这时，
少校听到有人轻轻敲门。有个声音道，

“少校？少校我们走了”，说完就离开了。
姜黄猫在黑沙发上摊直身体。他举起猫，
轻放在窗边，让他观察这个自己已经不再

如此观察的世界。心盛不下更多了，他
起来把门开了道缝：在睡。但她睡觉之时，
从来没用胳膊遮挡过眼。痛苦融化了他，

他在床边坐了下来，两个人哭在了一起，
流下真正相爱的两人都会流的谅解之泪。
那一刻漫长得仿佛是雨季，然后雨停了。

二

雨停了，岛屿闪亮，他们驾橄榄色的
罗孚车兜风，朝遍布红色不朽之花的
好运山驶去，旧事物，也需要新发现；

深绿色的新月湾，环抱非洲人的村庄，
几百年来，他们的茅屋都用铁皮蒙顶，
用条石建起一座方形教堂，一步一步，

茅屋沿着山脊往下，发展成几个市镇。
反正历史是这样看的。他研究过历史
的进程：断裂的道路，清澈的河流却

凝结成为潟湖，棕褐色，生出血吸虫，
小孩子的肝脏被这种钩虫的镰刀咬住，
会爆发传染。美丽，但却危险的溪流。

它们的过去平得好像明信片，而未来
则是一张更亮更平坦的明信片，印着
包租计划书，保证处处都能看到贫穷。

逝去的风暴，在它那毛掸子的吹拂中，
他感到他自己的头皮散布红斑，头发
日稀，但阳光，穿过雾气蒙蒙的悬崖，

拱起了一双彩虹，给女巫山缠上头巾，
那女巫之山戴着马德拉斯条纹方巾和
闪光的眼镜。他们管她叫玛·吉尔曼，

因为全村都被他们对她的信仰遮暗了，
他们把她作为保护者、西比尔[1]、奥比[2]
巫女来信仰，她开裂的眼镜片如蛛网，

---

① 西比尔（sybil），古希腊人相信西比尔是一个具有预言能力的女神。
② 奥比（obeah），流行于加勒比海地区西非奴隶之间的一种巫术。

包罗了一只蜘蛛的、关于来世的知识。
她和毛德有时一起领圣餐，但在拿白饼
之前，总会表现出那种老非洲的迟疑。

罗孚车哼哧哼哧地爬上好运山，他们
看到沥青的断层被太阳照彻，科德赛[①]
河谷，深邃，绵延浩荡，湿漉漉的山峰

呈靛蓝色，如蜿蜒的锯齿。天空好像
吸满水的海绵，一戳，便吸干刮倒的
香蕉树上竭力反抗的露珠，散发一股

新鲜粪土的味道；但香蕉林里的灌渠
溢满了光芒，椭圆形的树坑反映一角
发蓝的云朵，被轮胎的震颤搅得粉碎，

却几乎马上恢复了它们那完整的釉彩，
这时，风暴后的绿色废墟不再重要了，
闪闪发光的路面，也让人更加喜爱，

尤其是在他们看到阳光重新定义了
罗素老糖厂房顶的时候。公路环绕着
海湾悬崖爬升，凉风吹乱竹林如柳条，

① 科德赛（Cul-de-Sac）河是圣卢西亚较长的河之一，向西入海。

用光的舌头催促他们朝着安斯拉雷[1]
驶去，一路窃窃私语，祈盼风暴之后
将会萌发的新芽。他们的愉快更进了

一步，当罗孚车被一群半光的男孩子
追着，要卖他们香蕉，车开过了弯道，
那些男孩子扶着湿透的树，大口喘气，

直到下一个弯道，草丛里又跃出一群；
这时，大海冲着卡纳里斯[2]，敞开
它的蔚蓝，而盘绕赭色悬崖的公路，

如一条绳子，用蔚蓝的沉默把他们
捆在一起，甚至比飓风捆得还要紧，
仿佛藤本植物，有时会把两棵大树

缠在一起，或是森林的中心，一支
桅杆长满树叶，每根脉管都连接起来，
在岛屿扎下根来，度过它们的余生。

这座岛屿的双角，是劈开一座火山

---

① 安斯拉雷（Anse La Raye），圣卢西亚西海岸的海滨村镇，在马里哥特海湾的南边。

② 卡纳里斯（Canaries），圣卢西亚西海岸村镇，在安斯拉雷南边。

形成的山峰。穿过蕨类，苏弗里耶[1]
在山泉的下方等候，烟气从泉水冒出，

标志着死者的雷声。这是一个越近
越感到某种古老的危险的地方，岩浆
在马里博支[2]嘟嘟冒泡，泥浆的头颅

冒出来，繁殖更多的头颅，锆石气
逸出烟道，贴着光秃秃的山岩涌上。
这就是他必须穿过的那道硫磺之门，

虽然捏着鼻子，好像在登记奥斯维辛
石灰坑里的人头，等焦臭淡去，袭来
清新平和之气，他的记忆却仍被灼伤。

伤口收拢了烟雾，风却再一次打开它，
一处间歇泉从裂缝里喷出气柱，如同
散热器那拧开的阀门，喷泻出嘶嘶的

蒸汽，如若没有及时躲开，就会烫伤
他的脸。他从蕨类植物掩住的溪流里
给冷却环加水，然后继续爬坡，置身于

① 苏弗里耶（Soufrière），位于圣卢西亚西南部的一个区，境内的硫磺泉有丰富的地热泉水和无数火山喷气孔。
② 马里博支（Malebolge），但丁《神曲·地狱篇》九层地狱中的第八层。

更大、更绿的蕨类植物之中，宽大的
复叶，如同风扇传动带那么大，经过
废弃的硫磺矿，遍地生锈的轮子和藤绳，

那里，一八三六年，他的同胞本尼特
和沃德先生，被灌木和税收所迫，关闭
他们的疯狂的公司，返回其英国的家。

墓地里的苔藓花环套住他们的辛勤。
巨轮上的轮齿被铁锈锁死。是什么
终止了他们的发财计划？是分配不均，

还是其中一位得了热病，焦黄如叶，
在谵妄中说出一个硫磺炼金子的秘方，
而他的那位商业伙伴，把美梦的冷汗

从他的额头轻轻擦去？他们是否在
自由世界的边缘，随帝国扩张兴起的
自由企业的外围，有过别的什么机遇？

他们的动力是什么？他们如何从矿山
挖掘矿砂，挖出来如何运输，又运往
何处？真正的原因，或许是他们耗尽了

资金？就那么简单，发烧的草从收回
创业的赎回权，他们的银行成了杂草。

原地不动的轮子，锯齿依旧咬着硫磺。

三

再过去是陡峭的蓝色高地，成片兰花
从侧路闪现。有时候，突然冒出一个
樵夫吓他们一跳，他身沾树脂，袋里

装着蛇头贝母，要卖给疹府[①]，走路
悄无声息，如一道光在森林的河床里
钓鱼，却不惊动蕨类，鞋底静如苔藓。

他手指之处，越过一片棕牙似的树桩
就是山顶，悬崖下切，烟雾自木炭盆
升起，笼罩着白色、失忆的大西洋

起伏的波浪线，随后他鞠躬，用一句
土话和古老的非洲手势，祝福他们，
他们望着他，沿路消失，如无声的光。

英格兰对他，似乎仅只是一个出生地。
多么奇怪啊，相比英国的田园牧歌——

---

① 这里是模仿当地克里奥尔语对英语 the government（政府）的读音 der guva'ment。

适度繁茂的叶子庇荫适度的土地——

他更喜欢文盲的高地上喧闹的森林，
喜欢这些讲方言的喷泉，使他的大脑
清凉，比牧场城堡更有效！他竟喜欢

沉默的大西洋，咸风横行、雾气重重！
别人会认为这是“回到不开化的蛮荒”，
但一道道新月海湾，愈合了他的伤口。

的确，岛上有很多东西，让毛德痛恨：
沤坏他们图书馆的湿气；那是最糟的。
裹着罩子的钢琴，也会被湿气渗入，

损害了毛毡弦槌，隔三岔五就得调音，
更是一大笔花费。接下来要数堵塞的
市场，台阶上混杂的灯影，还有昆虫，

特别是雨蝇；一种体型小巧、钻孔的
虫蚁，能挖出房子的心，再无法住人。
还有那些光脚走进银行的美国佬——

一群一群地蜂拥而来，比昆虫还糟糕，
因为后者至少是本地出产。缠头巾的
宗教狂强迫修女擎着蜡烛，尽教派之欢，

没有路肩的公路上，飞奔的载客小巴
穿梭如织，仿佛流星一闪，一眨眼间，
便会消失于视线之外，让人心中发颤；

无情的七月里，天昏地暗的雨季肆虐，
零星的阳光，如黑美人海伦一般善变，
她斜挑的眼仿佛榄仁籽。喜悦的日出

泛滥毛德的花园，毫不留情地淹没那
天使一般的百合、牵牛花的黄色杯盏
以及安妮皇后花[1]那美如天使的蕾丝。

这时，他看到一只蝴蝶，附在叶片上
仿佛紧张的信号旗。她是跟他来此的。
那翕张的翅膀，合着他心颤抖的节奏，

翅膀折叠起来，模仿双手合十的祈祷；
然后打开，如同毛德的剪刀顺着布缝
呲啦一划。他是不是中了什么魔咒，

每次从毛德的花园扑闪出一个，都能
让他看到？她所求为何？让历史赦免
她偷窃黄裙子的罪过？她是否想得到

① 安妮皇后花（Queen Anne's lace），即野胡萝卜花。

他的原谅？幸福得太久就会有点压抑。
只有死者才能在天堂忍受它，但享受
太久也有自私的嫌疑。他感到那精致的

柠檬黄翅上描画了她的眼睛。在我们
下方有太多贫穷。每片叶子都定义了
自己的界限。所有的根都有自己的历史。

毛德低语：“太安静了。如亚当和夏娃
复活。”“在蛇还没出现之前。尚无原罪。”
他们的平静如此深沉，坐在罗孚车里

听竹子沙沙作响。他发动车子，系上
保险带，碾过积水的车辙，摇摇晃晃，
底盘呻吟，来到下方平坦真实的世界。

第十一章

一

养猪是他的事业。这里的人民并非
麻木懒散，生活在垃圾里心安理得，
任下水道堵满脏污。他们没有建造

最早的奴隶定居点，标榜希腊理想，
把海葡萄当橄榄，弄些黑人哲学家，
肘部刺着云彩。他们没有铺设窄小的

管道代替水桶，更没有下水道系统。
他们没有咬着甘蔗不放，把糖分榨干。
那些帝国才是猪。这些人有非常棒的

卫生习惯，他们用棕榈叶绑扎的笤帚，
强迫症般，把院子一遍遍地打扫干净。
庄园需要劳力，鼓励他们兔子一般繁殖，

教堂则相反，因为他们用避孕药咒他们
下地狱。但他们会给桌子打蜡，在河石上

捶打、洗涤衣服；他们的生活中不乏圣像——

圣处女，圣处女灯，台阶旁点缀着鲜花，
他们学东西很快，是修理发动机的好手，
是认真到狂热程度的女仆。海伦照料房子

就好像那房子是她自己的，而这也成了
问题的根源：女仆成了女主，便破坏了
她自己的前途。毛德说，她们的行为，

就好像她们才是主人似的。这都是那件
淡柠檬色裙子造成的不快，海伦辩称是
毛德送的，但毛德忘了。这事他没掺和，

裙子贴了帝国标签，由主妇卖与奴隶。
售价是嫉妒和狡猾。大教堂，周围堆满
垃圾的混浊的泄湖，猪仔般乱跑的孩子。

假如历史看他们是猪，那么历史就是
喀耳刻[1]，拿着她老师的魔杖，加入那
竖着高杆的颂圣游行，经过露天厕所。

因此，普朗科特认为，本地需要的是

---

① 喀耳刻（Circe），荷马史诗《奥德赛》里的女神，把奥德修斯的同伴变成了猪。

它在历史中的真正的地位，为了海伦，
他终日里潜心研究，一头扎进了那个

寂静的房子，充斥了巨蛾的嗡嗡响声。
记忆的发动机。蝴蝶裙是她的，至少
属于桑特群岛之战中与她同名的那个[①]。

二

在这期间，他变得越发书呆子气，
趿拉着拖鞋如大学教师，足不出户。
毛德很担心他的伤，给他端上茶，

他点头示意，让放在旁边桌上，毛德
只好走开，任他埋首于书本与海图的
金字塔，和手术刀雕刻的轻木舰队。

而她，坐在兰花的拱门阴影里品茶。
黄昏，花盆变暗，黄蝉花的喇叭镀了
一层天空的火色，然后隐没于黑夜。

她收拾托盘进去，丹尼斯还在工作。

---

① 圣卢西亚岛因为在法国和英国的争夺之间反复易主，所以被称作“西印度群岛的海伦”。桑特群岛之战就是英法西等殖民国家对“海伦”的争夺战。

书桌昏暗不堪，除了弯如苍鹭的灯
在天鹅绒桌布上所铺设的一池绿光，

毛德在他旁边椅子坐下。他没说话，
茶水也没碰。一根手指在地图上追踪，
鼻子如同军舰鸟的尖喙，掠过白纸。

她从来没像现在这样感到那般孤独。
一场轻雨洗刷了星星，显得那么近。
毛德叹了口气，上楼。她拉上窗户，

感觉到白色之海，慢慢失去了白噪声。
她研究一只前臂上斑驳的地图，然后
刷的一声，松开了蚊帐的新婚之结，

把帘子拉上，把紧绷绷的四个角塞住，
挎着草篮，装着亮色的毛线轴，下楼
坐进沙发，她的织针不比丈夫的笔慢。

三

她想：我梦见这座树林环绕的房子
生书里才有之树，开平生未见之花。
在军营里头，万籁俱寂，除了蝉，

宛如我的缝纫机，喋喋不休地嘶鸣。
我喜欢阳光之下柚木幼树的树干，
洁净如白桦，把斑驳的豹影投在路面，

黄昏的马丁鸟[①]，给丝滑的天空织出
往复回环的针脚，在鸟池旁梳理羽毛。
我们初次来这儿，我便看到了这些。

一边是难以逾越的悬崖，但崖上平台
却容得下鸥鹭拢翅栖息，我的柚木桌
装着狮爪腿，桌面涂了清漆，铺展开

圆齿花边的桌布，白得像大海的蕾丝，
叮叮的水晶瓶，插一簇新鲜兰花像是
国殇纪念日，摆在黄铜烛台一旁的

座位卡，主要是向丹尼斯致敬，放在我的
睡莲叶形的骨瓷大盘子附近。我是否有点
装腔作势，想到晚宴蜡烛、旗帜和长枪，

自从那次，沿刀剑交叉的过道，缓缓
交臂走过？这时海伦抓住结实的把柄，
把炖锅端起，她的帽子白得像卷起来

① 马丁鸟（martin），燕子的一种。

放在雕花容器里的餐巾纸。她放好锅，
退后几步，细腻的黑肤没入阴影之中。
太可惜了，那姑娘！我用勺从浓香的

锅里，稠稠舀出一些，黑暗中萤火虫
闪烁，从来找不到树叶。那场景清晰
如梦，但却更为真实。是啊，几百年来

人们都如此点着蜡烛，弹起钢琴小调，
爱情之歌飘散了，湮没于萤火虫之海，
嘴巴张大，如满月，挂在黑独木舟之上，

恰似今天惹我发笑的那艘：信痒上帝。
但是我们确实都信仰上帝，所以我们
懂得，一颗流浪之心纳入胸中才会平静。

第十二章

一

我们家成了印刷厂，三角梅花架还在，
前边的门廊没了。噪音中，我被人领着，
沿着逼仄的楼梯，来到楼上的办公室。

我看到那扇小窗，童年时我们就在那
窗边睡觉，天花板多矮。铁皮屋顶发烫。
妈妈的房间是一张桌子，而不是那张床，

洒满阳光的玫瑰花被，不让我们孩子坐。
现在，粉色的广告页在旋转底片下嗡鸣，
两个姑娘从伸缩底板取出印好的纸折叠，

速度飞快，如同在我自己的记忆中复印
童年生活的形象，在复制品中，印张成了
过去的床单，机器成了过去的家具，衣柜

是过去的镜子，镜框做成天使展翅之形。
机器轮轴的嗡鸣停了。安静的窗户出现

一个形象，这，曾是他的家，他在灰尘中

寻觅，用大拇指和中指打了一个响指
向我走来，不是经过，而是穿过那些
机器，如电影一样清晰，投射在墙上，

如同百叶窗透进的光线准确斜割的
完美。他为自己制作了一幅准确的肖像。
他透明的手里，拿着一本我读过的书。

“你从这册淡蓝笔记本里发现了我的诗，”
父亲笑说，“看来是我决定了你的生活，
你的生命之路，在和我的迎面对撞之时，

前者同时倒转和推进了后者。现在你已是
我两倍大的年纪①，那么哪个是儿子的，哪个是父亲的?”
“先生，”我咽口唾沫，“它们是同一个声音。”

在印厂的噪音里，我们走下楼梯，
在那个现在既熟悉又陌生的房子里，
他说，嗓音里带着一种精致的倦意，

“我在这座默默无闻的加勒比海港长大，
我的混蛋父亲，以家乡之名给我取名

---

① 沃尔科特父亲34岁去世，那么沃尔科特这时已经60多岁了。

沃里克，就是出了那位吟游诗人的地方[1]。

我对进入文学这架陌生的机器没兴趣。
相对名声，我更爱诗，但我只用业余
之心写作。你继承的，正是这种意志[2]。

我死于他的生日，一个四月[3]天。你母亲
如同鲍西娅[4]缝自己的衣服，而我，则像
哈姆雷特之父，耳朵感染，病情扩散，

我相信这些相似之处，给了你某些安慰。
死亡模仿艺术，呃?”
　　　　　　　　　　我们来到院门口，
他说：“我在这儿种过葡萄。又小又酸，

不过，葡萄就是葡萄，都一样。”
　　　　　　　　　　　“我记得。”我说。
“我以为葡萄枯死之后你才出生。你确定?”
“确定。”表面毛茸似荨麻，球里盛着绿酸。

---

① “吟游诗人”指的是出生在沃里克郡（Warwick）的莎士比亚，沃尔科特的祖父来自莎士比亚的家乡沃里克郡，所以给儿子起名沃里克。

② 意志（Will），此处英文首字母大写，有多重含义。字面的意思当然是“意志”，但是也有“遗嘱”的意思，此外，也是莎士比亚的名字 William 的简写。

③ 根据洗礼记录，莎士比亚的生日是 4 月 26 日，真实生日据说是 4 月 23 日，莎士比亚的忌辰也是 4 月 23 日，巧合的是，沃尔科特父亲也是 4 月 23 日（1931 年）去世。

④ 鲍西娅（Portia），莎士比亚剧作《威尼斯商人》中的女主角。

"沃里克在干吗呢？在移植沃里克郡吗？"
我看到他在阴影中成形，叶子混同了头发，
透明的身躯渗入藤蔓，如雨燕风播的种子。

二

来到门外，人行道上，阳光从湿变干，
如新印的贺卡，化学颜料颗粒的毛刺
闪着光，但却蒙了一层暗褐，哪怕在

绿草街，我们的卫理公会小礼拜堂边。
我们从立柱下走过，柱檐饰有格子细工，
复斜顶也是类似的装饰，室外游廊的

两个角落都装了百叶窗，半开半合，
透出苍白表兄或智障姨妈凝视的日光，
像刚从疯人院或修道院里出来。窗框

框住他们不变的生活。炎热而漫长的
天气里，不时改变倚靠的角度，肘部
撑着窗台，跟其主人一样被人熟知，

或者，一颗白发的头在摇椅里打盹，
黑色的小镇赤脚走过，震耳的祷钟
敲响；但没有人看见穿着白色西服

步行的人，他们的幻想漂游在别处，
他们视他们浅棕色[1]的生活如同纪念品：
干枯的复活节棕榈枝，琥珀色糖果，

还有马车，他们数着念珠，冲着心形
绣枕，嘟囔“来吧，圣灵”。风铃木花
纷纷掉落，当铁钟敲响对城市的统治。

三

下午一点。我们和穿漂白制服的棕肤
幽灵，擦肩而过，有的戴着遮阳软帽，
刚吃过午饭，被午祷钟声催着上班，

高脚柱子投射的光栅，微微荡漾在
他们的制服上，沥青发烫，空无一人。
热气从路面上蒸腾，间或一两辆车

按着灯泡般的喇叭，当唧唧地驶过。
我们来到分隔成几个区域的绿荫广场。
一道来自明信片的更蓝的光充斥天空，

他的脚步声，似乎让池水从盘卷的、

---

① “浅棕色”在这里指的是皮肤颜色较浅的黑人。

铁绿的喷泉中心咕咕冒起，虽然喷孔
已被棕榈展翅弄姿的浓荫堵塞不通，

一座我必须信仰才能进入的天堂。
但我却没有问他，关于来世的问题，
因为我脑子里幻想出来的那个白影

从根上是模糊的，淡薄如信仰，如
复活节百合般没被烤焦，清新如风，
低语柔声，好像一片摩擦路面的树叶。

第十三章

一

“我长大的地方每条街巷都通往港口，
但无限，却不是我们的街道的名字；
小城无政府主义者，是街角理发师，

有一杆旗子和元老院发言人的转椅。
生锈的镜子，供我们回顾身后的纷纭
世事。围布裹着身体，如托加长袍①，

卷发纷落如逗号。油漆的架子上摆着
《世界文学经典》，得从镜中反着读，
他和倒影结对儿，成了我的宫廷侍从。

他靠剪刀知名，而我从书中寻章摘句
得名，我留给你那页白纸和一张空空的
王座。”我们走到街角，理发店的旗杆

---

① 托加长袍（Toga），古罗马男子服饰。

斜斜伸到人行道上，那位照相师傅
给他照过肖像，有人会认为是摄魂照，
他探身斜倚窄小的窗口，手指比画

剪自己的头发，示意父亲该剪发了，
我父亲笑着，用一只手比画“再等等”。
理发师歪着嘴，做出刮胡子的动作，

然后离开窗口，在他的木门旁等待。
门上贴着逝者的肖像，他似乎满了解
那些他以前没见过的、相反的生活。

“他生活的岛是块大石头，一无所有。
和国家、民族两不沾”，在我父亲看来，
这是一种被诅咒的命运。他发怒之时，

脚踩转椅王座，转过来对着他，怒气
用剪刀乱刺空气，如捕蚊的雨燕。他
比画着手势如夏洛克①：“难道犹太人

没有眼睛?”给客人查看后脑勺。作为

① 夏洛克（Shylock），莎士比亚剧作《威尼斯商人》里的犹太商人。引文出自第三幕第一场夏洛克著名的台词：“难道犹太人没有眼睛吗？难道犹太人没有五官四肢，没有知觉，没有感情，没有血气吗？……”

复临派[1]信徒，他把加维[2]佩戴三角褶帽、
金色流苏肩章的照片贴在一面玻璃上。

那是他的另类弥赛亚。他的天堂则是
憧憧魅影的非洲。大象。怒吼。当我
引用夏洛克，他的双眼滚满银色泪珠。

二

“陪我走到码头吧。”
在布里奇街路口
我们看到一艘海市蜃楼般的游轮，
船体雪白如纸，赫赫然居高临下。

“算算你还剩下的日子。只从事
心手一体的劳作：把你的生活缩减
成为唯一的象征：一艘出港的船和

一艘进港的船。所有的堕落都将
哭喊着要求上船。名气是停在你的
街头的那艘游轮，俨然是一座城市，

---

① 复临派（Adventist），基督再临派，起源于19世纪美国，发起人是威廉·米勒。

② 应该是指马库斯·加维（Marcus Garvey，1887—1940），牙买加政治家，黑人民族主义者和泛非主义者。

比消防局还要高，华美则远过之，
它那黄铜包嵌的舷窗，层层叠高，
卡斯特里[1]永远都别想造得出来。”

完美无瑕的船体，羞辱低处的铁皮
屋顶，管事们奶白皮肤，甚至船尾
底部的排水槽也嘟囔着，冒出气泡，

隆隆的发动机，喷出昂贵的垃圾，
男孩子踩着浮木保持平衡，或是扒着
旧轮胎，冲船上围栏后的游客高喊

扔一点硬币下来，照相机抓拍他们
黑色的呼喊，只见他们屈体或天鹅式
扎进水中，团身翻，如肚皮翻起的鱼，

水中下坠的硬币越变越大；等到钻出
水面，便互相扑打、抢夺，占为已有，
头部一努一努如海豚，这时，一座城市

离开另一座，房间灯光通明，游轮
划过自身的磷光，舱房里，枝形吊灯
摇摆，乘务员摆好杯盘，激起的海浪

---

① 卡斯特里（Castries），圣卢西亚的首都。

很久之后还在一波一波冲刷码头，
黑浪终得平息。阿喀琉的独木舟上，
星星，更新它们打着钉子的海图。

就是这里，少年的他目睹头垫粗布的
女人们顶着煤筐，手不扶却保持平衡，
如蚂蚁，沿一只巨大的白花盆往上爬。

她们沿黑色的金字塔往上，每根脊柱
都挺直如旗杆，劲力灌注，保持匀速。
他是历史上那些更早的海伦的代言人：

“地狱造在那些煤山之上。虽是煤的
国度却无火燃烧，地狱和她们的皮肤、
影子是同一种颜色，每个挣扎攀爬的

灵魂，都顶着一英担①之重的货筐，
在头顶平衡直立，仿佛游轮上吃重
绷紧的绳索，报酬是每趟一枚铜币，

运煤的都是女人，不是更温柔的白人，
而是相反，她们更黑更壮，她们步态
均衡，身形健美，狭窄陡峭的木梯

① 英担（hundredweight），英制重量单位，1英担合50.8千克。

搭建在船体上，全是她们在爬，邮轮
高耸入云，没有尽头的长队穿梭而过，
如两队交错的蚂蚁，整天都不会相碰。

那只是码头的一部分，在你奶奶的
房子的对面，我也能看到这些女人的
剪影，每一英担重的货筐都被两名

戴着白色遮阳帽的理货员记录在案，
她们无休无止，攀爬冥府的无烟煤山，
从生命之始揭示给你，什么是地狱。”

三

“沿着这座煤黑的码头，从今往后，
我的病体如何被时间对待，”他看着
那些女人说，“将留驻在你的脑海里，

漫长得像一个你无权提出的问题，
只能怀疑，无法不痛恨我们可耻的
沉默。类似她们的劳作，我不过是

那个使命的影子，案前的写字灯下
你埋头等待的姿势，好像一个问题，
即使灯火灭了，仍旧在黑暗中保持，

夜与昼的转换是否可感，这不归活人
考虑；你只管好你自己的生活和写作
就够了，跟她们并无不同。我只想说：

啊，您，我的零[①]，您是渺茫的希望，
完全消亡却仍是一个令人生疑的自负，
我们虽祈祷空无，空无却不可能存在。

俯身接受你的重担，哆嗦的双脚站牢，
就像历史中的她们，沿着煤梯往上爬，
光着脚，一步一步，合于祖先的韵律。

因为如今，韵律依旧是双手的括号
保护蜡烛的火舌不灭，是语言的欲望，
要把这被爱的世界，搂进它的怀抱，

或者举起煤筐；只有在它的重重舞台，
像那些呜咽的女人，你才能达到那高度，
双行体的木板，才可能把你的诗页抬到

比冥府的无烟煤山更高的地方。在那里，
她们如蚂蚁或天使俯瞰家乡，不为人知、
浑然原生、无足轻重。她们走路，你写作；

---

① 这里有可能暗指莎士比亚《李尔王》第一幕第四场，傻瓜对李尔王说，Now thou art an O without a figure…Thou art nothing，意思是，现在你不过是一个前边没有别的数字的零，毫无价值……你是空无。

不要偏出那个狭窄的通道，不要往下看，
跟着她们的脚步，那些惯于攀爬的先辈
缓慢的节奏；没有她们，就没有你的作品，

因为正是那些以倍数增加的脚步双行体，
给了你最初的韵律。看啊，她们在攀爬，
不为人知；她们凭力气挣来铜板，而你，

作为孩子，第一次从奶奶房间看到她们，
被那力量和美刺伤，即承担了相应的使命，
现在就是你的机会，给那些脚步一个声音。”

我们端立在那个炎热的下午。我父亲
从口袋里拿出怀表，又放回原处，轻抓
我的胳膊，说道：
　　　　　　　　“他享受了一场愉快的

谈话，有着严肃的内容，我期待我们
下一次会面。”他吻了我。然后在我的
注视之下，穿过阳台廊柱的明暗变幻。

第二书

第十四章

一

海军准尉随车厢晃荡，想看会儿书。
他知道，塑造坚强性格的办法不外乎
语言和观察：正是向晚时分，杨树

拉长的栅影斜割这条荷兰的道路，
车厢里乘客的重量，坐垫上不时改变
方向的阳光，教堂尖顶的鱼钩引诱

一团团的低云，如银鳊鱼，朝着它
倏然游去；夕阳在他的书脊上镀金。
对面坐着一个红发农夫，怒目圆睁，

灯笼般随座位摇晃，散发出一股
装殓师呼出的烂泥腐臭，两脚之间
放了一只铁丝笼，笼里几只白鸡，

鞋子又宽又大，如同黄昏时分穿过
低地运河的那些驳船。荷兰人正在

北安地列斯群岛大发其财，不知道

这位农夫是否对此知情，夜色四合，
在他火红色的佛兰德[1]鼻梁逐渐加深。
罗德尼上将[2]要选拔最聪明的准尉，

其他的都不管，只要记忆力好就行，
就这样他被派来，一路跋涉到海牙，
但那些人全都拐弯抹角的，不直说，

职位越高，他们发出的命令就越模糊。
他仰靠车厢，仔细看暮光斜映变暗的
杨树，飞逝的杨树之间，是那个农夫

盯着他的目光。行李箱在车顶扎牢了，
黄铜扣环闪闪发亮，压在箱里的蓝军服
裹了一把剑。他的目光转向农夫的脸。

他已清点过农夫鼻子上一簇簇的疙瘩，
看到眉毛粘着的干草，灰暗的运河之眼
反射出他的影子，额头布满深深的犁沟，

旷野的无垠让他困惑，他移开目光，

---

① 佛兰德（Flemish），佛兰德人，一般指居住在比利时西部和北部的说弗拉芒语的族群。

② 桑特群岛之战中英国舰队统帅。

迟缓如牛，一只赭色的酒壶在膝盖上
晃动着，咕嘟嘟地响。农夫就着瓶口

大口倒酒，用一块咸肉般大小的手掌
把半开的塞子拍进去，频频用大拇指
砰的一声拔出来，每次都被吓到似的。

胃里一圈圈的搅动让年轻的骑士生气，
他笑容僵硬，一次次拒绝农夫的共享邀请，
那农夫，庞大、浮肿，和他的帝国一样。

如果不是战争，他也许会爱上这地方；
尽管它嶙峋的风车搅动骷髅之声，却有
掩映在杨树之间农场里的橙色屋顶，

清澈堤堰上的水车，黑白相间的母牛
啃着它们长长的影子。田野一派兴旺，
祥和而平静。远处，地平线的火点燃

一朵巨大的云，不祥的白嘴鸦穿过那
变幻的云塔，焦灼的塔尖从田野隐去，
暮光从后透射而出，刺绣最初的花朵。

被吸吮而出的太阳，仿佛柠檬黄的药片
搁在代尔夫特[1]蓝瓷盘上，他清点太阳下

---

① 代尔夫特（Delft）是荷兰的一个城市，陶瓷很有名。

轮船的黑十字标、舰桥塔，巨大的云朵

笼罩着港口，遭了瘟疫似的空无一人。
农夫嘟囔了一句荷兰语，不是冲他，而是
冲着他巨靴之间的鸡，夸耀说："海牙。"

作为派到低地国家的间谍，他的任务
是观察港口里荷兰商船的吨位、目的地
和数量；这些船通过圣尤斯特歇斯①，

一个走私猖獗的岛屿，把战备武器
转运给美洲各殖民地；结束后，乘船到
普利茅斯，向罗德尼汇报。一轮圆月

如弗罗林银币②一般大小，照亮了码头
暗处，帮他卸下箱子的车夫。他向车夫
脱帽致敬，给了他一枚硬币。他是个

非常细心、善于观察的年轻军官，虽然
前程似锦，但却还是有一点点的青涩。
他的名字是普朗科特，他的军舰马尔堡。

---

① 圣尤斯特歇斯（St. Eustatius），加勒比海北部的岛屿，荷兰殖民地，18世纪时繁盛一时，是走私者的天堂，先后被英国（罗德尼率领的舰队）、法国夺取，不久被荷兰重新占领。

② 弗罗林银币（florin），英国曾通行的硬币，币值是两先令。

二

火药和物资，就是从这些看上去无害、
月光照耀的港口，运往圣尤斯特歇斯，
是法国给殖民地的援助；他藏起海员箱，

迈着平缓的步伐，沿港口的边缘行走，
月光亮得让他惊讶，奶白的光辉透过
青灰色的暗云，照射下来，如此清澈，

几乎可以看清自己的掌纹，隔了那么远的
距离，船艏镌刻的黄铜花体字依然清晰
可辨。他闭上眼睛默记，把它们的剪影

好像蚀刻一样，重印在心里。这些商船
不仅卖枪给北美的军火商代理，也卖给
那些出卖自己国人利益，大发战争财的

英国商人。这些情报会提供给国内的
罗德尼上将，他将展开大规模的报复，
不仅针对荷属领岛，而且也针对法属

马提尼克岛[①]，武装得如同一座棱堡，

---

① 马提尼克岛（Martinique），位于小安地列斯群岛的北部。

其港口，可以容纳法国舰队全军集结。
奇怪的是，不知为什么，在一团团

巨云下，他想到的却是农夫双腿中间
夹着的铁丝笼，笼子里那些逆来顺受的
活鸡，缩紧身体，等待被牺牲的命运。

他分叉的影子让他成了大猩猩，草录
它自己的报告，夜哨一声呼喝冻住了它。
它和他一起藏在港口巨大的火药桶间，

受到惊吓的月亮，像兔子被追猎，穿过
如林的桅杆（光秃秃如冬山，片叶无存），
出溜到一朵粉状白云的皑皑山顶。兔子

直立，无力的前爪抬起，耳朵支棱着，
鼻孔微颤如指南针，对准了哨兵的方向，
哨兵藏在黑压压的桅索下，如爬山猎人，

肩扛长枪，吱吱踩着雪走过来，举起灯
搜索，火枪做好了发射准备，吓坏了的
月亮，皱着兔子脸，他的脉搏跳得飞快，

如他在山上追猎过的那只兔子，他用
一只爪子抚平了心跳。一朵云遮盖了他
和月亮被吓傻的脸。白毛簇簇的兔子

悄悄往下，躲在云里。准尉放低身形，
躲在一只酒桶之后，巨桶如细颈的坛子，
他仿佛那受伤回窝的兔子，彳亍潜行，

在雪地上留下断续的血滴，心脏如灯笼，
大有被猎人发现的可能，像葡萄酒滴染
雪白的桌布，桌布下则藏着他的佩剑。

他的情报发挥了作用。荷兰人被击败了，
在朝向马提尼克的小岛上，准备筑一座
宏大的堡垒。而罗德尼兴建的是要塞。

三

奴隶们看着红衣兵在树丛里奔跑，
红花一样散布开来，凤凰木在微风中
摇晃着它斜挎的子弹袋[①]，哗啦啦，

好像点火爆炸的雷雨云，却没有炮兵。
战争如风暴一般自然；不需任何理由。
共同的敌人把奴隶和奴隶主绑在一起。

① 凤凰木“斜挎的子弹袋”，可能指的是其荚果，细长如皂荚，或者指其复叶，几十对短叶对生在叶柄两侧，类似蕨类植物，其形状容易让人联想到子弹带。

当那些士兵乱哄哄冲向堡垒的时候，
奴隶们鼓掌，战斗爆发前夕的狂热中
他们火辣辣的手掌有一种握枪的冲动，

晒得黧黑的工程师发出一连串的怒斥，
他们才重返自己的岗位，把悬于半山的
大炮往上面拖，下方即大海的白蕾丝

轰鸣的声音。大炮绑扎着，像一具
将要海葬的尸体，唯一的区别是——
这具扎了绳的身体却是从海里升起，

如黑铁的复活，生锈的绳索嘎吱吱
一寸一寸地挪动，提心吊胆地颤抖。
两个奴隶紧锁绞盘的手柄，怕它

呼啦一声反转，其他人看着重压下
磨损的绳索冒烟。哪怕一个绳结断了，
大炮都会跌下峭壁，在重力牵引下

失去平衡，急剧增加的冲力会加大
他们肩头的负重，而大炮，就会一路
滑到海里，连带拖着炮的奴隶和士兵。

他们的工作里包含了恐惧和骄傲，
阿喀琉的先祖咒骂着，不顾发痛的肩，

身体前俯以获得阻力，紧咬的牙关

好像绞盘，连太阳穴都要崩裂了，
拼命喊着工程师的命令：“加油！加油！”
他能感到脚下浮土那小规模的雪崩。

他们抬起伐木班的铁炮朝树冠上升，
黑人兵蚁喊着号子，排成一条人链，
由他领唱，把他们的唱和，领到

他们熟知的，从河里拖曳独木舟时
所唱的调子上来，他的口令随着节奏
有微妙的变化，号子声夹杂嘎吱声，

绳子把他们的手掌锯出了血，滴在
荨麻上，无法形容的痛苦，大炮抬升，
抬升，直到炮口碰到最低的枝头，

好像一只往上爬的鬣蜥，进入树丛。
他们高高攘臂，像弹起的树枝：黑奴，
工程师，一个个互相拥抱，眼含泪水。

他们高高跳起，咚咚落地，脚印混杂
不分彼此，他们脱开绳子，缆绳的尾巴
在悬崖上蜿蜒扭动。固定在铁轮上的

铁蜥蜴，瞄准法国舰船。这是他们的
胜利。几个暂停欢呼的人观看下方白沫
串联起来的黑色礁石，想到了家乡。

就是那一次，个子矮小、头戴云饰的
海军上将，让阿伏拉比改名作“阿喀琉斯”，
为了简便，从此他就让人家这样称呼。

第十五章

一

海峡里横着三座小岛，称作“桑特群岛”，
一个和煦的日出，法国战线第九艘战舰
朝**马尔堡舰**开火，罗德尼的旗舰飞快

打出的旗语，重复了他的命令，按照
既定计划，打破传统阵型。**马尔堡舰**
脱离接火位置，偏离航向，躲开炮火；

在旗语指挥下，她穿过敌人的一字阵，
姊妹护卫舰也加入，沿着她的铧沟运动。
你见过四月里，粉红的海湾上，做出

突变动作的鹈鹕就是那样。迎着振奋的
劲风，罗德尼舰队随**马尔堡舰**衔尾冲击；
由于风力变小，两支舰队都想争上风头，

在变换的风向中，以三到四节的速度
接近；近得双方操炮兵都能看到对方的

点火线圈，听得到对方的号令，和炮管

向后顿挫的声音，看得到飞溅的木屑，
近处开火的滑膛枪，仿佛旱季的蝉鸣，
仿佛渔民在海滩上生火烧裂的石头。

准尉感到船体在急促地抢风、掉头；
上将意在近战开始之前，派些人手
到舱底去。他的命令必须得到遵行。

二

渐渐发亮的海平线上，一朵烟雾的
恶之花坚持到了清晨。他听到水手长
低沉的怒吼，炮手发出的“嗨咦”声，

一艘脱队的法国护卫舰被击中了。
她逼近马尔堡舰，年轻的准尉凝视她
烟雾笼罩之下的美，心想，没有比

海战更高贵的战斗了；她的白帆
朝他迎面驶来，她的口型喷吐火苗，
她船头的尖喙，翻滚愤怒的黑面纱；

刚才他还一肩披着船帆，观察一群群

海鸥，在犁开的垄沟之国飞翔，从事
致命的低地之旅。观察是一种美德，

他看着她挣扎，竭力保持受伤的骄傲，
装载的货物松脱了，他听到上层甲板
脚步咚咚，自己也差点滑倒，他的舰船

想要避让。他站稳，探手拔剑，这时
马尔堡舰发出死亡之吟，断裂的主桅
嘎吱巨响，如高米尔树，劈开的榆树，

满树的叶子如坠落的船帆，覆盖大地。
舵手疯狂转舵，而他的双手在空中乱舞，
这时，天空从一个洞口，显露出来。

它的木质嗉囊吐出一波大浪，裹挟残渣
还有酒瓶——上帝才知道怎么回事；那船
擦过时，他看到她的花体字：**巴黎城号**。

三

他冲向通往上层甲板的楼梯，一手
握剑，另一只手抓着栏杆吊住身体。
这时巨浪涌入，船体再次剧烈摇晃，

舱室水位蹿高，把他从梯子上翻滚着
摔到对面墙上，在碎片的漩涡里挣扎，
又一股浪砸来，把剑戳进了他的身体。

伤口已致命，他却更拔出剑来。这时
水流把他撞到舱室的屋顶，随着激流
打转，咽了几口水，脚已够不到地板。

当积水排出，航向改变，断裂的桅杆
移除，裂口给堵上的时候，他们这才
发现，他面朝下趴着，手里还握着剑。

巴黎城号跌落的酒瓶，在她身后的
航迹里翻滚起伏，木桶渗出猩红的血，
在温和的海水中沉浮不定，战场已远，

炮声在距离的消声器里减弱。桶中之
血，微微染了白沫，其中一只瓶子沉降
到了海床，被反复冲刷，压成扁圆形，

黄锈膨胀。巨大的触手卷着它，如同
一只猫翻滚着猎物。最后，深藏海底——
直到被潜水员的橡胶蹼手圣杯般捧起。

第十六章

一

普氏族谱树（他的双关[1]）是一棵柳，
柳枝喷吐一些花朵和荚壳，底座则是
记事本的绿野。一颗荚代表索姆河战役[2]。

荚果裂开，如父亲的肺叶。另一颗献给
叔祖父的淡黄星号，标示布隆方丹[3]。
他从陆军部雇了个制作蜡像的家伙帮忙，

用花朵图例标示战斗，用花蕾标示战役。
那个两手冰凉的混蛋靠这挣了一大笔钱。
他戴着殡葬员的领子，秃顶如斯诺克球，

---

① 族谱树，原文 ances-tree 和 ancestry（祖先）同音，所以双关。

② 索姆河（Somme），索姆河战役是第一次世界大战期间发生在英法联军和德国军队之间的一场大规模会战，索姆河位于法国北部，战役从 1916 年 7 月持续到 11 月，双方伤亡人数超过百万。

③ 布隆方丹（Bloemfontein），1899 年第二次布尔战争，交战一方是英国，另一方是荷兰人后裔在南非建立的南非共和国和奥兰治自由邦，布隆方丹是奥兰治自由邦的首都。

驼背如乌鸦，用尖喙拨着镀金簿册之
悬崖，簿册按字母顺序，从 A 打头的
阿金库尔[1]，到 Z 打头的祖阿夫[2]，最后

回到记载普氏家族蓝色血统[3]的册子。
少校没抗议。但为什么有苏格兰血统？
为什么要有苏格兰大剑和格子呢褶裙？

当柳树淡入一朵可疑的白云时，他乐了。
不就是要钱嘛，给。一个雕花卷盾基座
等在柳树根部，写了他的名字，连字符后

是截止日，还留了他儿子及后代的位置。
他说“不，在这儿”，但那个杜莎夫人蜡像
以为 H 没有发音[4]，错以为是“没有后代”，

少校戳着盾牌旁边等待的空白，说我
不是那个意思，但“没有后代”已经写上：
“传承从此断绝。将来再无普姓之人。”
　　　　　　　　那乌鸦竟把这写在族谱上。

---

① 阿金库尔（Agincourt）战役是 15 世纪英法百年战争中的经典战役，英国长弓手以少胜多，打败了法国贵族的重装骑士军队。

② 祖阿夫（Zouave），19 世纪法国轻步兵。

③ 蓝色血统（blue blood），意即“贵族血统”。

④ 这里是一个谐音游戏，no here（不，写在这儿）和 no heir（没有后代）谐音，因为 here 如果 h 不发音和 heir 类似。普朗科特指的是前者，而给他干活的那人以为是后者，一语成谶，正好触到了执迷于家族延续的普朗科特的痛处。

二

普氏夫妇的典型夜晚：他在大理石纹
册子上，标注大炮的种类、耳轴、口径、
养护、大小、重量，按如下类别排序：

军械名、代码——GR. III 或>IV 型，地点、
轮廓和日期，笔尖在纸上戳点，推敲。
而毛德比照邦德的《鸟类学》[①]，用绣针

刺出鸟的剪影图，鸟儿的安静反映在
古色古香的刺绣绷子上。清澈的夜空，
绣针的星群组成这个错综复杂的工程，

一件巨大的绣被，好些年前便开工织造，
浸透她一贯的耐心，要让那些盲鸟歌唱，
鸟喙如笔尖分开，站在丝被的褐色枝条上，

或钻在巢穴里。反舌鸟、燕雀和鹧鸪，
夜鹰、翠鸟、老鹰、蜂鸟、鸻鸟、鱼鹰、
游隼，游隼的喙和他摩擦的笔尖类似，

---

① 詹姆斯·邦德（James Bond，1900—1989），鸟类学家，著有《西印度群岛的鸟类》，英国作家伊恩·弗莱明（Ian Flamming，1908—1964）喜欢邦德的书，所以用邦德的名字作为他著名的间谍系列小说的人物。

凤头燕鸥和褐翅燕鸥，野鸭、迁徙的水鸭、
矶鹞（嫩毛的喙），野生的水禽、钻水鸭，
Cypseloides Niger[1]，l'hirondelle des Antilles[2]

（他们对雨燕的称呼）。鸟儿来自不同地域，
跖骨发亮，套着希腊或拉丁标环，把它们
固定在丝绸表面，但一喊它们的名字便会

啄她的手指。它们扇翅如小旗，分布在
分蘖的岛屿上，蓓蕾以准确的火焰绽放。
少校揉了揉双眼，眼光从记录簿移开——

绿油油如爱尔兰毛毡——看到她的思绪，
每次绣针掠过丝褶的水面，都像一只患
思乡病的麻鹬。青蛙呱呱的机枪射击微风。

暗褐的浪发射炮弹。一颗星收起它的
兰花，飞逝，变暗。一小时打盹，好像
百年，被时钟的节拍器所催眠。毛德

拿起腿上的丝物抖了抖，在膝盖上
铺平。她没抬头。普朗科特看着她
用剪刀的喙又剪出一张纸质图案。

---

① 黑色雨燕的学名。
② 法文，意思是安地列斯群岛的燕子。

他喉咙发痒，禁不住轻咳了一声。
钟摆在华丽的桃心木匣里轻柔摆动；
他累了，但灯罩笼在她头发上的光晕

却丝毫未动。深陷在花布沙发里的她，
双手在台灯的半明半暗的范围之外
如同雨燕那样俯冲，穿过绷紧的箍环，

快似饮盐的麻鹬，悬停、飞掠、蘸水，
然后垂直爬升，多少次，这让他羡慕！
今晚，他却像雨燕那样颤抖，意识到

这是她的裹尸布，不是结婚五十周年
礼服。他的视线在海底巡游，航向刻度
在老海图上沸腾起泡，泛起一连串的零；

他揉了揉眼窝。炮火在他眼睛里闪烁。
他扔掉圆规，厌倦了这时断时续的劳作。
确切的交火战线，没那么容易被划定，

制图师们太过随意地安排岛屿方位，
仿佛枯死的叶片在微风里四下乱飘。
他俯向地图，双手使劲儿挠着头。

三

战后，他曾计划完成一次纯属自虐的
奥德赛式历险，走遍曾经的大英帝国，
目视它在薄暮中逝去，他大写的自我

是一根柱子，没有屋顶，只有山墙兀立，
从新加坡到塞舌尔，穿第八军的旧制服，
算来算去，整个旅程将会花去他好多年，

大部分路程打算步行，趁一切的一切
逝去之前，踏上一段世俗的朝圣之旅，
寻访他童年时发生的战争，战场旧址，

割裂康科德[1]的第一枪，毛瑟枪声的回荡
一直传到信德省[2]的某个避暑山庄。在此
之后，他们再找地方安顿下来，但是毛德

是个固执的夏娃："你会把退休金花光。"
但这是他的白日梦，虔诚的朝圣之旅。
如果他有个儿子，应该已经付诸实施，

① 康科德（Concord），美国独立战争爆发的地点之一，在今波士顿附近。
② 信德省（Sind），英属印度殖民地，今属巴基斯坦。

如今，他是个轮椅上的将军，已然老朽，
喝冰茶，就饼干，皮肤皱得像牛奶，像
笨拙的白鹭，被她绣在海绿色的丝绸上。

第十七章

一

如今，每当普朗科特那超然的思绪
如恍惚紧张的正午，在加勒比海漂游，
他便开始背诵那场战斗的数字之诗，

每一座营盘，每一个建制；他了解
战线上全部八十艘军舰，他知晓那天
海峡洋流的方向，英国舰队的顶帆

吃入贸易风的那刻，一声深沉如风的
叹息会廓清他的记忆。中午，他爬上
要塞，自我认定的各各他[①]；从那里，

军舰鸟的十字架缓缓升起。他谛听
岩洞里隆隆的炮响，仔细看博物馆
收藏的手册，给双方舰队每一疏失

① 各各他（Calvary），耶稣基督被钉十字架的地方叫做各各他山，也称骷髅地。

都打上一个两翼张开的V字形记号。
他穿着肥大的短裤，在卡其草色里
走着四边形，来回踱步，测量距离。

有一天，大正午的，他感到被一双
古老的眼睛注视的压力。他缓缓转动
双筒望远镜，看到一只蜥蜴肘部

弯曲，在中午灼热的炮管上鼓喉，眼缝
翕张，橙色垂肉在它钉住的影子上膨胀。
他爬到它近处："你要宣示你的领土吗？"

少校问道："这片土地上每一管草都属于你。
看看那愚蠢的手册。难道不是他们把你称作
伊奥那劳[①]？"
　　　　　　　　蜥蜴朝着毫无生气的

加勒比海移了移身体。普朗科特也照做。
"伊奥那劳，蠢货！鬣蜥被发现的地方。"
他把手册凑近它的裂缝之眼，让它就着

它喉咙里愤怒的灯芯阅读。
　　　　　　　　　　　　"这样拼写对吗？"
舌头吐了吐。少校站起来，拍一拍卡其布

① 伊奥那劳（Iounalo），阿鲁瓦克语，"发现鬣蜥的地方"，见第一章正文。

短裤上的尘土，把手册胡乱塞进皮带。

“伊奥那劳，呃？全是缥缈的民间传说！”
高高的草丛打到他的短裤。历史是事实，
历史是一门大炮，而不是蜥蜴；离开

马提尼克的德·格拉斯[①]，埋伏的罗德尼
占了上风头。伊奥那劳，我臭烘烘的屁股！
赫瓦诺拉[②]，我的屁眼！难道海军历史

最伟大的战争，把法国人击垮的战争，
只是为了一个能断掉自己的尾巴、双肘
弯曲如守门员的物种？为了它才建造了

这座堡垒？为了它他的同胞才献出生命？
全都是因为有一个阿鲁瓦可名字的蜥蜴？
历史，将被黑人宣传手册编纂者重写，

而我们将是其中的讹棍[③]，从地图上消失
（他故意把恶棍说成讹棍）。最终，我们
才是那些杂种！不知怎么，那闪光的垂肉

---

① 德·格拉斯（François-Joseph de Grasse，1722—1788），桑特群岛之战的法国舰队统帅。

② 赫瓦诺拉（Hewanorra），圣卢西亚机场的名字，本意是“伊奥那劳之地”，亦即圣卢西亚岛。

③ “恶棍”英文是 villains，普朗科特故意拼错，说成 villians，相当于我们的错别字，所以翻译成“讹棍”。

激怒了他。他砰地一声关上罗孚车门，
但是，在穿过一排杨树似的木麻黄，看到
防波堤之后，他心情平静下来。不一会儿

便恢复了那个旧我。他成了他自己，或者，
不知还剩下多少的那个自己。无数的鬣蜥
沿着他皮肤的藤蔓跑下，如海伦的冷笑。

二

他没有放松对军械的研究。破铜烂铁
堆铸在军械厂里，炮管上镂空的铁标
用浮凸字刻了“乔治国王”这个词语，

毛德根据谐音，称之为“华丽的破烂”①。
历史一贯的把爱好者变成狂热信徒的
天真，将这道黑墙当做熏黑的小教堂，

军队医院附近，一道水泥封砌的石墙
绿油油的，迫他屈膝去看标记写了什么；
从一道尿骚味的门洞里走出，他的脸上

闪着皈依者的光。多少年轻的红衣兵

① 华丽的破烂（Gorgeous Wrecks）和乔治国王（Georgius Rex）发音类似。

为了她死去？多少树叶从那件柠檬黄裙
感染上了黄热病？他听到长青花摇着

子弹袋[①]般干枯的籽荚。“永生”是这
火焰树的名字，不用给出任何理由，
因为它就像雨季来临前行军的红衣兵。

如果说这种花只在旱季燃烧[②]，那么
怎可称为不朽？它是一朵雨季的菖蒲，
雷暴积云的菖蒲，每一朵都披着卷发，

如戴假发的上将。他找到了浅紫墨水
书写的条目。**普朗科特**。投身波谷的人。
普朗科特？他忧心忡忡。哪个郡出身？

三

肩挎水手袋、脸颊闪烁苹果红的他，
止步于哪座山头，眺望波谷里海鸥翔集？
他的探索到了终点。他已经走得够远，

---

① 见第十四章注。长青花（Immortelle），这里按照字面意思（永不凋谢的花）译出，实际应该指的是刺桐花，生长在热带、亚热带，喜干旱，开红花，别称火焰树。

② 燃烧（flare），原文也有花瓣张开的意思。

他发现了同姓、一个儿子。Aetat xix[①]。
十九岁。准尉。万角丛立的大海，日出
时分，陆地吹来第一阵和风，淹死了！

就这样，阖上他年轻的眼睛，合上簿册。
祈祷吧，为了他的长眠，在浅紫墨水花环，
海浪的白兰花环之下！愿你祛除我的不信，

普朗科特祈祷。他不会把发现同姓这事
告诉毛德。他想到那只温暖的手曾栖息在
温暖的炮管上。还有那炮所捍卫的王冠。

① 拉丁文，意思是“十九岁”。

第十八章

一

战斗往北扇形展开，超出岛的视野，
也超出本地史学家的视野，他们主张
海伦是战争唯一的理由。一只鬣蜥

眺望大海尽头，海水无比平静，除了
防波堤上溅起的最后一道浪花，随着
法国舰队仓皇离开，一路来到瓜德罗普，

罗德尼衔尾追击。如此巨大的毁灭，
正如他的期待，远在欧洲都可以听到——
桅杆噼啪断裂如树枝，填入乔治三世[1]

熊熊燃烧的壁炉——壁炉里太阳的金色
统治，在一个加勒比、一个帝国的口号下
因此得到广泛确立，沿着北美洲东海岸，

---

① 乔治三世（George the Third），全名乔治·威廉·腓特烈（George William Frederick，1738—1820），英国国王，在位时间从1760年至1801年。

从佐治亚到缅因，一路红染。罗德尼
把荷兰人的岛收入口袋，而新英格兰
殖民地[1]付出的代价则是，法国舰队的

溃逃，如母马之尾，每艘舰都是一道
帆影所化之云的魂魄消融，直到他们
叛乱的海港被封锁，再无人员军火出入。

少校标注了一串V字，一发现相似之处
便在页边草草评注。如果说她被他们的
神话之网、纠缠不清的数字和日期掩盖，

那么，她就不是一个幻想，而是困于
因果的蛛网，而那愚蠢的借口称，他们
在燃烧的海上战斗，不是为了她的脸蛋。

他对于时光如何被重写没有一点概念，
那是历史学家的任务。他从图书馆搬来
简介、教科书、宣传手册，堆积如山，

书里面那些事实之虚构，被公正诉求
折磨得痛苦不堪；极力想避免情绪化
如同船极力躲避礁石，他们用枯燥的

① 这里指的是新独立的美国殖民地政府，和法国结成联盟对抗英国。

笔和罗盘，想把大海平面化，压扁为
一张纸上的海图，但他被书籍所重压的
心脏，却没有从中感到快乐，除了分享

他们对事件的癖好，无人注意荷马式的
对细节的重复，细节对命运的预示。这
就是不同。他看到偶然，他们看到迷信。

他也曾相信过他们。除了有一次，他从
猪场回家取支票本，正要进卧室，遇到
全身穿衣镜里她的目光，他被钉住一般

呆立，镜中一条长臂，手指并拢如蛇头，
正在套一只镯子，是从毛德的首饰盒里
拿出来的，她眼光平静，如同喀耳刻，

她的微笑似乎能说话，“让我试试吧”，
对此他只能同意。似乎被宽恕的是他，
看着那条黑皮肤的胳膊，手撮成鸟喙，

以蛇的雍容，褪下手镯。和门口的他
擦肩而过，他闭上双眼，在那飘香中
感到了愉悦，那香味既有自然的味道，

也有药店香水的味道。胜利属于她，
他的激情也同样；但毫无激情的书本

却不包含香味、眼神、黑色的长臂，

也不包含他的认识：这岛的魅力蕴含于
她的狂野外表，一种华丽而高傲的高度。
他走到那个镯子跟前，用干燥的手摩擦。

二

手镯弯曲如一条蛇。他听到嘶嘶之声：
她居家奴隶的身份，也许正是你的拯救。
你可以颠倒神的恩典，修正他的赐福

以便满足你的私欲，冒着引发他怒火的
风险，建造也挂了金苹果的伊甸园第二，
从此之后，她的影子将会在这座房子的

每面玻璃上滑翔，不管你的恐惧多大，
走到镜子前，看看那原罪的错误吧，它
呈现于你不敢承认的情欲之中，历史

全部的魅力，都体现于这个异族犹滴[①]，
她的长臂是一把剑，她吸引你回过头

① 《圣经》次经一个章节《犹滴传》里记载了一个叫做犹滴的犹太女人，用计杀死地方首领，拯救了家乡。

看她的历史，她的部落；你面对这美，

沉浸于老年的惊怖，就像一个老人
渴望城墙上的海伦，或者床上的海伦。
像一个老人因赤裸的苏珊娜而颤抖[①]。

他对镜自语道：不。我的思想是纯洁的。
我的所作所为是为了她无知、贫困的人民。
手镯却嘲笑，这跟帝国的誓言并无分别。

不管是黑女仆还是勒索之化身[②]，她在此
石砌屋的存在堪比磁石，却并非正当，每时
每刻，哪怕在猪群里，他也知道她的位置；

他能透过晾晒的床单，看到她的影子，
因为她和她的影子为一，她身后的太阳
常常使她们合体的剪影看起来好像是

赤身裸体，有时候，她携着一桶清水
走向那群漂白石，嘴角带着不变的笑容，
让每次擦身而过，都像上演一场戏剧。

---

① 《圣经》七十士译本（希腊语，汉译思高本）《但以理书》后续《苏珊娜书》记载苏珊娜洗浴时被两个老人偷窥。

② 黑女仆（black maid）和勒索（blackmail）英文发音类似，是谐音双关。

三

一块不规整的草地围住村子，草地上
男孩子们在打板球。靠加勒比海一边
是墓地，墓碑斑驳，还有罗曼式教堂

竖起的塔楼，楼下是一条死去的老河。
法国人统治的时候，以特洛伊人的骄傲
升起的桅杆森林，仿佛潟湖里的芦苇。

当一张张海葡萄的书页在动荡之中
掀起一阵疾风时，他穿过飘飞的雨点
星号，爬上了那座小型垃圾山的山顶，

他站在脏污之间，借助他的手杖和
一本图书馆角落里找出的小地图册
做勘测，册子书脊磨损，书页将脱。

就这样，他画出了他自己的示意图，
一张从海边开始测量，足足两千余步
才结束于那座可堪哀痛的土堆的地图。

在这雨污横流的傍晚，他扒拉什么？
手杖在一堆废弃的破鞋里捅来捅去，
这是一个沸腾着的土堆的问题，看到

金属光泽之后，往深处再挖？他丢了
什么东西吗？这座生活垃圾的厌倦之山
什么都没有说明，除了他们单纯的罪，

清清澈澈，如葫芦里的雨水，裂开的
葫芦，如搪瓷盆里的新月。男孩子们
看着这个白种人似有耗费不完的耐心，

不断把好奇乱拱的小猪从他的勘察点
撵走，这一切都是为了证明，历史
最深远的呼喊，是由烟雾之旗所谱写，

从迦太基，庞培，从恰好相反的特洛伊
遍布的坟堆。垃圾一层层，往上堆积；
人的天命如此，总会选择同一个乱葬场

或一座祖林，掩埋在这座垃圾山下的
是法国人的墓地，那时候，这个地方
还是一个前哨基地，对面则是大岛村。

但这里也是她的村庄，这里是她走过、
游过泳的沙滩，这里也是她的城垛。
垃圾山，已证明是首都港口的所在地。

毕竟，她是许多国度竞相争夺的光荣，
特洛伊的盆地和山谷。此刻法兰西帝国
躺在了他的掌心：两颗黄铜制服纽扣。

第十九章

一

如今，他因为儿子在战斗中的牺牲，
终于能够吼叫着背诵布林[①]的赞歌。
他骄傲的苹果在喉结的垂肉里颤动，

发出一阵大炮的咳嗽，介于临终痰咳
和颤抖抽泣之间。他教毛德衷心念诵：
“当我们考虑到重大利益牵涉在此……

呃……”（读到这儿总是绵延一串咝音，
齿擦音抬起蝰蛇的尾巴，嘶嘶地警告）
“几个强权的联合体，它们强力的霸权

被彻底摧毁，不列颠的海上控制权得以
确定……”毛德背诵着，面对一簇簇的

① 布林（Harry H. Breen），1844 年出版《圣卢西亚：历史、统计和描述》（*St. Lucia: Historical, Statistical and Descriptive*），用欧洲中心主义的视角看圣卢西亚。

黄蝉花，好像它们是百合纹饰①，一边沿

石阶往上，一边用花剪剪掉它们的头，
投入花篮。他发现了与荷马史诗的巧合。
　　　　　　　　　“你看，亲爱的，比如，
四月十二日，太阳西沉，你听，**巴黎城号**

降旗向罗德尼投降。这是历史的偶然，还是
回响？帕里斯给出金苹果②，一场战争为了
名叫海伦的岛打响？”——他拍着结论性的手。

他看到了那孩子布满雀斑的脸，前额
在红发的茅草下转动，蓝眼睛、紫红嘴唇，
没有穿全棉的水手衫，肩膀暴露于热气

之中，晒得通红，其他几位准尉军官
分列在铁梯上，有几个冲着太阳的镜头
发出无声的笑。他们用清洁液擦洗剑柄，

那些斑痕如雕像头上的雨燕粪便，或

---

① 百合纹饰（fleurs-de-lys）是法国王室的象征。

② 希腊神话里的帕里斯（Paris）和法国舰队巴黎城号（Paris）原文同音，所以普朗科特听出了桑特海战和荷马史诗的巧合，另外，稍微勉强一点的话，April 12（4月12号）听起来也有点像爱神 Aphrodite（阿佛洛狄忒）的发音，帕里斯把金苹果给了爱神，所以得到爱神许诺给他的最美的女人——海伦，从而引发了特洛伊之战，而圣卢西亚也曾被命名为海伦。这些也许都是普朗科特想到的巧合。

毛德的晚餐蜡烛流下的泪，他们所有人
都想知道，自己在太阳下，坦克阴影下，

还剩下多少时间可活，每一个身影
都在褐黄的照片里重复同样的身姿：
半裸、笑容凸显嘴角的阴影；他和他们

一起蹲坐，拿着恩菲尔德手枪①，裸膝下
是个锡铁尿盆，那咧嘴笑的孩子去了他们
所有人现在所在的地方。石头波浪之上，

放置了太阳十字标的停火协议，一位
司号兵，猛然把金黄套索的穗子甩到
一只胳膊之下。而莫蒂默、格兰道尔、

塔姆布里、司考特，他们回响的悲魂
慢慢消失于沙漠最美好的时光，不再
是列兵、准尉，而是咧嘴而笑的贝壳。

啊基督，请怜悯他们所有人！宽恕他
嘲笑那些准尉的卑行，再也无法把家
从他们身上磨灭，勇气也已不合时宜，

正如信念，也从每一首赞美诗里消失，

---

① 恩菲尔德手枪（Enfield），二战期间英国军队广泛配备的左轮手枪。

最后徒有节奏剩下；若他们挥摆的胳膊
没有激情，对英格兰也罢，对其阵列

之上白嘴鸦般的引导之光也罢，那么节奏
又有什么意义？对他来说，他们擦亮剑柄
用的是破布而已。这不是荣誉，只是服役；

司号员的召唤，不是为着厚颜[1]的广为人知，
却如毛德的绣针，串通了他们的血管，不管是
列兵还是军官。为此年轻的普朗科特将溺毙。

二

这座房子矗立的地方，就是当年的营房，
司号员就站在这营房的台阶上吹响号角，
从睡梦中，唤醒那些衣衫不整的士兵，

霜露把草地染成了银色，他们呼叫着、
奔跑着，从砖砌的拱门一拥而出，冲向
弹药库，因为海平线出现了法国舰队，

呼喊在普朗科特体内增生。无声的
记忆的呐喊！士兵们费力地套上弹夹，

① “厚颜”原文为brazen，也有“黄铜”的意思。这里是双关。

列队点名，跺脚大喊："到，长官！"

炮口填充了弹药，黑铁蜥蜴的火焰。
现在，最长的那段营房变成了大学。
他停下罗孚车，看年轻的内德和汤姆[①]

摇晃身影，呵呵怪笑，不顾他妈的长官
那愤怒尖利的高音。远去的魂灵们好像
簿册里的名字，当黄昏在地上拉长拱门

之影，报数声依旧在回荡，有司考特的
声音，塔姆布里的，所有他队列训练过的
士兵的。队列穿过街道的木地板，高高

抛起仪仗队的指挥棒，在头顶更高地
翻滚，落下时如感叹号被捕获！夜风中
棕榈树摇摆不止，如荷兰泽国里的杨树。

三

当历史的狂热如同岛内光芒四射的
圣徒的预见性一样逐渐褪去的时候，

---

① 汤姆泛指普通人，内德泛指小流氓、无赖，差不多相当于中文里的张三李四。

他通过滑动玻璃门的那只独眼，看到

一尊勃起的大炮，从其撮起的口唇耸起，
挺立在舰队的凸版木质波浪之上。好个
能干的精子[①]，他乐了。联想太多了吧。

他皱眉坐在嵌钉的转椅里，往后一靠；
然后一只手转动有凸刻雕纹的裁纸刀，
如罗盘针般停死，说明一个老问题——

他在这上面越努力，就越构成对老婆的
背叛。他用放大镜逼近历史地图，但它
放大的，却是本岛的双乳之尖[②]，而且，

它也掩盖了激烈的斗争。事情的发展让他
认识到，历史在时间流逝中才获得温情；
不是因为一场海战的胜利，而是因为

一件黄裙子的 Velvet[③] 从后看的那个 V 字。
横梁上倒挂了一只蛾子，少校看它缀满
眼睛的翅膀：眼睛看他，一个沉默的证人。

---

① Able Semen（能干的精子）和 Able Seaman（一等水兵）发音相同，这里是双关。

② 这里指的是大小皮通山，见第一章第一节注。

③ Velvet，意为“天鹅绒”。

他想起空荡荡的酒吧里，一道明悟之光
闪过脑海——这座岛就是海伦的化身，
这个认识加深了自己因她和那件柠檬黄

裙子，所抱有的羞辱感。在那些日子里，
当他透过季候风的斜雨，观望这座岛时，
闪电之矛便能用历史的悔悟把他钉住，

这雨矛摧毁的同时更新她。是的，他已
偿还了欠债。海浪粉碎了她的名，用的是
准尉听到的同一巨响。他给了她一个儿子。

伟大的事件，还会发生在别处的世界。
有那么些人认为自己的战争才是最棒的，
那时征战的焦点更高贵，理由更清晰，

他们的怀旧病闪亮，仿佛他老伤的痂。
旅馆附近，有被机枪扫射而死的德国人。
他的心里住了一个秘密的法西斯党员，

喜欢德国文化，远胜其他所有一切，
从汉诺威王朝的皇宫，到威廉皇帝；
在他所写的一篇文章里，他如此宣称：

“少数人制造历史。其他人见证历史。”
贝多芬的云使他迷醉，还有赫尔曼·黑塞
一丝不苟的脸庞。文章斩获了一等奖。

第二十章

一

在大烛台灯火的见证下，人们站在铁市
台阶上，嘶声大喊保障工人权利的口号，
他们汗津津的脸庞扭曲着，菲洛可提提

透过耀眼的弧光灯，打量每一个候选人，
呼啸的掌声涌起，送给这座被党派撕裂的
岛屿：其中一派被称作马克思主义者，

由理发师之子[①]带领，另一派领袖是康普顿[②]，
带他来的玛尔约称之为资本主义者，两者
是一路货色。在酒吧里，他问玛尔约支持谁。

“我？”玛尔约说，“就这俩争吃一根骨头的

---

① 这里指的是乔治·威廉·奥德勒姆（George William Odlum，1934—2003），组建过左翼政治团体，和圣卢西亚工党（Labour Party）合并参加1974年的选举，后文的LP应该指的就是这个工党。

② 约翰·麦尔文·康普顿（John Melvin Compton，1925—2007），圣卢西亚1979年独立后的第一任领导人，他领导过保守派联合工党（United Workers Party），也就是UWP。

家伙?”他宁愿自己付押金，租赫克托的车，
弄一只手持扩音器，买足够多的电池驱动。

他的党在仓库里成立。仪式由牧师
剪彩，剪彩的碎片存起来，用于日后
圣诞节的礼物。在他出生的村子里，

一个犬儒的高个子争辩：“刀怎能断水!”
“Ciseau pas ça couper del’eau!”意思是，
他的选战不过是一场无用的浪费；候选人

对着赤脚的群众举起一杯香槟，赢取
他们的信任，按钮一摁，把扩音器打开，
发出刺耳的、呼啦啦的声音，震聋了

两尺开外的人。既然每个党都得花钱，
他就让精选团队的成员沿街拍手，列队
前往“不痛咖啡”，开始举办庆祝仪式。

七个海洋将会在那里为他们献唱，他的
好主持人阿喀琉，在仓库玩多米诺骨牌时
答应为他拉票。一个新的时代将会开始。

夜里，你可以就着一盏路灯的钠之光芒
观看党的选举招贴。他催眠的微笑粉刷于
一堵月光照耀的墙上，衬着欢呼的海浪，

而同时，出租游艇沉睡，螃蟹数着沙子，
他登记的选名是 F. 迪迪尔，一生奉献，
标志是一只黑皮肤的手吊着打断的枷锁。

“我们全部的峡谷内外，所有的香蕉们，
请举起手来，反抗压迫者！”他嘶喊着，
却忘记摁下扩音器按钮。他们称他是

“静电教授”，简称作“静电”，他短路的
散文充斥电流的文法，把扬基语和本地
土话混合在一起，那昏昏欲睡的彗星车

一直等到按钮修好了，才把火花四溅的
抨击，噼里啪啦地喷出。他雇菲洛可提提
任职党的宣传部长，作为先锋，瘸着腿

分发传单，人群喊：“静电！”玛尔约挥手
作答。做过渔民机械师的他，体内充满
新的力量，要为穷街陋巷的人们代言，

那些面包树园里无所事事的人，暮色
时分，堵塞的涵洞桥上，垂腿闲坐的人，
把疲倦的渔网挂在疲倦的竹竿上的人，

山岭上的棚户区，在伤心的暮光中展开。
他们的耐心也是菲洛可提提的。彗星的
象征，让他知道他们的时代到了，菲洛

作为党员，以跛子的形象，随玛尔约的
哀曲，单脚跳动，鼓动穷街陋巷的人们，
让他的政见深入人心，虽然忘了揿下按钮。

“Ces mamailles-là!”“静电”喊道，意思是
“孩子们”。然后赫克托敲膝示意：“麦克风
没开。”和往常一样敏锐的教授便说“操”!

二

他那残疾人在前面一跳一跳，散发传单，
把传单贴在汽车上，和写着“禁止张贴”的
政府建筑上；然后菲洛可提提沉入彗星的

豹纹座椅里。如果在乡下，他们就把车
停在小酒馆的旁边。他带头鼓掌，“静电”
则负责握手，在水龙头边，把一块泡泡糖

送给一位没牙的老巫婆；他揣摩这些把戏。
一身洛奇牌黑西服，端着玉米棒子做的烟斗，
离场时丢一句麦克阿瑟的誓言：“我会回来的。”[1]

---

① 麦克阿瑟（Douglas MacArthur，1880—1964），二战时期美军将领，他著名的演讲词“我会回来”（I shall return）原文被“静电”改成了 Moi shall return，其中 Moi 是法语中作宾语用的“我”，却被当做主语用了。

权利进入“静电”的头脑。他感觉自己好像
教皇，站在防弹吉普车里；他学会了如何
让人安于贫困，从滑行的彗星敞开的门里

往外挥手示意，经过那些被忽略的地区，
点头致意，两个手指弯曲往下，一股力量
随之把群众欢呼爱戴的海洋剖分开来。

“圣卢西亚这座岛，quittez moin dire z'autres[①]！
让我告诉你们，正在漂向绝对的灾难，
ces mamailles-là，pas blague[②]，这不是

开玩笑。每张选票都是你的船票，在
泰坦尼克号上得到一个免费座位：逆流
航行到奴隶时代的游轮，你坐在里边

不是男仆，就是女仆。这骗人的诡计！
这迷惑的花招！告诉我，我撒了谎吗？
看看那一跳一跳的跛子，香蕉和游客的

圣卢西亚看起来健康，但她的灵魂却在

① 也就是下一句“让我告诉你们”的意思，“静电”的英语属于一种洋泾浜英语。说一句法语影响下的土话，一般下边紧接着的一句话就用英语复述一遍。

② ces mamailles-là 是“孩子们”的意思，见上一节的最后一段。pas blague 是“不是开玩笑”的意思。

呼喊，'tends ça moin dire z'autre，你说我
有没有撒谎。我是个渔民，看到跟随

我的人在这场忽视-选举[1]中，被不同的
党派撕裂，我的心就好像被长矛扎痛。
统一力量党，不会是第三个党，在两党

之间骑墙，一边是希腊，一边是特洛伊，
两个党派都在为海伦而战：LP 和 WWPP，
只有统一之爱党，才能给你们提供答案！"

他们驾车穿过鲁索[2]。他说："你听明白了吗？"
赫克托回答"是的"，边说边揿按钮，"我只是
不敢肯定你关于香蕉的说法"。彗星拖着回音

呜哩哇啦，穿过翠绿峡谷和靛蓝山丘，
抄近路寻辙往上，扑面而来他们的天堂
美景：风吹雨打的村庄，矗立的教堂——

这就是神父和政客们誓言中描绘的天堂，
蓝色的大海一遍遍迸裂菲洛可提提的
心脏，他坐在那里，传单堆在大腿上，

---

① 忽视-选举（Neglection-election），election（选举）前头加 Negle（Neglection 的词根），这是个语言游戏，强调选举对人民的忽视。

② 鲁索（Roseau），圣卢西亚西边的海滨小城。

看着岛屿从车窗里，从他伤口的窗口
往后飞掠而逝，从维耶港到凯普[①]，
他是她的仆人。他负担的是她的重量。

为什么他们不能给这片土地相同的爱，
如他爱她的那般永恒，即使满怀伤痛？
爱海伦如妻，不管阳光明媚还是凄风苦雨，

伤病缠身还是健康安逸，爱她贫穷之美？
用树叶的方式爱她，而不必像印着口号的
粉色的传单，只知道鼓励黑人起来战斗？

三

彗星又一次停下，让菲洛可提提下车。
他们爬过卡斯特里一片片拥堵的街区
他一瘸一拐穿过人群，刺啦啦的扩音器

登上集市的台阶。
"小伙子们，让我们大家[②]
一起，震撼大岛村，统一力量党，

① 维耶港（Viewxfort），圣卢西亚南部的区，凯普（Cap）应该指的是北部的 Cap Estate 地区。
② 这半句是法语或克里奥尔语：Ces mamailles-là，nous kai。

举办周五通宵演出筹款，直到公鸡

把萨克斯管和小提琴一并收入琴盒。
欢迎大家踊跃捐款，帮助‘静电’教授的
统一力量党。和平万岁、爱是永远！”

结果，“静电”选战狂欢会的当天夜里，
天降大雨，大雨一下浇灭了他的美国式
信仰，也就是，选民们需要的是被取悦。

“静电”脸上带着受伤的微笑，巡视那
一片狼藉的会场。缀满水珠的气球环、
浸透的纸帽子、发皱的海报、拉在两座

阳台之间的标语，一箱一箱的传单，
都在这个周六成了历史。但这是他们的
损失，不是他的。这个结果早被享乐的

彗星所预言。他哑然失笑，再次雇佣
菲洛可提提收拾大厅，把湿气球分给
孩子们。看他站在梯子上，举起一把叉

去够彩旗皱巴巴的面颊。解开后，彩旗
风筝一般委顿街衢。他穿短裤、拖凉鞋，
斜举着一瓶温啤酒，那就是他，作为

候选人，发出的最后的命令。他抱了抱菲洛可提提，后者在为他们的失败哭泣。然后他离开，移民去了佛罗里达做劳工。

第二十一章

一

自动点唱机在大西洋城闪烁。音箱
轰炸"不痛咖啡"的霓虹灯。夜晚点缀
小贩的炭火，无聊的、死去的一周

突然爆炸，切换成铿顿斯[①]、乡村音乐、
雷鬼乐。烤鸡和海螺烧烤爆出的火星，
燎伤了摊主的眼睛。煤油灯的周围，

孩子们睁大的眼睛宛如月亮，直到
他们沉睡在母亲怀抱的山峦。疯狂的 DJ
好像福音一般，飞翔在舞会砰砰砰的

伴奏乐之上。
"这里，就是大岛村之夜，
统一力量党，伙计们，让我们把村子震翻，
跳到公鸡醒来！"

---

① 铿顿斯（Cadence），一种流派的爵士乐。

从“午夜时分”，“永酷”，

“不痛咖啡”，到高高的“第二舞台”，
这些酒吧闪着圣诞的灯火，低音分贝
震碎玻璃的星星。游客穿天使般的白衣，

漂游在拥挤的阴影中，在烧烤的香气里
穿梭，汽灯下人们玩着骨牌游戏。这是
海伦的夜晚。也是阿喀琉最痛恨的夜晚。

她在给一条裙子洒水，熨烫。
“我喜欢的
是这音乐，这人潮。”每到周五，太阳
西沉，他就因嫉妒而变得愤懑，看着

面包树厚厚的叶子满怀恶意暗下来，
咖啡馆相继开门迎客，最早到的警察
在街上放了禁行标记。晚饭吃得早，

他坐在通向后院的门框里，看着她从
淋浴间冒出头来，那是他给她搭建的，
用了崭新的镀锌材料，她的头被昂贵的

洗发香波遮盖，肥皂泡消失了，只见她
嘴巴分开，眯缝的眼透出快乐。她抬腿
踩过湿漉漉的石头，微笑着冲他点头，

没说话，走过后门台阶，从普朗科特家
拿的浴巾，裹住她缀满水珠的裸体。他
什么也没说，只是看肥皂泡起灭的石头，

甚至石头也散发她脚丫子的洁净味儿，
长臂的乳膏味儿。在卧室里她又挑起话题——
他应该来，但她很快放弃了。水管还在

滴水，他起身关掉水龙头。如果七个海洋
在家的话，他会和他在已经打烊的药店
门前坐一坐，把选举大会的一些事情讲给

七个海洋听听，他嫉妒这瞎子，看不见
村子里发生什么事情。他到了瞎子歪斜的
门前，却打住了。不。还是走吧，走到

远处海滩，和独木舟坐在一起，看岛屿
盘曲的剪影，佩戴星宿的王冠。甚至从那儿，
也能听到 DJ 的声音越过磷光闪闪的浅水传来。

又或者，看她高高扬起的头在游客之间、
碳锅的串串火星之间穿行，涂了口红的
嘴巴热切地张大。随着音箱的骨盆的震动，

他手腕里跳动着杀人的节奏，坐看她
行云流水的动作。她在出卖自己，就像

这座岛，没有任何痛苦，而村庄似乎

也不关心是否在这样的变化之中死去，
死于对自身的轻贱，让简单的生活消弭
不再，而村里的孩子们伴着 DJ 的洋泾浜、

克里奥尔，在街边的人行道上扭曲身体。
他坐在“吾人信痒上帝”号上，黑榄仁树下，
谛听失去灵魂的“灵魂兄弟”乐队的演唱；

沙子铺的小巷子，两边的杂货店，连同
克里奥尔烤箱里新焙面包的香味，都将
消失，面粉变为可卡因，女儿成为妓女，

而 DJ 嘶吼着：
“走吧，伙计，我们走！”
但走到哪儿去？星宿已在天上固定，根本
不会关心，有时候他希望自己和星宿同样

遥远。年轻人对独木舟不再抱有任何
兴趣。那不过是古老的垃圾，很早以前
来自非洲。很快大海也将适应这种噪音。

他凝神观察一个掉落的星体，灼烧出它
一道长长的弧线，他追踪那彗星下降的
轨迹划过小岛，嘶嘶作响，如一块煤，

落入海平线的炭盆，他因赫克托而身体
颤抖，想到他给车取的名字。明亮的海伦
也仿佛是一颗流星，她落下的弧线划过

村子上空，划过洒满月光的路和两旁
面包树的黑叶。每个生命都是一颗火星，
但她的光却无人知晓，屈居在蛮荒之地，

划过天空也无人注意，仿佛他凌晨一点
观察到的彗星一闪，划出她夜晚的轨迹①，
然后淡去、被遗忘，如日出忘记一颗星。

二

耶和华是我的亮光②，埃及被遏止，退回
自身。印度跪倒在地，好像一头驮轿席的
大象，所有那些驾驭大势的潮流，如林的

枪矛、廓尔喀兵、澳新军团、加拿大骑警
都如同洗澡水，从艾登的苏伊士运河或
后院的水渠排出。在亚历山大，乌鸦统治的

① 运动的轨迹（race），原文也有“种族”的意思，暗指海伦的种族。
② 原文是拉丁文，Dominus illumination mea，《圣经·诗篇》的一句，正文用的是和合本的翻译。

时刻，听到宣礼员的祷告令，匍匐的脊背
密集如云，响起蚊子的赞美诗，沙漠里
我们的力量在消退，喜马拉雅的避暑山庄

千足虫爬进来，盘成一团，如同盘绕一根
旗杆的缆绳，老鼠碎步踩过稻草，丛林里，
一只豹子眯细了眼，睡在一张破破烂烂的

柔软沙发上，而楼梯上爬的是鸡。他拇指
压住书签的盾徽，扉页签名是一个男孩的
手笔：D. 普朗科特。他阖上书册，把他

安放在洇了水渍的书页里安眠。**耶和华**
是我的亮光，哦上帝，我生命的光。他
侧过头去看毛德，但她却埋头于针织

没有抬头。他胡乱地转动记录本上的
裁纸刀。他写过一篇关于罗马帝国的论文，
获了奖。那些日子里，历史很容易做。

他弯着腰，好像弓背的猫，来到游廊上，
毛德只抬头看了一眼。少校在兰花之间
数纽扣般的星星；它们是奇迹的来源。

他听到村子一头，酒吧传来反对的音乐，
沉重的咚咚咚咚；村子另一头，黑沉沉的

水面荡漾酒店的迪斯科。此时，阿喀琉

却在研究天空，天空的星谱图，被一颗
划过的彗星破坏。他企图找出螺栓铆钉的
固定的框架，上面安装着灿烂的群星。

但对他来说，那些星宿更像算盘珠子。
从夜间打鱼的经验，他知道必不可少的
星星，一颗闪亮于黄昏，另一颗是清晨

一个通宵就能看全那一胞双生的哥俩。
他也认识其他星，但不会用通常的名字
称呼它们，把一张银色蛛网强加给它们，

对于他，既无大熊亦无犁铧[①]，只有天空、
大地和海洋，无所谓额尔萨星、普朗科特
主星，弯弓的射手，他无法用图案区分它们，

他不会称呼其一为维纳斯，也找不到双鱼
穿透的空隙，或大鱼的虚线；他认得它们
是星星，按照他自己描绘的星图一一列布。

---

① 大熊（the Bear）或者犁铧（the Plough），亦即 Ursa Major（额尔萨主星），中国人所称的北斗七星。下边 Ursa（额尔萨星），Plunkett Major（普朗科特主星/少校）就是把主人公名字普朗科特少校和额尔萨主星互换的文字游戏。

三

“什么?”

　　　她正把丝质衬裙往衣架上挂，
熟练地绞衣服里的水。她扭过身遮挡
胸部。在她深深的肩窝里，沉陷了他

肥皂水般的怒火，从他所铺的石头甬道
渗漏而下，她小小的足印在那里变干、
不见。月光依旧，混入睡衣的光泽如水，

她钻入睡衣，骄傲的青丝从肩膀上
飘落。他看到那黑檀的脸庞上显出
一根光芒的灯芯，还有她投射于

墙上的影子。影子摘去了一边耳饰，
头部微侧，微笑着。心情愉快的样子。
它对镜呲牙检查，他看到它把镜子

举到眼前。狂欢结束了。村子里是
如此安静，他听到星星的脆响，宛如
那影子放下耳饰相互磕碰的声音。

他转过脸朝墙。不管她是谁，不管
她的欢乐多么无辜，他已无法继续

忍受。一辆车驶过，寂静中他心中

感到一阵恶心，看着她缓缓梳完头发，
然后停下。阿喀琉第一次看到海伦的
完工后的容貌。他看到，她是多么希望

她的美貌不再倾城，不再引起无休
无止的争斗，那不是她的错，更不是
滑行在黑沉沉的林子上的满月的错，

有那么一会儿，阿喀琉在自家痛苦外，
又愤怒地添加了一重怜悯。云团之间
有平静，一轮披着银白丝睡袍的月亮

俯瞰着他。
"什么?"他问。"你怎么如此放荡?
为啥不让我一个人清静? 去和赫克托乱搞吧，
犁过你身体的男人，比犁过大海的独木舟多。"

他仇恨的长矛无声地戳进她心里，但她
还是过来躺在他身边，他们静静躺在一起，
如同两根原木，平行摆放在月光的沙滩上。

他听到无花果树互相拥抱，当第一声打鸣的
公鸡给他戴上绿帽子时，他笑了。她摸索到
他的手抓住。他翻身。她沉沉睡着。如孩童。

第二十二章

一

此后不久，她就和赫克托同居了。趁他
出海打鱼时搬走了全部家当，除了一只
粘在皂盒里的发夹。对他来说这意味着

她还会再回来。玛·吉尔曼安慰他说，
很多比大岛村更大的地方，每天都会有
比这更奇怪的事情发生。他沿街行走时，

会紧紧贴着房子，避免和那些从门洞里
叫喊他的人照面，径直走过，仿佛没看见。
渐渐地，他开始对自己的手失去了信心。

他觉得，自己好像菲洛可提提那样发臭，
臭味从腐烂的孤独里发出，让所有目光
都从他身上移开，腐臭如晾晒着的渔网。

他避开不见那个瞎子，他那黑色、骨节
粗大的双手，歇在拐杖上；他避开不看

每一辆开近的车，害怕万一坐在车上

驾驶位置的是赫克托，前排副驾并排
端坐着海伦；赫克托卖掉独木舟换来的
小巴，装备了立体声音响，豹纹座椅。

二

彗星牌，十六座载客小巴，赫克托
买来的座驾。火苗飞卷起来的舌头
从滑动车门上跃起。每一排座都是

毛茸茸的豹皮软椅。一边车门喷漆
涂上它暴烈的名字，名字上是拱形的
火箭，太空时代因此降临了这岛屿。

在动物毛皮椅子上挤成一团的乘客
不用换挡，便滑入两个不同的世界。
一个世界是返祖的，有着非洲的象征，

在塑胶椅上滑动，布面打卷；另一个
世界，则把他们发射出去，进入他们

无法控制的、伊卡洛斯[①]式的未来。

许多人接受了他们的未来。大多数人
在彗星车水平发射之时已做好准备，
轰鸣的发动机，半是火箭，半是豹子，

而赫克托，交叉双臂，靠着引擎盖
好像嚼着口香糖的宇航员。他会把车
停在最前面。每一位老太太上了车——

总有一位在市场里吵架的老太太——
都会听一下，看着喷漆火苗说："Bon Dieu！Déjà?"——
意思是"我下地狱了？"曾经，一位老太太说：

"我只看到老虎皮，真的。让我们捕猎吧。"
她们真的祈祷[②]了，赫克托把火焰门甩上，
然后把自己一侧的车门更重地关好，伸手

抚摸一只毛绒猴吉祥物，它放在仪表盘的
祭台上，上面还放着雕花的圣贞女瓷像，
一只胳膊举着，如交通指示灯让人暂停。

---

① 伊卡洛斯（Icarus），希腊神话中，他飞离克里特岛，因为飞得太高，蜡翼被太阳融化，掉下来摔死了。

② 捕食（prey）和祈祷（pray）英语发音是一样的，这里是作者有意制造的语言游戏。

瓷像一会儿前倾、一会儿摇晃，乘客们
抓着兽皮，赫克托踩着离合，在轰鸣中
换成倒挡，码头飞逝，比他们所有的原罪

还要更快，那位老女人的指爪在钱包里
转动着念珠，祈求摇晃的圣贞女不要
在临死的时候忘记她，突然来临的静默

降临在乘客们中间，包括赫克托，因为
正是在那儿，他介入了海伦和阿喀琉的
争吵。这就是为什么他买了这部车，离开

大海的原因。他相信海伦还爱着阿喀琉，
这就是为什么，猎豹飞过棕榈树的阴影，
只凭速度，无法治愈它火焰腾飞的伤口。

他并没有赚到什么钱。因为车程太短。
他喜欢宽广无垠的天际。彗星汽车很快
在机场路两边的香蕉大海中口口相传，

一天跑四趟，而大多数车只能跑一趟，
在去维耶港的路上，听到人们喊他的名字，
有时候会变个花样，回程时空车不拉人，

而他往后靠着豹皮座椅，把调频立体声
定在他最喜欢的频道：乡村音乐。他喜欢

夕阳那飘落的台布，对大海说再见，好像

他离开大海时的样子。车子过普莱斯林[1]
弯道时，他想到他拖着独木舟的同志们，
暮色给他们的窝棚加盖茅草，肃穆无声。

三

缓慢旋转的月份，如大学板球赛的
丝质遮阳伞；有时候，观众席的一角，
蝉鸣在终场最后一击之后爆发，变成

轰然的掌声。五点钟，外野手的影子
投在球场倾泻的坡度上，已成为历史，
那一刻，光线是茶色的，如老伦敦的

杂志，《环球》《闲话者》《伦敦
新闻画报》；毛德·普朗科特的池塘，
重重芦苇遮挡的水闸后面，暑热中的

白睡莲，实行它们无精打采的统治，
向着黑暗漂浮，云朵在消失，球场里
绿色的萤火虫一闪一闪，仿佛傍晚

① 普莱斯林（Praslin），圣卢西亚的一个区。

炭盆里飞出的火星，灼烧着的星宿。
太阳低低躺在芒果林上，悬在山丘上，
如铁皮屋里的火，逐渐熄灭，海平线

环抱着纵帆船、独木舟，一个帝国淡出，
只余最后一抹绿光的痉挛，如此之迅疾，
很难得到注意。普朗科特夫妇静静地

继续各自的事，游行继续，板球赛恢复，
总督遮阳帽的白色羽毛依旧，消防车的
红黄两色依旧。所有曾属于他们的事物

都交付给了我们，随意我们去毁灭，
但在晨曦的号角中，谁又能想到这些。
对菲洛可提提和阿喀琉来说，政府

没什么用处，换不来玛·吉尔曼的一瓶
无色煤油。忙着把鲭鱼赶入渔网的渔民
在这样的黄昏里，没有普朗科特才会有的

历史负罪感，码头淡橘黄的光晕染红
小贩的芒果，给煤市旁的香蕉施加炼金术，
随着岁月流逝，他逐渐爱上了这座小镇。

第二十三章

一

那是一座锈迹斑斑的海港，锯齿状的
山岭上，云朵携带了装雨的灰色麻袋；
这座煤港，已经过了全盛期。挖泥船

疏浚了它的水道，火山灰沉积，留存于
海床，集市上，竖立一道道栏杆的铁矛，
邮轮更高过铁栏杆，染白了海港和玫瑰，

俯瞰着海关署。每天中午，一架钟琴
喷洒出它的黄色花瓣，高高飞过一棵
阴郁的榕树。童贞圣母教[1]教堂敲响了

祈祷的钟声。披挂着褶皱的蕾丝花边，
一座座阳台笔直站立，好像乔治图书馆[2]

---

① 童贞圣母教（The Church of Immaculate Conception），指的是天主教，天主教认为耶稣的母亲玛利亚没有受到原罪的玷污，是天主教区别于东正教和各新教派别的重要分歧之一。

② 乔治图书馆（Georgian Library），位于卡斯特里。

那些仿造的柱子；每一位公民在钟声

报时的那一刻，都麻痹似的僵直垂立。
十二响钟声的晕环从远古传来，证实了
十二使徒的来临。商店柜台前，顾客

和女服务员一起画着十字；铁笼里的
银行柜员，用一只沾湿的手指一沓一沓
数着钱，手指尚未干涩时便停了下来。

街道容纳了诸多雕像。下船徜徉的旅客
看到祈祷的钟声扬起灰尘弥漫，会以为
自己来到了庞培，仿佛是圣皮埃尔[①]，

那时，唯一的幸存者是一个监狱犯人，
他看着火山灰从海峡对面飘来，充斥于
空气之中，染黑了牛奶和面粉。这时，

雕像骚动，铁匠铺的百叶窗波浪一般
滑落，银行关门停业一小时，全城的人
都回家去吃午饭，钟敲一点之后才返回。

① 圣皮埃尔（St. Pierre）是马提尼克（Martinique）岛的主要港口，1902年毁于火山喷发，大约有3万人死亡，唯一逃生的据说是监狱犯人。

二

毛德听到微微的钟琴乐音，蒸腾于
海港热气的锯齿上。她看到一只蜥蜴
沿纱窗爬下。她把潮湿的园艺帽摘下，

躺在褪色长沙发上，松开上衣，让风
一直吹进她的心里。石头门廊挡去了
光线，挂着一篮一篮兰花，遽显荫凉。

她凝视草地，往下倾斜通到农场，草丛
干枯，仿如疥癣。再过去是一只独木舟。
小船经过她的王棕，也许是开往非洲。

一团团阴影，从三角梅篱笆那里开始，
沿着焦枯的草地往下挪。牵牛花也在
委顿凋零下去。海葡萄叶子，呈朱红、

橙红、铁锈红，它们的色调如同秋天，
也是死亡的象征，跛腿的菲洛可提提
会把这些脆叶子撮成堆。自开天辟地起，

烟雾就写着相同的故事。烟雾是燃烧的
时间。如蜿蜒而上的大蛇，形成一团云，
皱皮的榄仁树变老，却更可爱了，枯叶

像烧窑的黏土。它们的亮红色是一种
疾病，如金色的矮种椰树。每一场干旱
都同样。大海发烫。海杏仁冒着火焰。

三

一艘游轮从维吉海角[①]浮现，白皙
如一朵百合花，花蕊则是堆叠的橙色。
她静悄悄地驶过兰花。在牵牛花处

泊于航道中央，这才缓缓转身，背朝
岛屿。到了黄昏，和她所有姐妹一样，
变成幽魂，一朵云的污斑。毛德比较

其航线的优劣：从葡萄牙到南安普顿，
再到都柏林的二等铺位，最便宜的票价
也让丹尼斯踌躇。很快她便只能满足于

游轮泊在篱笆之后的现实。一位姑娘
沿小路上来，中途停下歇息，看到她，
清理猪圈的男人们停下来，拄着铲子，

在草地上焚叶的园艺工人停下来，手里

---

① 位于圣卢西亚卡斯特里的海岬。

还捧着树叶，虽然背光，花园闪闪发亮，
从她款款摇臀的步态，毛德知道是海伦，

但她的榄仁之眼，深陷于光滑、高傲的
黑檀脸色之下。毛德一根手指一根手指
把手套拽下，准备迎接即将到来的闹剧。

海伦好像游轮，缓缓沿着石板路行来，
穿着去教堂穿的黑裙——颇有寡妇风情——
然后在牵牛花跟前停住，枝头朝下

掐了一条，再把花瓣一滴泪一滴泪地
捋下。可怜的黄蝉花！毛德心中滴血。
禀性难移啊，你不就想让我走出游廊，

也许还得邀你喝一杯茶吗。哦圣母
玛利亚，又一朵黄蝉花！她要毁掉整座
盛开的花园，如果我还不下去的话。

时间掐得很好。可以说一会儿女人的
体己话。她无疑在城里瞥见了罗孚车，
但这次不行，海伦小姐，**不，谢谢**[①]。

这次，我们不会再凑在一起做忏悔；

---

① 原文用的是法语 non merci.

因压抑不住怒火她转而自责。柔软的
小腿，棕榈般摇摆的蛮腰，构成她

岛屿的天气，它半途而废的神秘冲动，
她低声细语匹配它呜咽的波浪的冲动——
它星耀的树叶所弥漫的夜晚深深的叹息。

每当她从厨房里和室外的园艺小工
戏谑笑闹，发出令人讨厌的咯咯之声，
这时，毛德就到厨房，让她不要喧哗，

她总会啧啧出声，扬起骄傲的下巴，
在背后用土话咕哝着什么，毛德问她
说什么，她就笑着说："夫人，没啥。"

毛德走出石头游廊，沿着台阶，来到
一段石头铺设的路上，海伦也朝她走来，
然后停下来，转过头。"早。"海伦说。

早。没说"夫人"。也没说"好"。这都是
家常便饭了。毛德驻足。停在中心航道的
游轮，飘在海伦扎得很紧的头发之上。

毛德尽量显得友善，却一只手遮挡着
眯得很厉害的眼睛。
"哦，你好吗，海伦？"

“我亲爱的，夫人。”
终于说了句亲爱的。你还真敢[1]，

你毁了两个男人，在我衣橱里乱试，
用短刀把赫克托逼狂，竟然还敢回来
找工作，竟然敢来，你真的好意思？

“我们这儿没工作，海伦。”
“不找工作，我。”
骄傲尖刻了她的嗓音；以前做家仆时，
那骄傲更是折磨毛德的神经，但这次，

一如其旧的粗鲁却透着悲哀。海伦玩着
手里的草茎。“今天早上我来，看你能否
借我五块钱。我怀孕了。下星期就还你。”

毛德的脸跟她的兰花一样发紫。“是吗？
你怎么还我钱呢，海伦，你不是失业了？
也许我问得多余，阿喀琉帮不了你吗？

赫克托也没工作吗？”
“我和他俩都闹翻了，是的。”
男人都怎么了，这样的美人都被逼为恶？

---

① 海伦发音不准，把 dear（亲爱的）发成 dare（敢），毛德这里借谐音来表达对海伦的不满。

她美得像一艘游轮，但是正如游轮，她

改变了航向，转过身，背对她的朋友们。
“我去拿钱包。”毛德说。海伦转过身去，
凝视着大海。这就是所有美终结的方式。

当毛德拿了钱回来，她已沿着小路走了，
髋部傲慢地一扭一扭，如调转身的游轮
高高翘起的尾部。太阳下毛德怒火上冲。

她捡起海伦从藤蔓上摘下的花儿。那些
黄蝉花只盛开了三天，它们的喇叭口会
蔫掉，光荣[1]会逝去。但海伦，将永生。

---

① 黄蝉花不知道为什么被毛德认为是 Morning Glory（牵牛花），两者的种属完全不同，牵牛花的英文直译为“早晨的光荣”，光荣逝去和喇叭状的花蔫掉，是一种同义双关。

第二十四章

一

看到海燕躲闪海浪起伏的山丘，
如一只小箭，被海平面的弓弦
绷紧，嗡嗡低鸣着，瞄准非洲，

他从心底里知道，她再也不会
回来了。陡然升降的海燕消失在
波谷里，他知道他失去了海伦。

船友在用生锈的铁桶清洗甲板，
海燕重新出现，犹如阳光的征兆，
消失的欢乐重新回到劳作之中。

他阳光灌满的双手，熟练调整桨叶的
角度，准备下一次划动。船友还没完全
从昨晚的狂欢醒来，从一侧往外撒尿，

一摇一晃地维持平衡。“鱼啊，想醉
你就喝尿吧。”阿喀琉傻笑着。船友

掬起一捧海水浇头。“好了。干活了!”

他整理好拖网的浮杆。阿喀琉感到
清晨那满溢的边缘，颤巍巍如海岬的
斧柄呈送上来的礼物。他如鱼得水。

这是他的花园。上帝保佑海燕疾飞，
上帝保佑船友湿漉漉的头闪耀泡沫，
巨大的温柔在他的心里颤抖，面对

蓝紫的大海，萎缩的海岸，如一根
细长绷紧的渔线，面对山岭上的蓝烟，
船桨每一划，肌肉如海豚骤然暴胀，

随着翻飞的桨叶抬起，灵动的手腕
一扭，那魅人的节律韵脚让他迷醉。
海燕绕着浪脊波谷，划了一道半圆，

在船尾翻起的浪花里出没，忽高忽低，
好像一只毛茸茸的鱼饵，和船尾保持
不变的距离。自打她从扎在他心里的

涟漪之花飞出的那天开始，他便感到
她在指引，而不是跟从他们，似乎她
唯一的箭靶是他的幸福，多么幸运。

她不紧不慢保持距离。他嘴里默诵着
她的名字——安地列斯的伊容黛尔[①]，
毛德绣被上的标签。船友抖动拖网的

挂诱饵的竹钩。阿喀琉忽感恐惧，他
意识到这不是海燕，而是诸神的诱饵，
她曾目睹神的躯体[②]被人从山上砍掉。

二

角岛[③]沉没。意味着海岸已远。也许
已是二十英里之外，俯临深不可测的
海床，准尉曾在那儿看到那艘护卫舰，

没有足够长的锚索，或足够重的坠子
能下到那里。大海亘古的浪花沉浮着
他冰冷的心，大海围绕上次贸易风的

着陆点扩张开，榄仁树被风吹弯有如
烛火。他站着，海燕忽然贴着船掠过，
近得似乎能听到一声嘶鸣，从那细小

---

① 伊容黛尔，原文为法语 hirondelle，“海燕”的意思。

② “神的躯体”有可能指的是第一章谈到的高米尔树，作者把高米尔树比作被砍伐的神。也有论者指出有基督受难的含义。

③ 这里指的是圣卢西亚大小皮通山如岛屿的双角。

张开的鸟喙里发出，他看到整个世界
如球，镶嵌于她不眠之眼蕴含的短暂
忧愁之中。船友却没看到她。他看的

是阿喀琉把船桨并拢，放在“吾人信痒
上帝”号的坟墓里，好像丈夫和妻子，
祖父和祖母，散发一种仪式性的互相

关怀，然后站起，撑一把刀平衡身体，
像高米尔树坚定地植根在自己的土里。
“你没问题吧？”他冲着那摇晃的桅杆说。

在“吾人信痒上帝”号摇晃的影子下写着
如下高贵而忧郁的名字：哈巴尔，一阵
狂风把他卷出了船；温斯顿·詹姆斯，

人们心目中“Toujours Sou”，即“长醉不醒”，
他的尸体消失了，有人说消失于白朗姆酒
或者苦艾酒的酒气；海诺德·切斯特耐，

龙虾笼子的编织匠，外号“Fourmi Rouge”，
也就是“红蚂蚁”，他怕水，有一天日出
借着白朗姆的酒劲儿，划一艘小船出海

目的是克服他的恐惧。有些渔民不会游泳。
多加斯·亨利就是其中之一，后来人们在

嶙峋的礁石上寻找海螺，看到他不知怎么

牢牢抓着一只海星，这才明白。还有其他
一些人，阿喀琉也听说过的，主要通过
菲洛可提提，当然，也听说过渡海溺毙的

无名尸骨，他们全都是他的兄弟，包括
海军准尉普朗科特。他矗立在船中如桅杆，
用加勒比海颂歌的蕾丝花环，纪念他们。

阿喀琉举头看向太阳，阳光如竖直的
缆绳。光环平底如熨斗，熨烫他灼热的
头骨，烤焦他的弥漫头油味的帽子。

他僵立不动。他在乘着这一行诗的波浪
航行。他把船桨斜置在木头的桨架里
却不划动，用葫芦舀水浇烤焦的船帆，

一只手探出上下跳跃的船舷，用一种
湿漉漉的娴熟和习惯性的节奏舀水，
旧面粉袋缝制的帆从中间扎上，洒水

才能保持其柔软度，否则针脚就会
沿着缝合线裂开，绳结就会一股股地
在热气中朽坏。阿喀琉一边给面粉袋

洒水，一边看它在太阳下迅速变干，
好像熨斗在抹平他的头骨，手里拿着
葫芦，摇摇晃晃的。绑紧的帆蜷缩

如一具尸体。Oui，Bon Dieu![1] 我把它
掷了出去。从他这习惯性的洗礼深处
某种东西正在升起，某种白色的记忆，

关于一个漂到船体附近的海军准尉，
那是一具翻转的白色尸体，这片水域
到处都是他们，翻转绑紧的帆，不是

鲨鱼，全是尸体，裹得仿佛船帆，中暑
不动的阿喀琉直冒冷汗，看一头头海浪
把它们吞没，成百上千的，毒化了他的

灵魂，让他生病。他下巴掉了合不拢嘴。
一只海鸥尖叫着向后盘旋，那种部落之
哀伤，是菲洛可提提无法用酒精浇灭的。

也没有那么容易忘记，不像大海的迷雾，
也不像拍打塞内加尔嶙峋的海滩或几内亚
海滨的浪花。他伸手拿起葫芦，举起来

把水浇在自己沸腾的头骨上，水汽嘶嘶

---

① 法语，意思是“啊，老天”。

蒸腾，然后他坐下休息，企图安顿胃里
一阵阵翻腾的污水。再然后，他开始

用力拉紧船帆的绳结。此时，他的那个
笨蛋同伴，还在那儿静静地安置捕鱼笼。
时间就是那韵脚，记忆是唯一的情节。

他的肩头是黑檀木板的节疤。后背肌肉
隆起，好像海豚从我们记忆的深谷里
沿着这行诗句跃出。他坚硬的拳头握着

长满苔藓的缆绳，缆绳长着胡须，如
菟丝子或一位瞎眼老人，紧似鲨鱼的
咬合，先是吃住重量，直到掌上封印的

茧子，被缆绳的摩擦锯开，才再一次
脱手，洋苏木大腿牢牢地锚定，抵住
波谷下陷的海水，这就是我的驯马师，

我们唯一的传承，就是这原初的、不可
破碎的、迎风波浪的轰鸣，不管来是自
伊萨卡还是非洲，全都汇入大海的喧响，

因为现在，这里是大西洋，三角贸易[①]的

① 这里指的是18世纪的大西洋三角贸易，主要是殖民者在欧洲、西非、北美之间运送黑奴和棉布等货物。

宏伟场所。阿喀琉看到了一个魂灵，那是
他父亲的面容，从这行诗[①]尽头飞射而出。

阿喀琉虔敬中怀着惊怖，盯住绷紧的帆
移不开目光，也无法松开它尸布的绳结，
平生第一次，他问出自己是谁的问题。

他被海燕所吸引，那样子和喧嚣的海水
把一个渔民迷住没有区别，渔民盯着那
金属鱼饵，此时，蕾丝波谷睁开、闭合。

三

飞鱼先导，在隐蔽的星群几何图下
她的牵引绳扑闪、隐现，紧绷绷地
如一条上钩的鱼，接天的大海之上，

这样的小东西扇着蜂鸟的电流之翅，
拖着一艘重她一千倍的独木舟，每当
阿喀琉质问自己姓名和它的来历之时，

这台发动机便答案般冲在每个问题之前。

---

① 这行诗（this line），也有“这条鱼线”的双关含义。本节作者的声音不断介入，总共三次提到“这行诗”。

她用翅膀之虹横跨两个世界，这脆弱的
舞者，弄潮儿，仿佛翱翔高天的飞镖。

她能用渔线钓住星星，让海豚疲于奔命，
她展开翅膀回旋于各个时代之间；如果
必须回答，她总能给出一个直接的答案，

她略过海豚的问题，逗弄一只海胆的每根
刺毛，刺得你手掌发痒，海腥气扑鼻而来；
她关掉一只海星的导管，她是思想的信使，

她的速度飞快，如箭矢，跑在记忆前面。
她是阿喀琉曾经在杉木上、翻滚的云团上
看到的那只海燕，当她掠过海浪一道道

蓝色峰峦，听从一个神的召唤，而阿喀琉，
听从她的鸟喙发出的号召，看到这吟唱于
激荡的大西洋的鸟，感觉行驶在回家的路上。

头头鲸鱼喷出花朵，朵朵船帆从疲倦的
海平线掉转回头之处，她圆睁双眼，双足
收拢于湿漉漉的腹部，鸟喙之舵冲刺向前，

飞速拖动“吾人信痒上帝”号，他感到脚下
隆起的舱板，颤抖如鼓，随着海燕的飞轮
在水中切变，嘎吱嘎吱驶入广阔的海洋。

第三书

第二十五章

一

红树林的脚踝没入水下，随独木舟移步。
海燕尖叫着，追赶她棕色的阴影，歪身
扎入黑暗的小水湾。那是阿喀琉熟悉的

最后的叫声，属于另一个世界。他改变
船桨的角度，偏离乱摸的红树林，浑身
疙瘩的鳄鱼划过泥层，睁着眼睛的荚壳；

那些头上长角的河马，在河中翻滚自己，
能把船的龙骨顶翻。这景象好像童年时
让他惊叫不已的非洲电影。无尽的河流

展开一帧帧画面，闪烁出真实的幻境：
裸露的红树林在他身旁行走，布满结疤的
原木在水中蠕动，湿漉漉的、打哈欠的

圆石是河马，张着炉膛般的嘴巴。一位
骷髅一般的武士直直站在船尾，他的脖子

和肩膀卡在冷铁铠甲间，他扳桨改换方向。

阿喀琉想大喊，他想让这棕色的水面
硬化为路，但他身前的河水却愈加宽阔，
在他身后的水闭合。他听到一群猴子

尖利的笑声传来，树枝摇晃，它们从
树屋椽子跃飞，裸露的声音蛀空了天穹，
如它们的牙齿。河流长时间呈现同一景象，

毫无意义，独木舟的嘴巴吐出它的谎言。
最为恐怖的要属泥浆。泥浆没什么阴影
仿佛清亮的沙滩。这时河流拐了一个弯。

他看到民生的迹象，小树砍削成高高的
鱼栅；他来到了自身的起源，自身的结束，
因为回忆只需一秒功夫便可把所有完成。

现在，敌意、陌生的河流抛离阴暗，让位
给阳光。而一道光在他的体内苏醒，越过
无数世纪、海洋、河流，甚至时间本身。

上帝对阿喀琉说："看吧，我允许你回到
家乡。是我派遣海燕，作为你的领航员，
海燕展开的翅膀，即是我受难的十字架。

假如你忘掉了我的戒律，你就不配得到
神的护佑。”对他的非洲，阿喀琉有着
思乡病般的羞耻和痛苦。他的心和光头

都要炸裂了，就是想不起河神的名字
和树神的名字，他在树神内部航行，它
空洞的躯体引领他来到前方的居民点。

二

他记得这条曝晒之河，细长的木桩撑起
尖顶茅屋的平台，当他划过之时，瘦小、
赤裸的身影浮现，友善也好，敌意也好，

都保持沉默。一段老旧篱笆在男孩心中
点燃的那种沉默。他们沿着细语的浅水
河岸，跟着他的返乡船，走过篝火点点、

烧焦的林间空地，平底船喷涂了油漆的
粗木船头，楔入码头里藤蔓紧缠的木栅，
水的细语喧哗，刺伤了他击鼓的心脏。

河水蜕去老皮，好像一条长蛇，躺在
起了皱纹的阳光下；太阳恢复了它的
帝国，统治这条刚果河的支流；船头

在河流中找到了它的利益，鼻子拱着
流水，好像小猪在甜蜜哼唱的母猪身上
发现了最喜欢的乳头，每个脸颊都开了

两道清亮的泪河，正如哭泣的阿喀琉，
他系好独木舟船头，用没湿的手拭泪，
感到一只强壮的手帮他登上摇晃的码头。

一半的我陪伴着他。另一半陪伴着准尉
在一道荷兰的运河之畔。但两个人谁都
不比谁更幸福或更不幸福。一个老人

伸出胳膊，环抱阿喀琉，叽叽喳喳的
人群跟在两人后面。他们触摸他的裤子、
汗衫，他们的手如同小猫摩挲着布料，

簇拥着来到四面敞开的草屋。太阳
沉默一如既往。河水停止窃窃絮语，
就像有时候，静默忽然笼罩了市场。

风蹲伏在长草之间。一个男人走向他，
尽力保持步态，从那姿势、白牙、大手，
阿喀琉看到父亲的体内住了一个自己。

三

他从这群赋予了他生命的人中，寻找
自己的特征，看到两个世界映照其间：
头发是盘绕礁石的浪，额头是皱眉的河，

他们在困惑之爱的河口打转如旋涡，
而时间把他们隔开。他们唇舌的细语
交汇，唯一的翻译是泛着泡沫的河，

河水在码头桩架上轻笑，码头上整个
部落宛如木桩站着，他们水中的影子
则反转。然后，他们朝着居留地走去，

瓮声瓮气地交谈，似乎一切都排演过
好几百年似的。他能从父亲的手势预判
他的意思；和他一起走着的都是逝者。

妇女们停下手头活计，朝这武士微笑，
似乎他刚从硝烟的战场，从被囚禁的
王国返回，她们欢呼着、充满了幸福。

渔民们坐在一棵大树旁，树冠下
石头围坐成一圈。他的父亲说
　　　　　　　　　　“阿弗——拉——比”，

语调充满暖心的热切。

“在你来的那地方

他们怎么称呼你?”

时光翻译。

儿子拍着胸膛

回答道:

“阿喀琉。”部民们咕哝着学,“阿喀琉”。
然后,好像日落时分的杉木,嗡嗡声低沉下来。

阿弗拉比

阿喀琉。这名字有什么含义?我已经
忘了我给你的名字。但那似乎是很多年前了。
那名字是什么意思?

阿喀琉

这个啊,我也忘了。

全都忘了。你也是。我已不甚清楚。
大海是聋子,不管你给我们取啥名字;
是树是人,我们渴欲的音节已经失去。

阿弗拉比

名字预示什么。预示儿子,甚至女儿的
品质;甚至呼喊你的灵魂们都对你有
德性的期待,因为每个名都是神的眷护,

因为我还记得你出生时我寄予的希望。
除非声音什么意义都没有。那么你就是
无。在那个国度，他们认为你是无吗？

阿喀琉

我不知道这个名字的含义。也许有什么
含义。这有什么区别？我所来自的世界
我们只是接受所听到的音节。人、树、水。

阿弗拉比

因此，阿喀琉，如果我指着一个人说，
那个人、那棵树、这位父，都有名字，
那么是不是你还对每个音节掠耳不闻，

不指向人或树之形的音节，是什么？
（仿佛黄昏的树枝，因害怕遗忘湮灭
而摇曳，部落民众也开始悲伤起来。）

阿喀琉

是什么？我只能告诉你，我信仰什么，
或不得不信仰什么。那是支撑自己的
预言和记忆，被一只海燕或它掠海的

十字阴影，带到了此地，同一个十字
护佑着我，赋予了我此音名，不管它
是什么意思，我仍旧不在乎是否理解。

阿弗拉比

没有人会丢掉他的影，除非是夜里，
甚至夜里影也仅是深藏，不是失去。
太阳升起，他便披附光，以名自立。

当他和渔民走向河边，拉长的影子
在晨光里伸着懒腰，而你，如果你
不知我们名字的含义，却得意洋洋，

那么我就不是阿弗拉比，你的父亲，你
透视我身，如光透叶。我不在此，影亦
不在。而你，无名之子，不过是名的影。

为什么我从不念你，直到你回返此地？
为什么我从不念你，我子，直到你丢失？
你是否那非燃之火所冒出的浓烟？

正如生活，这问题没有答案。阿喀琉
点头，泪水湿润他的眼睛，反映过去，
也反映未来。白浪的泡沫，低下头颅。

第二十六章

一

他们用一种浑褐、缓流如河的语言，
含混地述说一个阿喀琉已知的未来，
却无法告知给了他呼吸的人，甚至

也不能告诉长老会。他学会了一边嚼
可可果、从葫芦瓢喝棕榈酒，一边听
鼓着白眼的说书艺人和巴拉风琴①的

悲吟，宣扬部落的胜利的故事，关于
谁死于哪场战争，谁箭射得最快，谁
和一只鳄鱼交配，谁进入河马体内，

在它的肚子里生活，谁被雷神宠爱，
却被蛇神所诱，偏离正途，犯下渎神
之罪，而他又为此付出了怎样的代价，

---

① 巴拉风琴（Balafon），非洲木琴。

忘掉了父母、部落，以及他自己对
一个白化神的信仰，度过不可胜数的
月夜，弄得伤痕累累，以至于自我

放逐。每天夜里，那棵歪脖树，眼如
种子、肤似树皮的吟游诗人，用一种
洞穴沉闷的呜咽，传承了部落谱系的

叶子，回溯他们盘根错节、深植河底
如红树林根系的复杂生命。他唱啊唱啊，
一直唱到早晨，唯一听他歌唱的是河。

某天早晨，阿喀琉没去钓鱼桩那儿，
草屋门大开着，人们给了他这间草屋，
不管他中意哪个女人，都可以当老婆，

他爬上巨薯之间的小路，发现高耸
入云的大树，那是诸神聚会的天堂，
一圈神圣的空地。站在林间空地里，

他列述神的名。声音传播范围内的树
不理会他的咒语。他只听到河流的冷咽。
砍伐一空的林地，他看到了一个树坑。

二

处在喋喋不休的叶子族人之间的
阿喀琉，显得格格不入、郁郁寡欢。
他俯流沉思。独木舟系在桩子上，

静静反射在水面，看来和它的影子
没有区别，码头的支桩，河边葱郁的
林影，也和本体没有区别，但他的

阴影之脸，被棕色的涟漪摇动，似乎
对预知的历史怀有乡愁，好像它的走向
并不确定。对阿喀琉来说，他们不是

同一个倒影，而是不同的分隔的人——
一个蹲在细长的码头前伸的细长堤头，
一个淹死沉在海水之下，面无表情。

甚至夜晚亦不相同。不一样的星宿
萦绕着悲伤，不再有波浪的喧嚣声
被寂静放大。清晨，他在脑中听到

公鸡打鸣惊醒过来，不知身处何方。
悲哀缓缓沉入体内，意识到自己在家——
那悲哀，是鬼魂因坟墓才有的晨哀，

因为未来在他内部翻转过来。他成了
他自己的记忆沉伏在码头下的影子。
作呕的感觉更甚，他和其他的影子

走到冰冷河边，说道："让我快乐点吧，
让我忘记未来。"每当有人欢声笑语，他
也跟着笑，他们的语言，也是他的语言。

他们走入河流，水没到腰部，呈半圆形
散开，抛下环网。河面波澜不惊，笼罩着
安详的气氛，但他脑子里却是惊涛骇浪。

阿喀琉是如此思虑不安，如同渔网上
蹦跶的、对他来说寡淡无味的河鱼——
如此阴郁，渔民们都躲着他。他们用

某种熟悉的树皮酿造啤酒，一个个
喝得酩酊大醉，但是阿喀琉刚一借酒
浇愁，泪水就模糊了眼睛。这苦酒

入嘴的滋味，让他看到菲洛可提提
站在齐腰深的绿色海水中，两手
交替，缓缓地，把独木舟拽到跟前。

三

他走在肋骨似的沙床上，头顶是鲸鱼
平躺的龙骨，以及海水半透明的肚皮，
蜿蜒如蛇，他呼吸着水，运油船的影子，

那么小，如蜗牛从头上爬过，如自在的
鱼。他载浮载沉跨步而行，影如牧放之鲨
遮挡了自己的双眼，穿过巨大的珊瑚丛，

藤壶附着的大炮，炮体钻出的海葵芽
如菲洛可提提胫骨的疤；他走了三百年，
踩着丝滑的尾波，飘如西班牙大帆船的

缎带，翻滚的泡沫消失，如透明的
军舰鸟拖着淡紫的触须，恍如永恒破灭，
仿佛磷光的银河；他看见宏大的墓地

充斥着骨殖和巨型十字铁锚——锈迹
斑斑，一丛丛的珊瑚如同钙化的蕨类，
巨大的触手，堪比树木，发绿的金锭

价值连城，比那些海盗船坚持得更久。
一天下午，大海降低、澄清了它的屋顶
和祖母绿的罗网，三百年的行走之后，

他想，终于能够听到那遥远的海浪
和海岸线的争吵；头随后露出，然后
是肩；他看到自己的阴影投入珊瑚丛，

肋骨般的沙地光影变幻，这时，他的
鱼鳍展开趾突，他看到了自己的独木舟，
远远地，飘零如叶，还有留在身后的

生活，一道白色的浪，环绕牛肉桶礁，
水面漂着熄灭的灯笼。盐白之光晃得他
失明一分钟，海岸线随之出现，他如释

重负。他醒来，听到阳光蹭草屋的门，
闻到的不是咸味，而是温吞吞的河腥。
阳光的手指给屋顶重新铺上干草捆。

欢迎宴会上，他们给他披上车前草
破衣，活像菲洛可提提的圣诞打扮。
佩飘带竹帽，葫芦面具，围裙，把他

打扮成妇女战士的形象。在家乡他们
也是这样跳舞的，伴着横笛和弹拨儿，
脖子挂上一圈浆果，胸部的填充物上

颤动着闪光的小镜子。其中一位武士
踩着高跷行走，好像划过村子的尖顶

茅屋的闪电。阿喀琉看到同样的舞蹈，

武士冠带、手拿竹棍在他周围疾走，
长矛不时举起朝天、冲下指地，如同
占卜的法棒，大地欢腾、载歌载舞，

同样的擦擦擦、啦啦啦，同样的鼓点，
种籽眼的祭司唱念，伴随炫舞的脚踝，
快得模糊不清。一模一样，一模一样。

第二十七章

一

他能听到高地上石斧砍伐的声音，
高地下方是居民点，木棍捆扎的茅屋，
那回声是预言和记忆，斧子上砍下劈，

交错成十字，但在此，树木和树木
吐露的精气神深深根植，如鱼得水，
阿喀琉拿在自己手中的地图，上面

河流密布，跟这里，他的海滨一样。
但战争爆发了。某天，一阵箭雨之弧
扇形覆盖呼喊中的草屋，弓箭手跨着

快得模糊的大步，穿过菜地和白薯地，
狗乱转狂吠。阿喀琉无处隐藏，也没参战。
他站在他们的中心，拿着无用的武器。

袭击战很快。还没反应过来就结束了。
战斗达到什么成果全在于突然性。一张

大网撒下，把村子括在一个半圆之内，

动作飞快的箭手构成网的节点，发出
狒狒的嚎叫，吓坏了狗，跌撞的母亲
尖声呼叫呆立的孩子。喊声也是武器。

渔民们听到尖叫声，从河流的棕色
岸边传来，赶忙丢下草和芦苇编织的
渔网，跑得好像自己也是河水中的

鲱鱼一族，却一下子跑进了包围圈，
一排弓箭手升起，另一排从芦苇丛
突然涌现，还有的从灌木丛里冒出。

战争有利可图。十五个抓获的奴隶，
押送给海边的贩奴人。棕色河水沉默，
流动在居民点下方，泛着一阵健忘的

光的涟漪。雨燕在河上如十字穿刺，
一阵震颤的箭头。荒村之中，阿喀琉
走在尘土的街上。屋门如坟墓敞开。

二

阿喀琉爬上山岭。他数着那队俘虏，

被藤蔓串着手腕；一直到队列变得
小如蚂蚁。最后的蚂蚁从视线消失

他才轻轻地长叹了一口气。开始下山。
他在村子外的荆棘路障旁停了一会儿
才进村。夜幕模糊了道路。一条混血狗

和一个孩子坐在街边，孩子手里捧着
一只陶泥碗，蹲在尘土里。狗露牙低吼，
在他的影子里步步后退。阿喀琉走向

另一条街。然后另一条，四处都是
寂静无声。茅屋周围，尘土中散布着
一些箭杆。他推开一扇吱呀呀的门。

看到一个悲痛欲绝的七个海洋。他
肯定是又聋又瞎，阿喀琉想。他没有
转过头，只是朝着河流的方向张大嘴，

同样的那些战争，河流早已听过。
阿喀琉关上茅草门。怎么不见尸体？
女人们都跑哪儿去了？他回头去看

孩子和皮包骨头的狗，却都不见了。
有那么一刻，荆棘路障后升起的尘土
似乎传来人声。他朝码头走去，看到

独木舟，与弯曲的木桩挨擦，自己的
也在其中，没啥可怪的；这景象那么
熟悉。他们消失了，躲进他们的灵魂。

他预见了他们的未来。没有人能够改变。
河面上的硬币叮叮响[①]，铁镣也叮叮响。
儿子的悲哀来自父亲，父亲的传给儿子。

他踩着码头台阶往下，解开苔藓攀附的
藤蔓，轻柔地把船拽过来。独木舟来了，
温顺得像一条狗。随后，阿喀琉又死了。

想一想那排蚂蚁抵达大海的边缘，或者
攀爬那些煤山的金字塔，进入黑黢黢的
船舱，远离这条河流，还有祭司的吟唱。

三

他慢慢走回尖顶茅屋，部族会议总在
那里召开，直到上次星光的余烬，人们
还是和祭司一起就座，用树皮碗饮酒。

---

① 见第十三章第二节，作者提到白人游客从高大的游轮上扔下硬币，看圣卢西亚本地孩子在水中争抢取乐。

祭司蹲在那里，温热的灰烬映白他的
头顶，下边是暗淡的眼睛，煤黑的皮肤，
牙齿掉光了，嘴里空空如也，就着篝火

吟唱，如一棵砍倒的杉木，萦绕了悲伤。
一只手曲爪拨弄灰烬，另一只握拳敲打
胸膛的鼓，肋骨凹陷，仿佛是独木舟

朽烂了多年，头上是榄仁树叶的轮换，
下面扮演打仗的男孩子们长大、成人，
工作、结婚、死去，直到孩子的孩子

摇晃那朽船，用它比赛，假装在划桨，
和小时候阿喀琉在马疯木林里玩一样。
七个海洋如那独木舟，泊在寂静无声的

蓝色海湾，船头的舱底塞满了旧树叶、
旧歌词。阿喀琉环顾茅屋。但想找什么
却不确定。一件武器。一支石耳长矛，

或猪皮绷的盾牌，武士的狮鬃头饰，
或土制染料一道道涂抹的愤怒的脸谱
遮蔽悲伤。只有一只鱼叉。一把桨。

他跑向码头。渔网嵌着他们的眼睛，
烧焦了他的头颅；他叫着父亲的名字，

声音在河面回荡。他游到对面树林里。

绕过敌人的包围圈。冒着雨箭藏起来，
感到一种愤怒，就像他对赫克托一样。
他让他们经过。剩下一个拖后的；他

大吼一声，猛击那落后、狞笑的敌人，
桨叶砸穿头颅，葫芦一般咔嚓破裂，
脑浆飞溅于他的前胸；那个弓箭手

在剧痛中倒下，好像被矛刺住的鱼，
阿喀琉用桨叶的板头不停重击，直到
那头颅裂开嘴，露出剥了皮的黄牙，

好像交配的狒狒；阿喀琉掰开紧攥的
拳头，取出长弓，抽泣着，哀悼一位
死去的兄弟，然后，他像海燕那样

化成一道棕色箭影，掠过蕨类植物，
片叶不惊，拨开面前重重藤蔓之网，
叶片的阴影投在他身上，活像虎猫，

他猎豹一般大跨步越过凸起的根茎，
一路犁开藤蔓之网，手上斑驳着血，
脱出荆棘的攒刺，眼里蓄满咸湿的汗，

心里蹬蹬跳着一个想法：我可以隐蔽
起来，把围成半圆形的他们全都解救
出来，改变他们的命运，甚至让河水

倒流，溯回那片红树林。但一条带刺的
藤条跳了起来，用它自己的扎人的锁链
缠住他的脚脖子，狠狠把他摔倒在地。

草叶如金星乱冒。蚂蚁爬到身上，泥浆
糊住双眼，安静得好像那个被他打碎了
脑壳的箭手，身边躺着弓和砸裂的桨。

第二十八章

一

他听到祭司哼唱先知的歌曲，那种
追怀过去的悲伤的调子，曲曲折折，
绵延不绝，如同河流的棕色的舌头：

“我们拖着叮叮的脚镣，连接大海的
锁链，那时的我们不过是阴影的暗色，
因为银币在被出卖的海平线上增殖，

如今，这些阴影在对面海滨的白沙
海滩上得到了重印，你那些暗灰的
祖先来自贝宁湾，来自几内亚海岸。

种子滚动在我们胃里，滚动在滚烫的
甲板上，我们那如豆荚裂开的头颅里，
块茎一转眼就打蔫了。我们看着河神

从蛇化为流水。贴近检查，能看到
我们棕色的瞳仁里映着干枯的棕榈叶，

我们弯曲的脊椎之笼，如棕榈树的

叶柄从树干伸出。死掉的棕榈树
从船边扔了出去，瘦骨嶙峋的尸体
载浮载沉，漂向他们记忆中的白沙，

一直到贝宁湾，几内亚海岸。因此，
当你看到烧焦的枯枝，被涌起的水波
浮载，企图用弯曲的手指重回浪头，

在一夜大风之后，在某个白石所砌的
旅馆旁边，漂过冲浪者划出的白三角，
请向拿来账单的黑人侍者代为致意。”

他们漂洋过海，他们幸存。史诗般辉煌。
让矛雨更多更猛吧，让毁灭更深更重吧，
但光荣诞生于减法，当滚动的货舱铁门

挡回他们的眼珠，仿佛扔在外面没有
收回的花盆，任凭雨打风吹，门栓砰的
一声回响，好像滚雷的掌声回荡天空。

就这样，阿散蒂[1]人去了，曼迪格人[2]去了，

---

① 阿散蒂（Ashanti），18世纪到20世纪中期的非洲王国，在今加纳中南部。
② 曼迪格人（Mandingo），分布在西非的一个重要部族，是马里帝国的后代。

伊博人[1]去了，几内亚人去了。每个人
都自成一个民族，没有父母，没有兄弟。

二

最大的恶是让一个人空手。人生来
就是匠人，从亚当到现在，每个匠人
都具备那种原初性的简朴的本能。

在有历史记录之前，他们的手掌上
纹路纵横的网是天赋的柳编。它们
无法长期闲着不动。锈住的手腕

无法让雕像师忘记跃起的羚羊，无法
让弓箭匠忘记箭杆，让军械匠忘记
钉子，为赫克托而举起的盾牌，属于

锤匠的艺术。所以，陶器匠的双手有
湿气萦绕回环，画匠的眼，则忘不了
一只情急的跳羚跃起的无声的曲线，

狒狒不断地模仿人类，涂写签名的
字母，怕人们忘记，习惯如此深厚，

① 伊博人（Ibo），亦称伊戈博人（Igbo），尼日利亚主要部族之一。

他们的手指在那恶臭的甲板上种草。

所以，他们成了煤炭、柴火、劈开的
枝干，而非人类。他们把自己被回忆的
阴影留给了火光。他们在板材上擦来

擦去，在木头上刻下他们褪色的名字，
召唤出他们缺席的前世之身；每个名字
都把自己那无名之躯运送到另一个世界。

经过海草的花环，经过不知名的莓果
珊瑚的疮口，那成串的苦涩名词，经过他们
脚踝上灼烤的熟悉的铁链，经过环绕的太阳，

他们的脚踵懂得了干沙。他们辨识出
砂砾。他们认识了人心。他们来自黑暗，
双眼被蒙着，一一经过冷漠的殖民官。

三

不是高台上树叶沙沙、棕毛狮嘶吼的地方，
不是豹猫斑驳之影出没的地方，不是被风
夷平的亚述国，亦非蜿蜒于关隘的色雷斯

军团，细雨之箭打在他们勇毅的脸上，

而是一个藤蔓河草的棕榈海岸，褐土上的
石砌黑奴营，光秃秃跟他们的屁股一样。

然而，他们感到吹来的海风，把他们攒成
同一个由不同的眼睛、影子和呻吟组成的
民族，同一种无法安慰的痛苦，因为失去了

印有一串串曲折脚印的海岸。他们哭过，
不是为了妻子，远离的儿女，而是为了
一些奇怪而寻常的事物。这一位曾是猎人，

为了手心里缺失一棵幼树的长矛而哭。
那位渔民，为一条啮咬小腿肚的棕色河流
而哭；还有一位编织匠，为了他曾计划

要修补、会在水里收缩的草编鱼笼而哭。
他们哭完了重要的东西，接着哭小东西，
他们为了破碎的葫芦瓢而哭。只是到了

晚近，他们才能够向诸神倾诉，在他们
最需要的时刻缺席的诸神。他们的整个
世界，或大部分的世界，都在变动，开始

消亡的东西包括，部落称呼雨水的渐弱音，
称呼太阳的敞亮音，称呼河流的名词嘶音，
词语“永不”成了永远，“再次”成了永不。

第二十九章

一

中午，藏在树丛里的斑鸠咕咕啼鸣，
声音宛如海螺，抑或一个男孩吹瓶子，
卡在一个音调上没完没了，令人发疯；

比夜莺那油门全开的悲声更要低沉，
海伦正在赫克托的院里，收晾衣绳上
晒干的床单，对她来说，这种哀吟

发自她深心的伤洞。那不是奔流的
血，在罩住阿伽门农的罗网[1]上啁啾，
而是阿鲁瓦克笛发出的低指位的O。

她放下床单，朝篱笆墙外的酸橙枝
声音传来之处扔了几块石头，看到
受惊的斑鸠从她的神经的枝杈飞起。

---

① 有一种说法称，阿伽门农在浴缸里被妻子用网罩住杀死。

但那O的低音萦绕着她，黑得好像
赫克托在其中养过紫罗兰的旧轮胎，
如洗衣板搓出的肥皂泡，搓得太狠，

泪都粘湿了手腕。现在她不是海伦，
而是佩涅罗珀[1]，对她而言，一日
长于十年，只因他没有回来，还因

从昨天开始他们就消失了，漂流的
树舟里流传着渔民的恐惧。她看着
洗衣石上的泡沫干掉，刚刚她才从

绳子上摘下黄裙子时留下的湿脚印
变淡，而斑鸠在酸橙树里咕咕鸣叫，
那么悲伤，柠檬黄裙也都意味深长[2]。

海伦抱着晒干的床单进了屋，那里
悲鸣之音无法进来打扰，她把床单
塞进篮里。解开裙子，然后是衬衫，

小衣。她摊开四肢躺在没有铺的

---

① 佩涅罗珀（Penelope），荷马史诗《奥德赛》里的英雄奥德修斯（Odysseus）的妻子，奥德修斯在战争结束后失踪，她坚持了20多年，直到奥德修斯回来。

② 上句中的酸橙（lime）和柠檬（lemon）有亲缘性的关系，原文也有一点谐音，所以这里可能是一个文字游戏。

床上，棕色肌肤裸露，一如上帝所造。
昨天，那只螃蟹般一寸寸往下，进入

她大腿之间的手，不是她的，也不是
赫克托的，而是阿喀琉的。她缓缓地
翻身趴下，他刚一进入便超越了巅峰。

二

一轮满月，孤独得好像单身汉的盘子，
洗清了云朵的肥皂泡。七个海洋感到
月光爬上他洗碗的双手。狗来到跟前。

他把米粒和鱼刮到搪瓷盘子里，说：
“小心骨头，呃！”这时候，他嗅到
菲洛可提提进了院门，正回头栓门，

怕狗溜出去。他说“月光真好”，头部
随疮口的味道移动。“还没你朋友的消息？”
他用英语问。菲洛可提提坐在他每次

月夜都坐的台阶上，用克里奥尔语说
“他们说他淹死了”。狗啪嗒咀嚼着食物。
　　　　　　　　　　　　“他出去
寻找他的名和灵的来历。”

七个海洋说。

"哪里?"

两个人都抬头看月亮。

月光照亮院落，每片树叶都历历分明。

"非洲，"瞎子说，"他很快就会回来。"

菲洛可提提点头。除了奇迹，还有什么

可信？除了瞎子或瞎眼圣人，还有谁的预言

可信？除了她的名，如此时此岛一般明亮。

三

那个月夜我打着呼噜，蜷身贴住她，

她惊叫一声，把我从她潮湿的肉体上

甩脱，吓我一跳。她拉亮床边的灯，

而我，还头脑发沉，鼻子发齉，看到

她的手如爪子在脸上抓。我挪近了点，

她恐惧地把我连连推开，靠近床头板

蜷缩起来，我用分叉的后腿夹住她，

弯曲的獠牙放低、缩回，拱缩的肩

硌我的弓背。"恶魔!"她颤抖。"恶魔!

我趁你睡着的时候，转过身端详你，

你打着呼噜，在食槽里拱，身上遍布
苍蝇。”如果恶魔会哭泣，我这会儿

该已经哭了，半睡半醒，眼睛还粘着
黏液。她的手指是树枝，我野猪一般
从蕨丛拱到乳房，两团柔软接受了我。

我感到她在抽泣，小肩膀放松，身体
都似在发笑。“哦上帝，我昨天晚餐喝了
太多酒。”接着，喀耳刻把猪搂在怀中①。

阿喀琉踏上了回家的征途，他猛地从
海底沙床坐起，如失重的宇航员，穿过
磷光的睡眠，不能弯膝盖；头顶的海水

如皱缩的羊皮纸，记录了沉没的群岛
三个世纪的历史，在海水的鼓荡浮沉中，
头顶的世界度过了好几个重要的时代，

条约撕碎了，宛如浪花，政府倒台了，
股市上涨、下跌了，但权利消长的余震

---

① 喀耳刻是希腊神话中的女神，她把从特洛伊战场返回的奥德修斯的随从变成猪，奥德修斯设计打败了喀耳刻，却收获了她的爱情。从文字上看，这里的情节应该指的是“作者”的夫妻生活，而不是阿喀琉，因为阿喀琉和“作者”的形象不同，没有那种知识分子内省、自嘲的习惯，从整首诗看，阿喀琉只有在涉及自己先祖的时候才表现出某种冲动式的内省。两者在失败的维度上有所关联，所以这里出现这么一个闪回。

却从来没有一次找到正义的海平面，

从拖着脚链的黑奴，到解放黑奴的漫长
争论，废奴主义者在内疚的狂喜中爆发。
国王们头脑纷纷发狂。耶稣会传教团

在维拉克鲁斯被焚[①]；一个西班牙裔
犹太商人，为了逃避宗教裁判，胳膊
夹包，蹲在里斯本的码头，用那个姿势

得以重生于新大陆：利马；库拉索。[②]
一个白发的黑人在比利牛斯山受冻[③]，
一个人猿被拿破仑关在牢狱铁笼里，

---

① 维拉克鲁斯（Veracruz），15世纪早期西班牙殖民者所建的城市，位于墨西哥湾沿岸，是个奴隶中转站。17世纪，葡萄牙镇压耶稣会，耶稣会士加布里埃尔·马拉格力达（Gabriel Malagrida）被火刑处死，镇压波及葡萄牙全境和殖民地，随即席卷欧洲。在墨西哥，西班牙殖民者开始驱除耶稣会士，把他们从维拉克鲁斯转运到意大利。但诗中所说的“被焚”是否指的是加布里埃尔，尚不能确证，因为加布里埃尔火刑处死的地点在葡萄牙，而不是墨西哥。

② 这里指的是艾布拉姆·加布里埃尔·毕沙罗（Abraham Gabriel Pissarro，1802—1865），他从葡萄牙移民到法国，后来移民到法属西印度群岛的圣托马斯，他的儿子是著名的印象派画家卡米耶·毕沙罗（Camille Pissarro，1830—1903），利马指的肯定不是秘鲁的城市，而是葡萄牙的Lima River，从葡萄牙的利马，到加勒比海的库拉索（Curaçao，靠近委内瑞拉海岸的岛屿，属于安的列斯群岛的一部分），这样比较讲得通，较为符合毕沙罗的家族史。

③ 这里指的是18世纪海地伟大的革命领导人杜桑·卢维杜尔（Toussaint Louverture，1743—1803），被拿破仑的妹夫夏尔·勒克莱尔以和谈的名义诱捕，死在法国的监狱里。

而黑沉的海底是无神论的，那时，
大海肚子更饿了，卷起一道浪吞没了
皇家港①。维多利亚女王转动金球②

和权杖，威尔伯福斯③一下被闪电
击中，处于帝国转折点的扫罗王第二，
而幽灵在把他们全都变成鱼或人的

元素中呼吸；达尔文声称，大海眼里，
鱼类众生平等。背行李卷的马德拉斯人
爬进从加尔各答和孟买出发的航船，如

待洗的脏衣，挤在*费特·罗萨科号*的
货舱里，走了 96 天，还有 41 天到好望角。
在他们的路途前方，一场伟大的海战

正在进行，一位海军准尉受伤溺亡。清晨
带来一场细雨，落在海面。痉挛的阿喀琉
醒了过来，看到轰鸣的早班飞机的航灯。

① 皇家港（Port Royal），今牙买加的一个海港城市。1692 年地震，被海啸淹没了大部分城区。

② 金球是英国象征王权的加冕礼器，中空，由金子和各种宝石做成。

③ 威廉·威尔伯福斯（William Wilberforce，1759—1833），英国废奴主义者。

第三十章

一

他打着哈欠，看岛上的丁香喇叭
举起海平线。
　　　　　　“我知道你不想说话，”
伙计说，“但今儿早上我需要你搭把手。

昨个晚上你神游到哪儿去了？”
　　　　　　　　　　“非洲。”
　　　　　　　　　　　　“是吗？步行？”
伙计撑起只能算一个红洞的 T 恤衫，
扭身套了进去。贸易风从后吹，船

飞速剪开水面，拖着跳动的鱼饵，他
试了试绑拖网的竹竿。
　　　　　　　　“下面有鲭鱼跟跑。”他说。
“非洲，是吧！你中暑了，头儿。肯定是。

你最好还是把那顶该死的船长帽给戴上。”
一整夜，他都没有睡，忙活着操弄浮杆，

看阿喀琉蜷缩在船头；他研究了星空，

知道他们朝着大海深处航行了多远，
黑沉沉的海槽有多深，海槽多久才能
抬升，但他觉得，多亏了船长，带他

这没救了的醉鬼上船。他没看到海燕。
“知道我们昨晚捞到啥了？一条巨型唐鱼。”
唐鱼土话里是王鱼[①]的意思，蓝金枪鱼。

“看，就在你脚边。”
　　　　　　　　那鲜活的王鱼泛着
钢蓝和银白，躺在他的脚下，眼睛如
圆鼓鼓的窗，透着冷意，眼圈是回环的

水流，带他溯回历史，匙形鱼钩卡在
嘴里，这条唐鱼是他的拯救者，它那
反射阳光的冷眼，如月亮一般是瞎的[②]。

一圈灰色晶状体模糊了金枪鱼的
视线，它被伙计勾住、击打，躺在那儿

---

① 王鱼（Kingfish），原文同时还有“强人”的意思，按照字面翻译，意在突出原文之效。

② 从鱼眼可以联想到诗中反复出现的独眼巨人、灯塔的独眼、海螺、奥麦罗斯的奥（O）、花瓶的开口、罗马高架渠的O型口、天空的独眼太阳等。而这眼是“瞎的”，可以联想到荷马、七个海洋、印第安人祭司等，这些不断重复强化的主题是作者有意造成的。

喘气，蓝色的鳞片透露海洋深处的

钢冷，它从中跳出来，比一匹拉货
公马的脖子还强壮，它跳啊，扑喇喇
响着，一下子跃出波谷，打着哈欠，

屈服于一枚鱼钩月的诱惑，天色刚一
蒙蒙亮，便被缠在海平线手腕上，收线
拉上。尾巴疲倦了，平静下来不再拍打。

整个过程阿喀琉都在沉睡。他蜷缩在
船头如胎儿，如一匹海马，记忆随着
金枪鱼鳞片，在太阳下变得暗淡。

“看，陆地！”伙计说。阿喀琉转舵，
横在深深的波谷里，而没有乘着浪头，
然后他抬起头，看到一只老军舰鸟

跟踪一群银鸥，它无尽的滞空盘旋
使它成了海上之王。
　　　　　　　“愚蠢的海鸥，每天早晨
都给他捕鱼。他自己一条都懒得去捕，

一群白奴养一个黑国王。”
　　　　“什么时候?”伙计说，“做梦呢。”
“你看它俯冲，”阿喀琉指着说，“看那

狗娘养的，连着一周每天都来偷鱼！”

一只爬升的银鸥，嘴里叼着一弯银白，
那只黑色、气势雄伟的军舰鸟半途截击，
拦住了海鸥；海鸥吓得松开那条鲭鱼，

但鱼在落水之前，被军舰鸟猛然攫住，
扶摇直上。
　　　　　“该死的黑鸟，不过确实太美。”
伙计点头说。阿喀琉听到这话，觉得

心也和那鸟翱翔在高空，扇动翅膀，
用海燕的字母写下“阿弗拉比”的名字。
“国王归来了。”他喃喃说道，和伙计

一起，看着那只军舰鸟飞入无尽的、
天使蓝的空中，积云在天空打开了
一道大门，迎接国王进入他的城市。

二

如羊皮纸海图，四个角画着插翅的
兽头纹饰，吐出一缕缕弯曲的和风，
它们的面颊如短号，船帆肚皮涨满

推着小船破浪，如华丽盘曲的木刻
骊龙，如此强劲的顺风啊，他欣悦的
内心抑不住想高喊，却怕伙计听见。

这种呼喊，是每一次奥德赛的转折点，
看到礁石、熟悉的鸟时那种无声的
呼喊，而非战场上的呐喊，不是渔网

纠结的绳，而是浪花和坟墓的押韵，
独木舟和棺材的押韵[1]，一旦那类比
被贯通，主人和奴隶便不再有分野。

一把举起的船桨，比恺撒那夺目的
手掌更为强大，一只海燕的梁架
在狂喜之中飞掠，比他的战舰更快。

荷马，我的黑鬼，我的船长！我要
随他返乡，他的铠甲洋溢幸福喜乐！
现在，让海豚的骑兵卫队护送他

经过牛肉桶礁，船头扎下波谷时，
他已能看到旅馆的白露台，而他的
脚下，躺着金枪鱼那沉甸甸的银。

---

① 浪花（wave）和坟墓（grave）押尾韵，独木舟（canoe）和棺材（coffin）押头韵。

三

这支颂歌是阿喀琉无法出口的：
“Merci，Bon Dieu，pour la mer-a，merci la Vierge”——
“感谢神赐予了大海，他的童真圣母”；

“Qui ba moin force moin”——“谁给了我
为他劳作的恩典。每只鸟都是我的兄弟”；
“Toutes gibiers c’est frères moin’，pis n’homme ni pour travail”——

“人必须像鸟一样，劳作直到死亡”。
他能看到村前的防波堤，高耸的堆土
挂着的旧轮胎，船伙计穿着破烂的

红色T恤衫，站着，准备好了船锚，
海螺壳吹响了，低沉如地鸠鸣叫。
高处，在他的白薯田里，正在插

薯苗的菲洛可提提听到低吟的大海，
在排骨似的胸前画十字，请求上帝
原谅他的怀疑。药店锋利的阴影下，

七个海洋先于用尾巴拍箱子的狗
听到螺号的声音，渔民们顺着火热的

街巷跑下来，拖疲倦的独木舟上岸。

阿喀琉让伙计招手。他看到了海伦。
但他什么也没说。只一条单桨划着。
他目送她离去。伙计扛起了金枪鱼。

第三十一章

一

一个懊悔的星期六闲逛，穿过村子，
人行道上垃圾遍地，大喇叭不见了，
街道空洞的阴影，和昨晚狂欢的

蜃景，形成强烈的反差，阿喀琉正
清洗独木舟，音响节拍还在他脑海里
敲击，那是马利[①]的雷鬼乐的回响——

“水牛士兵”。咚一声。“美洲之心”。
咚咚。墩布和水桶。声音挥之不去。
重低音在海浪温柔的敲击之间

更显宽广，用哀歌的调子为他的
工作伴奏。他看到喷气的水牛，黑人
骑手戴着汗湿的帽子，眯缝的细眼

---

① 马利（Bob Marley，1945—1981），牙买加歌手，雷鬼乐的鼻祖。

随着低山下飘移如烟的牲口群放牧，
蛮印第安人的帐篷，蓝色的天幕上，
一个黑人士兵转过脸，那是阿喀琉。

接着，三角旗以雷鬼乐的节奏前进，
热浪之间一顶白软帽仿佛海马，带领
他们做最后的冲锋，蹄声轰鸣，他

颅骨轻颤，红印第安人，以西印第安
节奏小步慢跑，他摇晃着，桨橹如矛
保持节拍器的节奏，好像他双手交替

从船头拽起船锚，他看到红印第安人
仿佛岭上的棕榈树涌现，迅疾、模糊的
马蹄，在大地上奏响了甜蜜的愤怒，

他的马嗅到战争的味道，不安地嘶鸣，
顿足，一身汗水。阿喀琉从起毛的匣中
抽出一把长长的温切斯特枪。这也是桨。

他的马鞍则是船尾起伏的木板，浪尖
是鹰羽白软帽；他缓缓射出船桨，一棵
棕榈树倒下；然后是来复枪不断射击的

脆响，更多的伤亡，直到海岸上布满
棕榈枪矛，还有尸体：好像阿鲁阿克人

纷纷仆倒在西班牙征服者的毛瑟枪前。

二

七个海洋让他耙一耙院里的叶子，
阿鲁克泡母树[1]落叶纷飞，很快就
装满了锈桶，他每抱一堆，便有

更多叶子落下。阿喀琉听到叶子们
用一种消亡的语言在耙齿上交谈。
他要把整个院子清理干净。用弯刀

切割香蕉皮堆。沿锈色椰树的根部，
把叶子拧断，扔到垃圾堆上，垃圾
围在冒烟的炉子周围。黑狗绕着

他的脚后跟欢快打转，又叫又跳。
篝火烧得树枝咔咔响。七个海洋坐在
箱子上，把狗从阿喀琉身旁喊了过去。

他想问七个海洋树木从何处得名，
看着火中变黑的瘦骨棱棱的树枝

① 阿鲁克泡母树（pomme-Arac），阿鲁克也就是阿鲁瓦克，pomme 是当地土语中来源于法语的词汇，意思是“苹果”。

跟那瞽者一样注视树叶在跳动的

火苗中燃烧，为什么我们生活的火花
会被一颗星超过。但星光已死，也许
我们的光也一样。这时，阿喀琉看到

伏在阿鲁克泡母树叶丛里的非洲鬣蜥，
恐惧冻住了他，却助长火苗更往上爬。
那背脊高耸的兽消失了。他从草地上

泡母树的阴影里退出，阴影的形状
仿佛那只蜥蜴。七个海洋似乎听到了
他的想法，说：“**阿鲁瓦克**的意思是，

叶子般燃烧的种族，**泡母**，在土话里
意思是‘苹果’。这儿曾是他们的土地。”
也许他借用了狗的耳朵才听到蜥蜴，

因为那狗正绕着树干又叫又跳。他也
从来没听到过狗的名字。不经意间，
某一个星期六包含了几百年的历史，

层层沉积在脚下，有的时候，大地
会用矿物的一闪，说明历史就藏在
石英的碎片里。那天早晨，阿喀琉

逐渐发现了历史。就在篱笆旁，耙齿
在枯死的树叶里蹭的一声碰到了石头，
他蹲下，拿掉障碍物。看到石头上

深深的印记，差点从他的手指冻入骨髓。
上面刻的面容，从被惊动的坟墓里，回击
他的瞪视。那是一张孩子才会画出的脸：

圆圈代表眼睛，竖线代表鼻子，一道
裂缝代表了嘴，但表情却似更为愤怒，
当阿喀琉的手掌拂去它几百年的平静。

一千个考古学家都会惊叫出声，如果
看到阿喀琉挖出那图腾，而且远远把它
掷出，越过夹竹桃篱笆。它的半边脸

朝下，落在矛草里，但那种恐惧的矛
却让他更头皮发麻。长着石脸的鬼魂，
从阿鲁克泡母树里用蜥蜴的眼睛偷窥，

转身离开它们的篝火。霎时间那些石像
如同鼹鼠，或者蝼蛄，在历史的阴影里
把它们深藏其中的洞穴挖得越来越深。

三

海滩焚烧他们的记忆。铜色榄仁叶
在火辣的烟雾里噼里啪啦如加勒比人，
蓝天涌入神眼，从他们的生命里什么

都耙不出，除了一只从阿鲁瓦克传到
苏部的哀歌，棕榈的软帽投射在白沙上，
而七个海洋，试图回答阿喀琉关于

某些事物的命名问题。他手摇拐杖的
问号，阿鲁克泡母树叶燃烧。他说他
曾是幽灵舞者①，正如那烟雾。他跟

阿喀琉讲大雪。给那些不可逾越的大山
命名，过去在印第安人中生活的时候
他见过它们。女巫们簸扬我们群岛的沙。

① 幽灵舞者（Ghost dancer），19 世纪印第安人的舞蹈和宗教运动，希望通过舞蹈的仪式和死者沟通，获得力量以赶走白人殖民者，获得和平。

第三十二章

一

她如此轻柔地漂移！一只手，柔弱
宛如雨燕，抓紧游廊。棉纱的光环
从她皱缩的帽子上鼓起，我的母亲，

我感到她宛如幼鸟，忍不住想把她
掬在手里放到别处：远离那些老太，
在玛丽安养老院里，搓着几颗念珠，

但我什么都做不了，和她们没有分别。
面对时光的羞辱，我已经激不起愤怒。
轮到她被时光压弯了，它冷漠的流逝

在手腕和小腿颤抖。时间是和她们
交谈的畏友，在她们身旁的空椅坐下，
耳朵也已失聪，却不时做出听的样子。

她们沉浸在孤僻里，进入了一个思想
轻如鸿毛的世界，每一个形象都笼罩在

瞬间起灭的光环里。让她们疑惑的是

时光的意愿，而不是死亡；死亡之中
的确有大恐怖，但当几个朋友的窃语
中断，她们在她病床周围打开屏风挡板，

此时此地，时间又有什么意义呢？
我母亲头上虚弱的毛发变得可爱了，
但是当我的手臂放在她空洞的肩上，

她感到这热切的重量，轻颤了一下。
我既是父亲也是儿子。我衰老一如她
疲惫的祈祷，一如她丝丝缕缕的记忆

飘散，以模糊的耐心对她的身体说
“等会儿”，当所有的光明都如记忆的
花朵枯萎，如黄蝉花的喇叭、浅紫的

三角梅的藤蔓，爬满我们家的山墙。
恍如她自然的记忆，它们再无法归来。
她余下的日子暗如黄昏。已时辰无多。

她蜷缩一团睡着，恍惚之中认出了我。
我的脸凑近她的脸，嗅着她老年的味道。
“我是谁？妈妈。我是你的儿子。”

"儿子。"她点头。

"你有两个儿子，一个女儿。
好多孙儿孙女，"我大声喊，"很多需要记住的。"
"很多。"她点头，挣扎着

试图唤回记忆。"有时我问自己我是谁。"
小时候我们一起看远山，坐在房顶上看。
"对了，他们叫德里克、罗迪和帕姆。"

"我还是必须回美国去。"
"唉，我们
总是不能老待在一起，"她说，"我知道。"
"我没守在你跟前的时间太多。"我说。

这时，幸福的明晰冲破了乌云。她笑道：
"我知道你是谁。你是我儿子。"
"沃维克的儿子，"她说，
"自然之子。"他的葡萄藤给她罩了一圈光环。

二

我走了，留下游廊里白发苍苍的她，
这是晨光熹微的非洲，水桶叮叮咚咚
响着，立式水管旁，两个女孩在打水，

孩子们发出蝙蝠一般的叫声，似乎
被关在了明亮的镀锌篱笆之后，我沿
黝黑的路往前，窗帘后的灯泡亮起，

阴影在身前交叉，用黑色的语言签名。
我走过鳕鱼味的店铺，在街道打开的
书里感到自己丢失了，再也找不回来。

这是另一个国度，它令人激动的手势
我都懂得，却无法和我的思想关联，
跟我母亲一样得了健忘症；无法翻译的

答案，伴随着这些实实在在的魂灵，
它们已把我彻底忘记，正如我，身处
这狭窄的街道，也忘记了整个大陆。

如今，在夜晚令人不安的噪音中，
我之所闻给我的肌肤包了层更老的黑。
我站在一座村子里，村子里的火光

在我脑海里，用我不再懂得的语言
闪烁，但我的血肉不需要被翻译；
我塞住的耳朵打开，再次听到了土语。

星光下海湾黑黢黢的。沙滩的腥臭
镶了一道白噪的边线。灯塔的光柱
在树木之巅打转，略过照不进的地方。

照亮的别墅群上空，棕榈叶狂摆，
一道拱形波浪，发出一种沿缝合线
撕布的声音，妈妈经常弄出这声音，

嘴巴咬着针线，做出厌恶的表情。
我关上门，感到海浪的噪音远远地
返回大海，从每个窗口，一个接一个，

而室内，床单上却热气袅袅，熨斗
刚刚熨过，床单紧绷着，发出芳香，
我看着一只被灯光放大、抖动的蛾子。

三

蛾子的飞影，划过翡翠绿的潟湖，
粼粼的波影清晰显出水下的地形，
一片丁香紫的礁石海底，大岛村

有如一道斜挂三角帆，仿佛吊挂于
花瓣的蝴蝶：一只独木舟驶近了那岛。
无声的巨浪卷起，横跨整个玻璃窗，

然后拍碎，发出耀眼的光。阿喀琉
从震响的船舵举手示意，看我们的鲱鱼
飞机融入云彩珊瑚，从角岛上空划过。

第四书

第三十三章

一

震惊了的夏天日渐消逝，橡树的
手摇风琴奏起了音乐，蠓虫炫技的
小提琴，长岛湾[1]旋转木马的低吟，

白日的湖上，飘月如同解开的气球，
你的手似寒冷的雕像，搁在女友腿上，
潜鸟沙哑的叫声从夏日剧院传来，

新伦敦[2]的野餐帐篷搭在岩石底的
冲浪泳池旁边，从色拉景观里那些
烤虾般发红的脸，到世纪末的海浪

手风琴般一开一合，马戏团沿着我的
新帝国的海岸巡演；旋转木马的弹性
萎缩，木棍从因旱寒而发黄的草丛中

---

① 长岛海湾（Long Island Sound），北边是美国的康涅狄格州，南边是纽约长岛。

② 新伦敦（New London），长岛海湾口的海滨城市，属康涅狄格州。

拔出。他们生活在一个永久的合众国
永动的自我欺骗中，被蓝色远洋的
春之罪[①]吊着一口气，只等夏天扩大

它日渐增多的宽恕。云朵解开紧身
上衣，蝴蝶撑起它们黄色的奥德赛帆，
无处不在的阴影穿着相同尺码的衣服。

但当帐篷收起，降了旗，绳索一拉，
场地腾出来，露出一块巨大的伤疤，
地平线因此显得更近了。露天座椅

太过冰凉，除非固执的情人们认为
夜空将会第一次说出星语。天已太晚，
我们丈量不出自己的脚步。暗蓝的

海湾，画了些粉笔线，灯塔在雾中
斜视，缓缓扣上的女式衬衣让我们
缓行，如马雅可夫斯基穿裤子的云。

地图上的外省角落，帝国磨损的褶边，
一个男人止住不前。不为水面回荡的
另外一首国歌——他已经会唱三首——

---

① 春之罪（vernal sin），这里暗指美国短暂的历史，原文和 venial sin（可恕之罪）近音双关。基督教中 venial sin 和 mortal sin（不可恕的大罪）是常见的对立概念。

而是因那颗恒星，它微弱的震颤嗡鸣，
被刮过黑水的大风打断，又或许是为了
倾听，湿砂的毛孔里畏缩起皱的海浪。

二

回到砖房和林荫道的布鲁克莱恩①，
我生活得就像一个二战中的日本兵，
吃白米饭和排骨，换换花样，则是

排骨和白米饭，永远是角落的桌子，
收拾的中国侍应生嘟囔着我点的菜，
漫不经心地挥舞那腾龙飞蛇②的菜单。

正如太平洋小岛上的那个日本鬼子
更愿枯守孤独，而拒绝救援的希望，
我也可以融入竹林的装饰，静静地

读读报纸。我知道，他们全都了然
我在爱情之战中的孤绝失败：餐馆
打杂的，夫妻一对一对的，别过脸

---

① 布鲁克莱恩（Brookline），位于美国波士顿西南郊区的城市。
② 腾龙飞蛇，原文 bedragonned 直译的意思应该是“化为龙”，是作者生造的词，指的是菜单上画着龙饰，也有可能和 bedraggled（弄脏的，淋湿的）音近双关，暗指菜单油迹斑斑。

不忍看我的失败，而我自己的眼睛
却成了那日本兵，盼望一封信、一道
救援的帆影，终至于疲倦不堪，如同

受伤的菲洛可提提，那个不知战争已经
结束或是拒绝相信的隐士。夏日晚午，
地毯上，四方形的光，从地板挪到沙发，

又从沙发挪走，天黑后沙发成了座山。
即便是晚上，热气也滞留在水泥马路上，
电扇嗡嗡地转着，钢片仿佛棕榈叶子，

我从脚板上拂去想象中的沙子，关灯，
把胳膊塞进她的腰下，然后仰天躺倒。
电扇掀动床单沙沙作响。我从木筏里

伸出胳膊，重新拨通电话，我唯一的
船桨，咔嚓一声躺回桨架，无所事事。
但落难荒岛的人与大海为友；独自生活，

学会靠丰沛雨水和侥幸所获的沙丁鱼
生存。而没有熟悉的声音佑护的房子
漂流着，厨房水槽里的刀具没人操弄

却发出叮当之声，也能让它吓上一跳，
赤道无风带的夏天，房间完好，比起

玛丽·塞莱斯特号[①]轮船，要少些神秘。

发烫的水泥路，商铺门面滴水的玻璃，
在超市里，她的背影在货架之间晃动，
驾驶着购物篮，同样的头发，同样的肩，

同样紧凑、讽刺的臀部，害怕我会跟它
要求点什么。她拉了一下有轨电车的
铃，电车在喇叭声中停下，让她下车，

去赴固定的约会。沿着时髦的小巷，
两旁的面包店和花店，爱情的死胡同——
所有一切都等闲视之，汽车缓缓开动，

经过她自信的头发，缓缓加速，经过
一张张迎着阳光皱眉毛眯眼睛的脸庞，
好像她和行人在往后行走，逐渐没入

码头的人头汹涌；或者是，她的手肘
被花店外的遮棚阴影吞没，在我走进
喷水的货架之时，如蜥蜴一般消失，

而我站在那里，瓦隆布罗萨[②]的某个

---

① 1872年，玛丽·塞莱斯特号（Marie Celeste）从纽约驶往葡萄牙，在大西洋中途被人发现，虽然船还在行驶，船员和乘客却神秘消失。

② 瓦隆布罗萨（Vallombrosa），意大利的一个修道院。

过道上，被我并不需要的花儿的香气
熏倒。闪回到阳光烧烤的街道，行人

躲闪我饱含露珠的眼睛，警惕地点头，
他们才是匆忙、透明的，而不是我。
我无处可去，除了家。但我却迷了路。

像他们那样摇弄钱包或口袋里的钥匙。
像他们那样拨弄门环，希望一个幻影
从她的椅子上跳起来，开门把我欢迎。

三

怨恨、恐惧的房子，
繁殖空气的房子

发酵回忆的房子，回忆
如同爱伦·坡写出的影子，

婚姻失败的房子，
电话和情欲的房子

洞穴的房子，门后蹲伏
一道怒吼的大浪的房子

牙刷的房子，罪恶的房子，
树枝相摩，说“让我进来！”的房子

房间里回荡雨声的房子，
沾染俄南之斑[①]的皱云的房子

吱吱呀呀的房子，五十七岁，
大地铺设木板，天堂刷了石灰，

“远见有线电视”频道的房子，
对嘲笑报以冷笑的龙蛇地毯的房子

不幸的房子，被我用屈膝
膜拜的诗篇解除了诅咒的房子

被我非房的房子，在失去的
花园里变得冷硬如石头的房子

低头是发烫的街道，我却感到冰
从脚底爬上来的房子

我没住在你的里面，我内心
携带了一座自己的房子，不论

① 据《圣经·创世纪》，俄南（Onan）不愿和哥哥的妻子同房，所以遗精在地，耶和华因此让他死掉。所以俄南之斑在英语中指的是手淫。

何地，直到你的冬天，在纷纷
思绪之舞的火光里，变得更温润，

那栋房子没有镀黄铜的门把，
没有门，因为已被温柔融化，

最终，把恐惧作为客人邀请
进门，在椅子上就座的房子

飨宴它们的人类的脸庞，
抓住“怜悯”的手的房子

给她看她的房间，感受木头
与砖，家之为家的嗡鸣。

第三十四章

一

克罗部[1]骑士的长矛对准达科他上空
和科罗拉多帕劳米诺[2]山峦上高高的
飞机云；那些轮廓鲜明锐利的形状

让我错以为是湖泊。一座滑翔的冰山，
浮冰之下，是巨大如我们的城市的水坝，
飞机云的冰痕凝结在树脂玻璃窗上

如同白色的彗星，拖着长长的尾巴。
云朵染白了克罗部的骑士，我让他
钻进一页书，我看到，白色的马车

横穿书页，碾出车辙，然后是铁轨、
箭头般的州际公路，一段逝去的爱
从史诗收窄为讽刺句。我们的婚约

① 克罗部（The Crow），一个印第安人部落。
② 帕劳米诺（palomino），金黄色马，白鬃白尾。这里用来形容山脉。

如撕碎之云，又如与印第安人签订的
合约，唯一的不同是，背叛来自双方。
舷窗外，浪花在太平洋的松枝上喷洒，

这时候，神授天命[1]已经远去，和我
无关。我的脸冻结在美国梦的冰激凌
天堂里，仿佛苏部之民被冰雪掩埋[2]。

二

云雾漫步在我身下，如同阿喀琉的
幻觉。长矛，涉水渡河的骑兵溅起
闪亮的碎银，牛拉炮车拖着合众国

朝她靠近。当着苏族印第安人的面，
一颗道钉敲进他们的国度的心脏。
联合太平洋铁路的道钉[3]敲进我的心，

---

① 美国天命（Manifest Destiny），19 世纪美国人所持的信念，认为美国具有横贯北美洲全部土地的天赋神圣使命。

② 苏族（Sioux），美洲印第安人部落。1890 年冬，美国军队屠杀了几百名苏族民众，包括妇女和儿童，尸体被覆盖在积雪里，直到第二年春天雪化才被掩埋。这是美国屠灭印第安人的最后一战。

③ 联合太平洋铁道公司（United Pacific）于 1869 年竣工，加快了白人向西部移民的速度。铁路竣工典礼上，一颗金色的道钉被象征性地钉入最后一段铁轨。

她的武器更为温和，我却不会因此
欢呼。正如他们，我无法相信一切
都结束了，他们震惊、落伍的脸孔

穿过人群，或停下，表情和悬窗上
映照的我一样呆滞，分别因为一片
失去了的土地，一个消失了的女人。

三

夏日的哀歌在滨草间叹息，献给
弯弯的维吉尔芦笛。懒洋洋的草地
在帕金农场周围撑起天然的纱窗。

云雀从金茎花[1]射入合围的积雨云，
撞入一扇软门，玉米嗖嗖乱响，如
凯瑟琳·威尔顿[2]听到的浪花飞溅。

熟透的谷物给雉鸡施加了炼金术，
窜伏的老鼠啮咬谷杆，油光的皮毛
好像海狸，老鹰越聚越多，在天空

① 金茎花（goldenrod），即一枝黄花。
② 凯瑟琳·威尔顿（Catherine Weldon，1844—1921），一度是苏族印第安人的头领 Sitting Bull（坐公牛）的白人秘书，因此被白人仇视。

涂写它们预言的叫声，河畔的青草
闪耀银绿的光，每当它的毛毡肿块
被风夹在大拇指和其他手指间搓动；

虹鳟划一道曲线，纷纷落入独木舟，
填满其大树的躯干，这滑翔的猎手
拖着嗖嗖作响的轨云。巨大的平静

之上，雷云如同一辆马车隆隆碾过，
只有鹰才有权利充当驭手，山丘和
牧场的过度起伏掩盖了她儿子的

伤口，他不幸死于一只生锈的铁钉①。
当金茎花颤抖，黄金时代返回的意象是：
惊飞的翅膀。一声枪响。她丈夫举着

一只拍翅的鹧鸪，冲向她。夏天没能
坚持，但背叛它的并非时间。季节留存
不下，那些部落也不行，既然印第安人

之夏已从乌云奔腾的平原飞逝，此时，
尘土飞扬，如玉米摇摆于田垄，这景象
作为预言已由老鹰提示给谷堆里的老鼠。

① 凯瑟琳·威尔顿的独生子在母子俩离开印第安人营地的旅途中被钉子之类的金属物件扎伤，因伤口感染而死。

第三十五章

一

"血泪之路[1]，"向导说，"大约就从那里
开始。"我俯向透亮的小溪，松树在水面
投下荫翳。我转换位置，听到水的语言

绕岩石回转，形成清流的水纹，还有
小落差形成的漩涡，絮说着"乔克托族[2]"，
"克里克族"，"乔克托族"，我想到希腊

在那些小城镇的复兴，房子多带柱廊，
名字叫做海伦、雅典、斯巴达、特洛伊，
多么希腊化啊，连奴隶制的必然之恶

都有，记载于佐治亚州大理石往昔的

---

① 血泪之路（The Trail of Tears），1830 年美国政府通过了《印第安人迁移法案》，强迫印第安人向西迁移，大量印第安人死在迁移的路上。

② 乔克托族（Choctaw），印第安人部落之一，分布在美国东南部一带。下行中的克里克族（Creek）是另一个印第安人部落，主要分布在美国东南林区。19 世纪被白人强迫迁移到俄克拉荷马等西部地区。

手册里，实现了杰斐逊理想的庄园里，
却奴役无数赫克托和阿喀琉斯，患了

白沫病的山茱萸枝。黑奴窝棚，海浪
起伏的草地簸扬着和平，橡树、松树、
山核桃，一条类似的小溪。我从窗口

看到穿破烂条纹衣的女人们结队，向
俄克拉荷马迁移，如码头上那些女工；
然后我看到了七个海洋，手拿拨浪鼓。

田野上空，一朵巨型雷雨云松开它
瘀紫的拳头。那些逃离的黑影穿过
松树和山核桃树丛，猎狗迅速逼近，

深入佐治亚的腹地，那里，残暴的
犬吠回响不绝，很不巧，那才是历史，
在乡下，恐怖笼罩着红土路两旁的

橡树以及木棉树的枝条，仿佛绞架，
吊着蝙蝠似的阿弗拉比。戴头套的云
警戒小镇广场，广场上写着日程表的

教堂，教堂高耸的白钟楼用悠闲的
抑扬格，强化了潺潺溪流的田园牧歌。
小镇边缘，移动伤口似的黑人窝棚，

好像一座座海岛，反射到飞机舷窗上，
仿佛割伤菲洛可提提的锈锚，我想象
那些背影穿过豆荚海，一只胳膊划桨，

另一只夹粗麻袋。褐色溪流传来锁链
叮叮的声音。桥弯下脊梁。马儿被领进
种植园的牧场，明智地吃草，或飞奔。

二[①]

“生命太脆弱。颤抖着有如白杨。它
所有的阴影都是季节性的，包括痛苦。
细雨蒙蒙的黄昏，雨水的白矛，扎入

椴树林，而椴树林，反过来把雨包围。
要不了太久，他们便会说，‘印第安人
屈服于那些树枝，哪个部落却不肯定’。

我也不能肯定我活过。我的吸入是
农场的呼出。它的沃土，四季。摇摆的
金茎花，玉米，夏天把我藏匿于其中，

---

① 本节是凯瑟琳·威尔顿的内心独白，她儿子死在母子俩离开印第安人部落回家的路上，可参看上一章第三节。

我的胳膊沾满花粉，胳肢窝流汗刺痒。
大平原凶暴如神，纵深堪比上帝的意志。
我喜欢卑弱。脱离波士顿的小巷，我

狂喜于微不足道，一个人沉醉于农场
无尽的大合唱。曾经，一只雨燕或燕子
从谷仓椽子里冲出，携带我儿飕飕的

棕魂，我知道，天堂是它的终点。我们
越来越多地学会过一种失去所爱之人
相伴的生活。我父亲，也有相同的遭际。

在达科他人的大平原上，神之慷慨
追赶我，雉鸡，如箭矢般射出的雀鸟；
从晨至夕，烟雾升起，在我的注目下

我和印第安人被紧紧绑在了一起，
因为我是一个野蛮的寡妇，双颊枯干，
我爱上了他们，自从我在科迪上校[1]

运营的马戏团里帮忙，一顶比他们
所有的帐篷都要大的巨型帆布之下，
雇来的印第安人，骑马绕圈，呼喝着

---

① 科迪（William Frederick Cody，1846—1917），外号水牛比尔（Buffalo Bill），反对奴隶制，组织过马戏表演团，演员包括印第安人，甚至当时的印第安酋长 Sitting Bull（坐公牛）也带领一些武士，在他的表演中出场。

展示荣耀，看一次给扔一毛钱，看到
骑士飞奔，男孩们恐惧尖叫。而现在，
白杨包围雨的长矛，湿叶摇摆闪烁。”

三

要塞里，扣黄铜纽扣的夜晚，又一场
华尔兹在湖上飘摇，越过码头的纸灯笼，
灯笼随小提琴颤抖。凯瑟琳·威尔顿

仿佛河上的阿喀琉，看着一排忧心的
灯笼，把船库连为一线。她听到黑水上
传来潜鸟沙哑的叫声。码头凸出之隅

挂着一圈灯饰，一声满月一般浑圆的
尖叫绕着她头旋转。从腰部泛起的恶心
不是因为战争，而是因为战争之后的

背信弃义，和平协议的白纸，如此
精致的签名，也许潜鸟的叫声不过是
嘲笑协议如同浮云变幻，随风飘散。

所有的帝国都在用抽象的名义进行
欺骗之实：墨水笔的眼睛在墨水瓶里
一眨，条约得到签署，但这里不是

画着小天使的凡尔赛宫，而是达科他
大平原。她曾经相信过历史的救赎，
相信苏部印第安人诚心诚意签署的文件

会被严格遵守，如禀上帝之言，经过
所有的苦难，最终，签署的双方都已
冰释前嫌，相信和平如一轮圆月升起，

穿透云朵的黑烟，普照湖水，比那些
灯笼更亮。然而，她听到了潜鸟之鸣，
虽然并没有透露痛苦，只是喑哑低沉。

云朵变成了空白的书页，我正读的书
好像是普朗科特描画的桑特群岛之战。
新大陆足够宽广，尽可以容得下一座

新的伊甸园，里头居住了各族的亚当。
当我嗅着书脊，一种天真味道，仿佛
第一场大雪，从书页里散出。她走过

那些灯笼，来到码头前停下，浮台上
拴着树干凿就的独木舟，她站在窗前，
有人跳幽灵舞，她用透明的手鼓掌。

当痛苦降临，我们会选择一场更尖锐的
痛苦，祈望痛苦愈大，便愈能压过它的

深重，所以凯瑟琳·威尔顿，从云朵的

薄纸里浮现，如高凸浮雕，我的丧失
与之相比恍若虚构。我在书里寻找人物
性格，从她被披巾遮蔽的声音，我听到

大雪被吹扬而起，当大风刮过达科他、
苏部和克罗部的小径；我忘掉了自己的
悲哀。她飞快的笔影，如雨燕飞掠水面。

"从惨白的草间，我发现一只乌鸦头骨，
一种缩微的恐怖。干枯的玉米晃荡着
羽帽①，是否预示着黑脚人②准备打仗？

当克罗人③画上死亡的面具，眼圈套了
月亮时，每只眼都是镜子，被他的手掌
所预言。因此，当我分开干玉米的长矛，

如分开你们的金发士兵，看到草丛里的
乌鸦头骨而定住不动。游牧的畜群穿过
与矛等高的野草，和达科他人一起漂移，

---

① 羽帽（bonnet），印第安人准备打仗时头上佩戴的羽饰。此处喻指玉米穗。
② 黑脚人（Blackfoot），由几支关系较近的印第安人部落组成的族群。
③ 克罗人（Crow）和乌鸦英文是一个词，明显和上文的乌鸦有双关。

当草色变暗，难道苏部之民和你的
玉米头士兵一样，也无法确信天堂的
存在？怀疑并非某种肤色专有的特权。

我看着白色的教堂塔尖，常常会想，
高高在上的十字架也会保佑他们吗？
他们的尸体也会复活吗？我们所喝的

白雪和红血让我们背信弃义吗？问问
你那些小麦色头发的士兵。萨满手里
嗤嗤的荣光是神，而非断尾的响尾蛇。

他们相信，巨风神会把他们卷入手心，
送到不死的绿草、永不停息的春天里，
让他们灵魂复活，如清澈的希伯伦河。”

灯笼的余光从一顶军用帐篷透射出来，
勾勒她提问的影子。凯瑟琳·威尔顿，
我们写给印第安监理[1]的最后一封信。

---

[1] 印第安监理（Indian agent），代表美国政府和印第安人打交道的官员，这里指的是詹姆斯·麦克劳林（James McLaughlin，1842—1923）。

第三十六章

一

博物馆长存；但盛极必衰[1]的古训
摇动树叶的漏光，投射在雕塑园的
混凝土长椅上，罩袍尾巴的麻雀

给一座三角墙添加注脚，而燕雀
站在一堵古典门墙之上争辩。艺术
在一阵甲醛的气味中，让位给历史。

博学的大胡子在玻璃外罩上，做出
雾蒙蒙的判断。室外，雀斑脸的太阳
挤眉弄眼划过一扇窗户。对一幅油彩

肖像，我长吁一口气，把虹膜从它
闪光、失眠的恺撒身上收回，他的
大理石之死解决了阴谋者[2]的危机，

---

① 盛极必衰，原文是拉丁文：sic transit gloria。

② 这里的阴谋者指的是刺杀恺撒的那些人，后来这些刺杀者都在几年内死于非命。

我走过邀我赴死的不朽雕像。来到
台阶上抽一口烟，吸一吸新鲜空气，
在一片常春藤的贝叶挂毯[1]旁，辨认

燕子的书法。虔敬的送葬者在我身后
窃语，如银行或临终关怀病房里的人。
艺术是不朽的，沉重地压迫着我们，

博物馆让我们无话可说，若有所失。
博物馆外也成了博物馆：华丽的框架
收束圆顶为方，几棵树，一对麻雀；

每道风景都成了明信片，有伟人签名，
天空是加纳莱托[2]的，长椅是凡·高的。
我抬起屁股，重新进入室内的腐气，

穿过回响的大理石，闻到法老盛宴的
蜡烛味。在走廊一侧，我瞥见绿水之光
清澈、盐腥，仿佛圣卢西亚岛的海。

随即看到了他。阿喀琉！比我记忆中
站在刺目阳光下、白热甲板上的真人
高大。阿喀琉！我的英雄，我的黑鬼！

---

① 贝叶（Bayeux），在法国诺曼底，有名的贝叶挂毯收藏于此。这里提到贝叶，是把常春藤比作了挂毯，而不是作者忽然从波士顿来到了诺曼底。

② 加纳莱托（Giovanni Antonio Canal，1697—1768），意大利画家。

被《墨西哥湾流》[1] 的锯齿鲨鱼包围；
他脖子上的绳索，让他的头转向非洲，
让他永远迎着风浪，在我们的岛屿

和几内亚海岸之间，固定于部落梦中，
在那道射入另一个荷马手中的光线里，
它吹起的微风，托起博物馆里的画布[2]，

船中的阿喀琉一个胳膊肘撑着，但那些
麻疯浪柱撞击船身，总是围绕他的小舟
和我的艺术[3]旋转；此处并不需要一道

救赎的白帆，飘在麦尔维尔[4]节奏的海上。
船长麦尔维尔关于鲸鱼白的说法是这样的——
“皮肤透出的白，这种皇室、帝国的颜色……

给了白人对所有暗肤色民族的统治权。”[5]

---

① 《墨西哥湾流》（*The Gulf Stream*）是美国画家温斯洛·荷马（Winslow Homer，1836—1910）的名作，画了一个在汹涌大海上划独木舟的黑人，被一群鲨鱼包围，今收藏于纽约大都会博物馆。下文的“另一个荷马”指的就是这位画家。

② 画布，原文canvas，也有“船帆”的意思，这里应该是作者有意制造的一个双关。

③ 舟，原文craft，也有“手艺”“艺术”的意思，这里是在阿喀琉的独木舟和“我”的写作之间制造出一个双关。

④ 赫尔曼·麦尔维尔（Herman Melville，1819—1891），著名的美国小说家。

⑤ 赫尔曼·麦尔维尔的经典之作《白鲸记》（*Moby Dick*）的第四十二章题目是“鲸鱼之白”，其中有一大段论说白色的高贵，白人似乎因为这高贵的颜色获得了高贵，对暗色皮肤的人具有天然的优越性。

上谛，上谛，麦尔维尔少爷，一个黑鬼
能做啥，除了沿您说的台阶走下黄昏？[1]

如此这般，我走入了黄昏的市民公园[2]，
我站立的地方，周围是希腊式廊柱以及
圣·高登斯石雕上的黑人士兵，被躺在

州政府镀金圆顶上的落日染红，我感到
自己也融入他们的暗夜之中。我的领子
在严寒中，直直竖起，我招手叫出租车，

但出租车，正如秋天，也看颜色，过去
好几辆空车都不停。其中一辆后座坐着
亚哈[3]，在追赶他的捕鲸船。我大喊一声，

如魁魁格[4]扔出鱼叉，但唯一溅起的水柱

---

① 这两句原文为 Lawd，Lawd，Massa Melville，what could a nigger do / but go down dem steps in de dusk you done describe? 作者这里故意模仿麦尔维尔小说里人物的“视觉方言”（eye dialect），比如 Lawd（上谛）也就是 Lord（上帝），dem 也就是 the，前句中的 ob 也就是 of，拼写不一样，但是读音类似。

② 市民公园（Commons）指的是波士顿的 Boston Commons 公园，园内有美国画家圣·高登斯（Augustus Saint-Gaudens，1848—1907）著名的黑人士兵的雕像。

③ 亚哈（Ahab），麦尔维尔小说《白鲸记》里的船长。亚哈这个名字很有象征性，是《圣经·列王记》中的“为恶”的以色列王。

④ 魁魁格（Queequeg），麦尔维尔小说《白鲸记》里的人物，是食人族的王子。

来自雕像喷泉。出租车飞逝而去[①]，小丑。
路灯亮了起来。博物馆的窗户却熄灭了。

二

街灯照着枝叶，从底下走过的我知道
自己和他们不一样，因为我们肤色不同，
在一个夸耀一身白皮的帝国，在一个

新英格兰，人们把部族的落叶耙成一堆，
在停车棚草坪上点燃，如沙滩上死去的
榄仁树叶，当我走出街灯的范围，看到

一张警惕的苍白色面孔，那是在公交站
等车的女人，似乎刚从麦尔维尔书中走出，
接着，那警惕化作鲨鱼的微笑，所有这些

在我们之间扩大的恐惧，是无法治愈的，
和秋天夜晚的空气一样冷冽，树叶嗖嗖
翻动不休，好像麦尔维尔《圣经》里的书页。

---

① 这里的拉丁语 sic transit（飞逝而去）呼应本章开头的希腊短语 sic transit gloria（盛极必衰，直译光荣已逝）。

三

白色三趾鹬迈着紧碎步，走向傍晚的
海浪那毛边的网，还没被海浪打到呢，
便慌了，这时，又一道浪打来，虽然

超不过水陆交界的扇贝形界线，鸟儿
紧张的身形准确地映照在深蓝灰的水中，
鸟喙点点飞快啄食，发皱的玻璃随即

扰乱了它们水中的倒影。我稳步走向
它们，叽叽喳喳的鸟群为给我腾开路，
旋绕在倾斜的大海上，随后重新落下，

海浪、沙滩和鸟，重复它们的循环，
因为它们见过太多恋人来此，手拉手，
被渐暗的海湾上空升起的那颗星指引。

泥土斑驳的海边，有人在晚间散步，
牵着狗，让它们嗅一排银灰浪花的浮沫，
海鸥对着太阳的奖牌鼓起胸脯，立在

退潮后变干的岩石上。龙虾船的凹槽
翻起甘蓝。一只狗冲着僵硬的海平线
“吼，吼！”地叫着，荷马（名叫温斯洛）

画的那一笔教堂白，映衬马布黑德[1]的
鲭鱼天，又被停车场里汽车挡风玻璃的
画框给圈住。夏天了，却还是彻骨之寒。

风的机械抽打着海滩，刺骨的寒风
把围巾和救生员的旗子刮得呼啦啦响，
一把秋天磨过的刀，把利刃深按在

我的脸颊上，风听来好像纸袋，啪地
一声打开，鞋踏上混凝土，沙子吱吱
作响，让我愤怒。眼泪模糊我的视线；

我低着头走路，忽地停住。一双白鞋
挡住我的去路。抬头一看，父亲站在
彼岸码头，穿着永恒的斜纹西服夏装。

他站在湿冷的泥浆里，看退潮的卷沫
从马布黑德回落，寒冷中海鸥早早就寝。
他伸出手。跟我的手一模一样，冰冷。

我说："这里不合适；我也许打了电话，但
这里太冷，说不成话；尤其是对老人，而我
差不多也是老人了。按年龄你当算我的孩子，

---

① 马布尔黑德（Marblehead），波士顿东北郊的海滨城市。

我活得越久，我们的年龄差距就越大。”
“我们可以去暖和点的地方。”父亲笑说。
“哦，不是你想的一座靠近伊甸园的岛。

不过，在你返回之前，你必须进入那些
如《世界经典》般敞开的城市，在那里
我梦到，我的影子投在它们的石板路上，

历史席卷我，越过自轻自贱的桥，但我
从来没有机会目睹它们的河流，高耸的
石砌大寺，因为，一张明信片也能让我

自感渺小。这些事情，我在写给你母亲
或朋友们的信里提到，不加修饰、不大
完整，如客厅音乐会，自己给自己鼓掌。

很久之前，在我围着理发师的围布时，
我就渴望那些历史上颇负盛名的街道，
但那座岛却成了我的堡垒和退守之地，

在当地的朋友圈中，我获得了统治权。
统治，上帝[①]。借着上帝的特权，我
感到那个大写的‘我’，俯视一座岛屿，

---

① 上帝，原文是拉丁文 Dominus，和前边的 Dominance（统治）押头韵。

如顶着树冠的棕榈，从山上俯瞰港口，
那座港口，比这个港口或我的手暖和。
但每个城市都有骄傲，所以记住这点：

当你看尽万事万物，去过所有的地方，
请珍惜我们的岛屿，因为它绿色的简朴。
做自己的国王，哪怕披着理发师的围布，

不管是离港的船帆，还是进港的船帆，
阳光照耀的游廊里，葡萄叶匝地的阴影
已经足够让我满足。海燕消失在雨中，

但在其旅途中，海燕所有的动作都是
回旋。记住这点吧，儿子。”海浪昏暗。
空荡荡的海滩上，光沿着一排排窗户

打着结巴，寒冷的港口，红灯绿灯
颠簸不安，再远处是波士顿黑洞洞的
摩天大楼，灯火的洞穴，仿佛骨牌。

第五书

第三十七章

一

我越过我的子午线[①]。锈迹斑斑的
露台、橄榄树、港口林立的灰角之塔。
遍地泥浆的尤利西博纳[②]，尤利西斯

兴建的城——海燕从卵石路的巢穴里
猝然发射，鸣啼之声调频为“里斯本”，
地中海的世纪飞逝，迎来白色大西洋，

而鸟的飞翔反过来，重复沙漏的 X 形，
每一鸣啼都是万古，在翻转的沙漏里
地平线爬升。教堂的大钟，表针回拨。

龟背小路从海里爬出来，而不是向海

---

① 子午线（meridian），这里指的是 1494 年西班牙和葡萄牙在教皇亚历山大调解下达成的旨在瓜分新世界的《托尔德西里亚斯条约》（*Treaty of Tordesillas*）的分界线，大致相当于西经 46°，葡萄牙统治非洲，西班牙统治新大陆以及美洲。

② 尤利西博纳（Ulissibona），亦即里斯本，葡萄牙的首都。

爬去，安居于橄榄树下的庭院，一阵
微风翻起树叶，显露其银白色的金属。

这里的云反着阅读，把教堂的钟舌之击
捂在棉花里。那里，隔洋相望的码头，
星期日[①]身穿米黄正装，胡子如灰角，

漫步经过木条箱，拖着长影的安息日
不再是里斯本，而是西班牙港[②]。鸽子
咕咕声里，时间如粮食从麻袋里泄漏。

星期日啪地打开一只金表，惊动海燕
飞出塔楼睁开的眼，然后合上金表，把
太阳的钟摆收回表盒，点着头拍了一拍。

星期日漫步经过一座仓库，铁环大门
呼出咖啡的味道，还有一股腌鳕鱼味儿
沿着木缝蜿蜒而出。星期日是个鳏夫，

冰激凌色外衣、戴一顶缠了黑纱的草帽，

---

① 1498年哥伦布发现特立尼达岛时，适逢星期日，三一节（Trinity Sunday，圣三一主日，Trinity音译特立尼达），所以称作特立尼达岛。星期日也就是“主日”，《圣经》说耶稣在第三日复活，也就是星期日。

② 西班牙港（Port of Spain），今特立尼达和多巴哥的首都，特立尼达1532年成为西班牙殖民地，19世纪末与多巴哥合并。

俨然一个葡萄牙干瘦老头，经过马德拉[1]，
带一只停止走动的表作罗盘。当他回拨

表针，立刻引得码头爆发了骚动，混血
办事员点头哈腰，忍受酒桶腰的批发商
喷射的唾沫星、绞车和吊车，黑人司机

咒骂黑人装卸工，卖金镯的小贩，逗弄
船上滚作一堆的文森特岛[2]船员。星期六
一点钟回家，刹那间，一切俱寂，除了

鸽子的咕哝，一个男孩用棍刺啦啦划过
锈栏杆，在他跑动中，栏杆铁条将他圈了
起来。经过这阵急速和弦，星期日听到

自己的脚步，脚步声迫使世纪退潮，奴市
和糖市衰落，沉到海平线下。然后星期日
停下，听纵帆船一声声撞击交错重叠的船坞。

二

我的目光穿过子午线，企图看到大洋

---

① 马德拉（Madeira）群岛，葡萄牙的自治区，距离葡萄牙本土大约1000公里，殖民时期的重要中转站，著名产物包括马德拉葡萄酒。

② 圣文森特岛（St. Vincent），加勒比海上的火山岛。

彼岸，飞越锈迹斑斑的集装箱，瘀青的
海浪（如鞭打），光线清澈如橄榄油。

世界这绿葫芦，曾被教皇亚历山大的
裁决分为两个瓢。香草和香料甜化了
这座码头；海燕如撒播的稻谷，保持

不变的队形，声声鸣叫不比过去，或
就此而言，也不比我们的叫声更尖利，
如果我们和鸟角色互换，或一边的沙子

复制另一边的沙子[①]的话。我来到一个
似曾相识的地方，一个对跖彼端的码头，
我分叉的影，如摆到那端的黄铜钟摆。

是的，但却不是朝圣者的一员，他们
用虔敬举着泪水之盐，沿廊柱的槽往上，
通往海燕飞剪的蓝天。不，远远不是；

我看到自己的影子脱离了他们，穿过
一阵彼岸玉米金的迷雾，下船踏足于
码头。把我的喉咙割伤的那道海平线，

是连接我和他人的纽带，当我们低垂

① 这里的沙子指的是相对的两处海岸的沙子，也暗指沙漏里的沙子。

眼睛，盯着爬上城堡的庭院的鹅卵石，
当橄榄的硬币对我们出示君主的面孔。

我的影子驱前于我。除此之外，还有
什么办法辨识附着于我的光，在这座
港口，欧洲踩着恐怖与台榭阶阶上升？

三

一座青铜骑士雕像[1]乍立港口，他的
青铜绿大氅遍布白色的鸟粪，楔入的
帽舌，荫蔽了他眼窝里短横的海平线，

他的视线固定如舵。在我们殖民地的
码头上没有这样的勃起，我们的性感带
不因权力而激动，我们的广场缩小了

帝国大厦伸展的方向。我们头顶没有
猛刨天路的马蹄，要从石头凿出星星，
也没有剑指热那亚[2]，想把它重新夺回。

在我们那儿，过去是无限循环的周日。

---

① 这里指纪念葡萄牙国王何塞一世（King José I）的青铜像，建于 1775 年，位于里斯本的宫殿广场（Terreiro do Paço），面朝特茹河。

② 此处“热那亚”指的是热那亚共和国，哥伦布出生的地方。

天气非热即雨。太阳一揭开雨的床单，
排水沟立马就干。认为历史是废墟的人，

对他们来说，这里是绿的空无。没有
哪座钟楼吐出诵念一个字母的燕子舰队，
没有鹅卵石爬向大海。我们认为过去

最好是忘却，而不应固化为石像的悔悟。
这里，橄榄树掩映的城堡，高耸于层层
瓦片覆盖的房顶，却只是它自身的鬼影，

如歌剧里的石头唐璜[1]。得得的马蹄声
从庭院的石板路传来，钻出拱门嘴巴的
三角旗打着结巴，罗马高架渠的O型口

连声感叹枯燥无味的过去；银色的胸甲
在可以前后反穿的橄榄叶间闪烁[2]，暮光
催熟了那些城市的画布，其中一幅画着

单膝下跪的海军上将，奉上插着羽毛的
印第安人和黑奴，他一撇灰白胡子，戴
白领套，姿势如一头喝水的鹿。葡萄牙

① 莫扎特的歌剧《唐璜》中有石像赴宴的情节。
② 绿色的橄榄叶被风一刮，露出背面的银色，像反穿的衣服。

和岛屿一样，海港空芜。蓝灰色的鸽子
从黎凡特式库房飞起，树木掩映的城堡
成了自身的墓碑。然而，它曾一度辉煌，

亚历山大剖给里斯本一半葫芦，饱含了
万姓子民的种籽，西班牙帝国得另一半。
如今，周日下午晃过空荡荡的咖啡馆，

珠帘如念珠，围披肩的法多[①]歌手悲声弹响
曼陀铃，卵石街道如同攀爬的乌龟，疲倦地
抬起它教皇的头，冲着晾衣绳上松垮的帆。

① 法多（fado），葡萄牙民谣，多为悲歌。

第三十八章

一

焦热的夏日之光，查令十字[①]中心转盘。
身着船夫的黑外衣，他随地铁站的砂土
和麻雀的余烬升到地面，一只痨核的

爪子，抓着牛皮纸里的手稿。法老的
鼻子，从陡峭的脸伸出，下边一撮胡子
仿佛泡沫，爆炸飞溅，形成两道眉毛。

如果没有绳子吊着，他裤子的帆随时
都会降落。踢踏着两只大小不一的驳船
前往国家美术馆。喉咙仍旧含雾的他，

划过报刊亭的队列，嗓音的摇柄从沙哑

---

① 查令十字（Charing Cross），伦敦市中心，英国习惯上的公路铁路里程零基准点。查令十字位于特拉法加广场（Trafalgar Square），广场北是国家美术馆。广场上的纳尔逊纪念柱，底座是四只巨型铜狮，应该是下文提到的狮鹫（Gryphon），广场东北角是下文提到的圣马丁教堂（St. Martin-in-the-fields），著名的圣马丁室内乐团成立的地方。

换挡，转成红色双层巴士的轰鸣，停在
鸽子惊飞的特拉法加广场特许运营的景观；

也刮去了伦敦这块婚庆蛋糕上的糖霜。
狮鹫蹲伏在它们的砂岩底座上嘶吼，
因为来自狗岛[①]的吠叫也被它载来，

碾过西敏寺桥。今天，它还将停泊于
圣马丁教堂入口的石浪之中。那里，
层层分级的阳光下，黑色的船帆降落，

脸冲着太阳的方向，两手交叉，置于
一沓包装纸的手稿，被灰麻绳捆扎着。
他看上去仿佛一堆炉渣煤，层层堆砌

避暑的观光客。眼睛关闭，嘴唇干燥
起毛，咀嚼着微风，胡子弯曲，仿佛
被退稿的《奥德赛》磨破的狗耳烂角，

但奥麦罗斯正给战舰命名，桨如蜘蛛
在他睫毛后的光网里滑行。一个教堂
执事如愤怒的麻雀沿台阶跳下，尖叫着

猛抓他的胳膊，发亮的高跟鞋踢打他，

① 狗岛（Isle of Dogs），伦敦东区，泰晤士河上的冲积半岛。

船夫抱着头。可以想象，一声最最
希腊化的诅咒溅在这位暴怒的神职人员

噼啪的黑袍上。这让他看到了嵌在门口
通知栏框里的诗篇，宣布星期日的慈善
课程等等。他改变航向，朝着河边走去，

仿佛一只单峰骆驼，踩着能把人烤焦的
人行道上的沙子。那只麻雀，搓着双手，
顿挫着头，叽叽喳喳地回到它的圣殿，

把一只爪子伸入洗礼盘，然后，消失在
花纹石之后。船夫迎风走向他的阳光
河湾。那是夏天。伦敦骄傲地喧嚣着。

二

他蜷身，躺在河堤长墙下的长椅上。
看滑翔的伦敦和泰晤士河绕堤而过，
如运河驳船，被一匹棕色老马拉着，

而时间是它的轭。从这里，他能看到
雕像卷裙下的垃圾，石狮眼里的沙粒；
他看见万物的底下，都覆了一层煤灰，

让青铜马股后的睾丸发痒，瞌睡的
狮身人面像终能阖上眼，听到“城市
之花”[①] 摇落的钟声之花瓣点缀花园，

花园四周竖着护栏尖矛，一对夫妇
在伦敦塔边全圣教堂[②]的锐角阴影处
晒着太阳，泰晤士河拖着叮叮响的

铁链缓缓而流，头顶的银杏叶哗啦啦
伸开手指。他咕哝着它流畅的字母表，
塔尖挺立的 A，桥梁的半元音，一直到

皱巴巴的 Z，如夏日之火之中他挂在
长椅上的外套。他阅读倒映水中的船名，
拖船低吼，拖着一个贬值的帝国，尾流

闪烁的银币漂过国会大厦[③]。而来自
外省的阴影不断增殖，当风弹奏水面的
涟漪，他们的方言如银杏叶轻飘，手指

---

① 诗人威廉·邓巴（William Dunbar，1459—1530）的诗《向伦敦致敬》（*In Honour of the City of London*）里的一行：London，thou art the flour of Cities all. 意为：伦敦，你是所有城市之花中最美的一朵。

② 全圣教堂（All-Hallows by the Tower），位于泰晤士河边，伦敦塔（Tower of London）附近。伦敦塔曾经用来关押重要人物，所以下一行把泰晤士联想成拖着脚镣的囚犯，也可以联想为英国黑奴贸易中的脚镣串成一串的黑奴。

③ 国会大厦（Houses of Parliament），亦即西敏宫（Palace of Westminster）。

拽着他们的莎丽，对此，怨气满腹的雕像
齐声反对；他看到一条宽阔的大河，岸边
码头密布的撑柱，满溢的河水灌入西敏寺

石板路，他在银行大厦流动的飞檐线条中
寻找独木舟的尾流，银杏树每一骚动，都有
远处舰队推涌的波浪收纳于船夫的眼中。

一座倒转的雕像游过，举起一只手回答
英国议会的问题，掌声从拍手的泰晤士河
传来，从掩映在树叶下的一条条长椅传来。

向日葵毕竟还是落日了[①]，收缩它的虹膜，
它在黑铁之树上开花，船夫亦然，此时，
滑翔的浓雾笼罩帝国：伦敦、罗马、希腊。

三

谁引领伟大的时代？格林威治子午线。
谁给了我们狂热，什么样的道路蕴含了
我们的希望？邪恶的肖蒂奇[②]的鹅卵石、

---

① 暗指日不落帝国终于落日了。

② 肖蒂奇（Shoreditch），伦敦的中心区，历史上是伦敦东区，莎士比亚的《罗密欧与朱丽叶》《亨利五世》曾在这里上演，肖蒂奇在历史上一度是罪犯、娼妓混迹的地方。

大本钟一圈圈扩大的铁花，被泰晤士
串联在一起的、形似我们岛屿链的驳船。
哪里出产炼金术的玉米，发出金光？

哪一块西敏寺的石头刻着我们的名字？
谁定义我们的喜悦？圣马丁教堂。每年
米迦勒节[①]后，它那尖顶刺耳的女高音

定义我们的喜悦。是谁人那美味的穹窿
回响我们圣徒岛[②]人民的祈祷？圣保罗的
撒盐瓶，在我们确有为盐[③]的资格之时。

站在寂静的格兰达洛倾斜的十字架下。
随白嘴鸦屈指所向，来到常春藤的农舍。
尽管白嘴鸦黑，却属于一个更高贵的族类。

谁喊出我们的报价？玉米交易所的乌鸦。
哪里是心旷神怡的牧场？一张绿呢台球桌。
谁在为我们的幸福投资？渣打旅游公司。

谁将教给一段我们自己也会演的历史？

---

① 米迦勒节（Michaelmas），每年的9月29日。

② 这里的圣徒岛也就是桑特群岛。

③ 《圣经·马太福音》(和合本)："你们是世上的盐。盐若失了味，怎能叫他再咸呢？以后无用，不过丢在外面，被人践踏了。"

从红色双层大巴上看到的血腥塔[①]。什么
时候，我们的族类成了麻雀般的公害？

他们对着蛇曲湖[②]曲颈的天鹅尖叫之时。
天鹅还受到严格的保护，但谁的手保护
我们孩子的黑皮？答案就在柳树的竖琴下

那枚路牌，箭头指向垃圾遍布的马盖特[③]
海滩。这一切和鱼价有什么关系？我们的
工资海岸，被蜡像出纳用利率一遍遍冲刷。

哪里有普照世界之光？国家美术馆。
帕拉第奥·雷恩式建筑[④]。这座用我们汗水的
盐晶，搅拌茶包，并兜售给我们的城市。

哪里有着我们月光的和平？镰形硬币[⑤]，
它刮去圣保罗大教堂洋葱剪影的镀金。
这才是我们的月亮和平：铸在钱币上的

---

① 血腥塔（Bloody Tower），亦即伦敦塔（The Tower of London），历史上有很多贵族在此被处死。

② 蛇曲湖（The Serpentine），位于伦敦海德公园内。

③ 马盖特（Margate），应该指的是英国肯特郡的海滨小镇马盖特。

④ 帕拉第奥·雷恩（Palladian Wren），是把两个人的名字捏合在一起的文字游戏，帕拉迪奥（Andrea Palladio，1508—1580），文艺复兴时期的意大利建筑师，雷恩（Christopher Wren，1632—1723），英国建筑师，受帕拉迪奥主义的影响，最著名的建筑是伦敦的圣保罗大教堂（St. Paul's Cathedral），这里提到的建筑应该指的就是圣保罗大教堂。

⑤ 镰形金币暗喻月亮，月亮的光辉把大教堂穹顶的镀金掩盖。

河口，闪烁的谷粒，我们永恒的、月光
普照的麦子，它的白帆，遍布起伏的丘陵，
惊起索尔兹伯里平原[1]巨石阵里的野兔，

强化了商业城镇那刻薄寡恩的嘴脸，洗白
布里克斯顿[2]的墙壁，染黑了谷粒，每当
煤灰阴影飘过。黑暗的未来进入更黑的街。

① 索尔兹伯里平原（Salisbury Plain），著名的史前巨石阵（Stonehenge）即位于此地。索尔兹伯里是喀斯特地形，有许多地名都以 Downs（丘陵）结尾，比如 Dorset Downs，Wiltshire Downs，North Wessex Downs 等。

② 布里克斯顿（Brixton），伦敦都会地区的城区之一，黑人和来自加勒比海地区的移民比例较高，因种族歧视，20 世纪 90 年代发生过数次黑人暴乱。

第三十九章

一

那些巨大的墓碑升起，如泥沼的龙骨
从爱尔兰地表隆起，泡沫一般凝结在
倾颓的修道院的墙上。银色属于湖水，

好像秃山托举的银盘。老井的沉默
加深了，每当朝圣者随修道士的脚步
嘎吱吱地踩过碎石路。静默在开花。

它拓宽了车辙，如赞美诗之间的停顿，
被百年老橡树，一架方形凯尔特十字
和雪花的圣饼绊住，天长地久地延续，

自从裂了缝隙的灰泥浆把石头封住，
系在一匹枣红马的尾巴上，那匹马便
永远拴在了马槽里吃草。在那停顿中，

一张白纸的颤杨，抖动它的弥撒经书。
沉默之力从令人眩晕的拉丁语中飞出

蠓虫，然后让一只白嘴鸦飞入塔身之隙，

有如卡片塞入邮箱。它给茶车打蜡，
用毛衣围住货摊，然后穿过干燥的路，
听一条小溪，用爱尔兰古语潺潺不休。

它盛满一只水桶，挑着那清澈的负荷，
让一匹枣红马稀溜溜的鼻腔浸入水里。
此地之重，它的把手，它古老的名字

“湖泊之林”，或者“葱郁的山间修道院”，
根源于水桶咣啷啷的声响，是被褫夺
公民权的陈年耻辱的回声。我没有绿洲，

无法像安静的马或朝拜浸润灵魂之地的
信徒那样，从河床上的卵石语言中饮水；
草地因嫉妒变得更为明亮，而我的悔恨

是一轮被云遮挡的太阳。枣红马摆尾，
修道院里，蓝天的玻璃，被框进一个
和格兰达洛方尖碑同样古老的过去，

赤杨和白杨，在同一个字母里变老。
童稚嗓音的溪流，重复历史的教训，
一棵接骨木拍打着叶子，表示赞许，

直到其他的树摆向那种古老沉着的
信仰；但是信仰可能存在吗？在一个
被喉音的尖叫和麻雀叽喳声分裂的

国家，那里，祷文刻在十字上，一个
凯尔特字母，当狙击手扣下扳机之后，
能让脱蹬的马空自转圈。如果白嘴鸦

从修道院的废墟北飞，发出丧葬的
聒噪，远离这洗礼的圣泉，这银色的
堰堤，高飞而过，逃过边境线的检查，

便会看到一条街道结束于铁丝网的
花环，雨灯下，一辆灵车等待一声
刺耳的口令，让黑筒长靴以擦擦的

音节齐步而行，长枪在肩，继续分裂
后代传人，把一个闪和一个肖恩分开①，
一个变老却没有更加智慧的爱尔兰。

---

① Shem（闪），Shaun（肖恩）是詹姆斯·乔伊斯（James Joyce，1882—1941）《芬尼根的苏醒》里的双胞胎兄弟，闪是个作家、艺术家，肖恩是邮差，两个人是竞争对立关系。

二

虽然它所有的枯硬的篱笆，都让精神
不安，随着修补匠的勺子敲响平底锅，
古文字母却一根根竖起，那些他们

继承的田畴，藏起石头的仇恨的白色
指关节。斑驳的月亮系着渐圆的领结，
爬上糖椎山[①]的绿诵经台。一朵云彩

挂在枝上，沿紫杉守护的路展开，正是
橘黄的时辰，如衬衫染上了诗歌和鲜血。
柏树的灯芯烧得焦黑。格兰达洛之塔。

三

我倚着积苔的堤岸，就好像他[②]每晚
都在那里开花[③]，挂着眼罩，歪戴帽子，
潇洒的手杖扛在肩上。沿着利菲河，

---

① 糖椎山（Sugar Loaf Mountain），应该指的是大糖锥山或小糖锥山，位于爱尔兰威克洛郡。

② 这里的“他”从上下文看指的是20世纪伟大的现代派作家詹姆斯·乔伊斯或者他笔下的人物布鲁姆（Leopold Bloom）。

③ 开花（Bloom），乔伊斯的《尤利西斯》里的主人公名字叫Bloom，音译是“布鲁姆”，这里是一个明显的双关文字游戏。

斜脊屋顶暗淡下来，变成靛蓝的剪影；
一道光刷过蜂蜜色头发的河流，那里，
她佩戴钟形黑女帽，穿着大衣，疾步

走向变幻的玫瑰。我们时代的奥麦罗斯，
光芒依旧的大师，此地真正的男高音！
安娜·丽维亚[①]便是给了他灵感的缪斯！

我那转着手杖、瘦削的浪荡子去了哪里？
我借用他的声音爬上木阶，来到那餐馆，
黄铜龙头闪烁，啤酒的气息明亮了嘈杂。

“本德米尔溪边，有一架玫瑰的荫凉”[②]，
这是毛德·普朗科特弹奏的曲子，也许
是摩尔的作品，我默默地跟着哼唱；

音锤抬起落下，如毛毡包裹的船桨下击，
主题是关于一朵崇拜的向日葵，明亮的
绒发转向她的少校。这时，我看到了他。

---

① 安娜·丽维亚（Anna Livia），状似拟人化的利菲河，是根据乔伊斯小说《芬尼根的苏醒》里的母亲安娜·丽维亚·普罗若贝尔（Annas Livia Plurabelle，缩写 ALP）制作的铜像，在都柏林市区。

② 托马斯·摩尔的歌曲《本德米尔的溪流》（*Bendemeer's Stream*）的第一句歌词。

披流苏丝巾的*死者*[1]，在酒吧钢琴旁歌唱，
伏低的灯焰[2]窜高，给他们冰冷的脸颊
涂上朱红，毛德·普朗科特弹奏的小调，

用毛毡音锤的撞击，把她从我的岛划到
有着浅色门扉和卵石路的岛，乔伊斯先生
领着我们所有人唱，如小雨淅沥的霍斯[3]，

他的声音则像太阳雨的霍斯，和退潮后
残留的紫苔，那里，一只狗冲面纱披拂的
海浪叫："霍斯！霍斯！"我揉搓口袋里的

一块从圆形炮塔捡来的石头，它把独眼的
尤利西斯，带到亮如黄铜的海滩，看邮船
奋力驶过那海岬，波光嶙峋的尾波如钥匙。

---

① 这里的"死者"应该兼指乔伊斯的短篇小说集《都柏林人》最后一篇《死者》。小说里，达西在宴会结束时唱的爱尔兰小调，是情节发展的关键。

② 伏低的灯焰（Wick-low），原文去掉连字符即威克洛郡。

③ 霍斯（Howth），都柏林郊区临近海边的小村，位于霍斯海岬。乔伊斯的小说《尤利西斯》女主人公毛莉著名的独白提到霍斯是她丈夫布鲁姆向她求爱的地方。另外，霍斯也是叶芝向毛德·冈求爱的地方。本节末尾提到的海岬即霍斯海岬。

第四十章

一

一只蜗牛啮咬树叶，邮船轻咬
爱琴海岸，它的尾波好像毛毛虫的
手风琴。然后，被它自己的涟漪

抚平，如一只蝴蝶，伏在树枝上。
蜥蜴往来的露台，矗立在废墟的
山上，安静如帆。鹳鸟立在柱头。

海鸥在蓝瓷上画了一道道粉笔线，
一只大黄蜂在夹竹桃的粉花里钻孔，
嗡嗡盘旋。白色的村子里，墙壁的

石灰裂开，戴面纱的女人静静倚着
影子，追忆那些男子气的石膏雕像，
抹油的头发中分，好像乌鸦收拢的

翅膀。广场的笛声，婚礼的丁香花
作为大海的花边；锯木般的琴声高过

蝉鸣。在烤焦的甲板上，奥德修斯

从桅杆的虫孔听到了山上的音乐。
船帆如蝴蝶，攀附在橄榄树枝的
肘部。一个挽着父亲胳膊的新娘

担心未来。船头在自身的倦影里
犹疑，确定不了航向。他从灰暗的
羊皮纸地图揭掉阳光曝晒的脱皮，

在指间漫不经心地搓动。船员呆如
雕像，以伪装的超然眺望，而他的心
卡在肋骨下跳动，如划桨奴隶的鼓。

二

他们拱背伏桨，笑着；“船长，这就是
我们，卡吕普索[①]把我们当猪，你再也
看不到海岸了。让这太阳把你烤成黑炭，

烤裂你的嘴唇，再也发不出命令，让你
和你的战争见鬼吧。”鹤嘴锄停下。没有

---

① 卡吕普索（Calypso），荷马史诗《奥德赛》里的女神，囚禁了奥德修斯七年，和他生活在一起。

一只桨抬起它的手指。水泡在掌上开花。

三列桨战舰，在疑惑中转错了方向，
如那盲眼歌者伸手拨弄大海的琴弦，
朝着海伦的梦乡返回，回到那座岛，

他们拱着背鬃毛竖起，在喀耳刻的
粪堆拱食，而她雪白的长臂倒出魔酒，
他们披着床单蹄子乱蹬。“船长，伙计？

祈祷那风发发慈悲，调换风头，因为
有时候你硬如那桅杆，你梦见伊萨卡，
你向你的神灵求祈。祝愿他们遥不可及，

保佑不了你的漫游，跟我们非洲的神
没什么不同，一座岛一座岛过去，还是
无法返家。”水手长举起鹤嘴锄，长桨

慢慢找到了一个韵律，在船头调整好
方向之后。他看到一座石灰岩的宫殿，
矗立在他的小小的港口上，一只海燕

掠过海面，阳光在水上交织如竖琴，
他感到微风的蚂蚁踩过额头，这时，
船桨如毛毛虫一拱，一下让帆之茧

吃满了风，猎猎招展，船头剪开一道
尾波。鹤嘴锄快速跳动，如奥德修斯的
心脏。如果你见过蝴蝶操控它的影子

在中午时分，掠过一道酷热的小海湾，
或一艘满帆的独木舟，驶向一座海岛的
角峰，那么你便知道，为什么港口咧开

欢欣的嘴，为什么黑人船员、奴隶和船长
会在航程的终点，呼喊作答，颠簸的波峰
起伏了他们的心脏，为什么水手会闭上眼，

祈祷他们终能返家。他们知道加勒比海的
洋流，怎样从安德罗斯[①]漂流到卡斯特里，
也许会把他们拖到玛格丽特，或库腊索岛[②]，

距离家乡越近，我们的恐惧便越深，害怕
没有一座房子会来到我们自己的海岸
迎接我们，渔民们恐惧的程度和尤利西斯

一样深，一直熬到灯塔的独眼冲着他们
眨眼之后，才放下心。船桨匹配了心跳的

① 安德罗斯（Andros），巴哈马群岛最大的岛屿。
② 玛格丽特岛（Margarita）和库腊索岛（Curaçao），位于加勒比海，靠近委内瑞拉。

节奏，他们磨破的手掌泣诉棕榈[1]和橄榄。

三

伊斯坦布尔的塔楼，每一个圆顶都像
戴斗篷的土耳其人，缠得像个撒拉森人[2]，
斜挂新月的弯刀，或者是那漂着脏污、

沉降的威尼斯，被泛着波浪的贡多拉[3]
探索，一波波涌浪重复朝圣者的日志，
我发现要忍受这些城市的重量，太难；

这些城市蕴含了时光的恐怖，穿行于
夕光的廊柱之间，我只能消失在一种
过去之中，那种过去的历史，是一声

对桥拱的回响，悲叹桥下他们古老的
运河，一个不属于我的地方，因为我
爱的不是雕像，而是雕像头发里的鸟。

蜜色的夕光穿过狭长的广场处处阴影，

---

① 值得注意的是，英文里“手掌”和“棕榈”是一个词：palm.

② 撒拉森人（Saracen），指的是信仰伊斯兰的阿拉伯人。

③ 贡多拉（gondola），两头尖的平底船，历史上广泛用于威尼斯水城的交通工具。

渗水的地牢，愚蠢的公爵，一切都在
委拉斯开兹[1]细腻的笔触下得到了救赎，

如集中营里大提琴的刮擦声，焚化炉
旁边就是艺术，喷出的烟雾裹了笛音的
薄纱，随着舒伯特直上云霄？杜尚[2]的

裂缝玻璃上画了《被光棍们剥光的新娘》；
达达是否有预见策兰和麦克斯·雅克布[3]
成为宇宙堆肥的一部分的命运？我父亲

激情澎湃，说起的是另一个欧洲，有着
阴森森的博物馆，摆放《世界文学经典》的
理发师的架子，他胸中所怀的虚荣心

有着许多尖塔和鸣钟，准时地原谅自己，
在喷泉和雕像的赦免下，在令人惊异的
海神痛苦扭转的躯体中；他们冷冷的噪音

---

① 委拉斯开兹（Diego Velázquez，1599—1660），著名的西班牙画家，画了很多欧洲皇室的人物肖像画。

② 杜尚（Marcel Duchamp，1887—1968），著名的立体主义、达达主义画家，雕像家，作家，美籍法国人。作品《被光棍剥光的新娘》（*The Bride Stripped Bare by Her Bachelors*）简称《大玻璃》，因为整个画作是绘制在玻璃上的。

③ 达达（Dada）或达达主义（Dadaism）是兴起于一战时期的文艺流派，目的是颠覆、破坏既有文化秩序。策兰（Paul Celan，1920—1970），著名的德语犹太裔诗人，父母死于纳粹集中营，自沉于巴黎塞纳河。麦克斯·雅克布（Max Jacob，1876—1944），法国诗人、画家，死于纳粹集中营。

溢过水池的边缘，反复述说权利和艺术
是一回事，从某个恺撒的被吃掉的鼻子，
到日落的尖塔，那属于燕子的半个小时。

把这讲给一个来自他们那分崩离析的帝国
边远地区的奴隶听吧，什么样的力量蕴含在
这些雕刻了仙女和狮子的、宽恕的喷泉中。

第四十一章

一

效力。于我的新帝国。罗马人抓来
希腊人奴隶，给他们宠坏的孩子做
美学老师，那些奴隶，很多都来自

新占的无名列岛。但那些自来卷的
老师，服务的却是这样的国家：除了
雕像，没有人骑马；一个没有阶级的

共和国，只以财富分等级，从廊柱的
基石，即雅典的**民主**[①]，便被偏见侵蚀，
它的**民**如恶魔，它的**主**粗鲁不堪[②]，

它的疾病侵蚀了蓝纹大理石，流产为
一具死尸，因为所有那些理想都在它

---

① 民主（demos，希腊城邦的公民），下一行的恶魔（demonic），两个词英文发音类似，是一个双关的修辞。

② 诗人把民主（democracy）原文拆分成两个词 demos 和 ocracy，前者和 demons（魔鬼）近音双关，后者和 crass（粗鲁）谐音双关。

仇恨的热度中，冷却下去。不光是在

气氛紧张的南部小镇和种植园，那里，
被它赐予罗马名姓的奴隶，常常因为
不敬而被杀，装备雅典的信条和碑柱的

小广场，由逃避迫害的罪犯和移民维护，
但正是他们，借法律之名，用法西斯的
权杖，迫害奴隶。一个婚礼蛋糕合众国。

其教堂圆顶、博物馆，精致的各色机构、
柱廊的前立面，看不起自身投射的黑影，
把它们当做令人不适的不便，嗤之以鼻，

如果交给它的梭伦[①]来处理，运气好的话，
它们就会从它的城市消失，正如印第安人
从它的山岭消失。卡入秋天的耙齿的叶子。

二

我重新进入我的反转世界。其反面
躺在完美地映含静默之树的秋湖上，
而我精神逸出的躯体，却沿同一道

---

① 梭伦（Solon，前638—前558），雅典城邦的执政官。

割开阿喀琉的反思线一分为二，人影
不是皱眉能移动的部件，也不是那只
拨开柳扇、来到阳光下的手能移动的，

对那个在我们沮丧时鼓舞我们的人
也无动于衷，被固定于等级分明的秩序里——
兵、象、马，我们更非变色龙，皮肤

为了适应背景而自我染色。不断宽阔的
大脑能获得一种树色，不同于其始发之地：
蔓延着无烟之火的、格洛斯特[①]的矮山。

那里，易洛魁人[②]飞奔，穿着印第安红
或护根叶那种赭色衣服，大脑染成他们
神圣土地的颜色，圆锥形的帐篷冒出

黑烟的祈祷，被欧洲移民的草叉打退。
于是又一次大流亡开始了，草原斑驳的
山丘，仿佛他们的小马奔跑，部落森林

下到低地，烟缕遮暗旗帜，使他们疏离。
首先是人，然后是那些森林。直到大地
光秃秃的，仿佛尘土飞扬的达科塔平原。

---

① 格洛斯特（Gloucester），美国马萨诸塞州的海滨城市。
② 易洛魁人（Iroquois），在今美国东北部生活的印第安人。

树从原初的出生地获得色彩，人类亦然，
一旦被迁移，整个文化便失去了体物模仿
之艺，其结果就是，枞木、棕榈、橄榄

和杉木的生长地，成为一片在心里扩大的
沙漠。这也是恺撒最初的智慧，征服一个
民族，必先改换这个民族光脚踩踏的土地。

这就是北美落叶松的秋日悲吟，是我通过
凯瑟琳的身体感受到的，一浪一浪，掠过
肖穆特[①]，树叶颤抖如阿鲁瓦可人赭色的手。

康科德，这里也是同样，传染性的朱红
沿着枫树蔓延，仿佛那些红色的凤凰木，
生长在那座狮头岛的要塞下，层层染遍了

一张地图，在一面印着乔治[②]的云状
假发的旗帜下。桥下是长满苔藓的原木，
顶着黑色高帽[③]，仿佛阵亡的轻骑兵。

枪声[④]传遍了世界，也进入普朗科特的

---

① 肖穆特（Shawmut），印第安人对今波士顿地区的称呼。
② 乔治（George），这里指美国革命时期的英国国王。
③ 暗指英国皇家卫队的熊皮高帽。
④ 这里指的是1775年康科德和列克星敦，北美移民打响了反抗英国殖民统治的第一枪。

堡垒周围的树丛，这时一个帝国的拱桥
横跨了两个殖民地，比日落时分的渔夫

抛洒在海湾里的渔网更为宽阔，但是，
所有的殖民地，都继承了宗主国的罪恶，
这些人刚挣脱，却陷另一个民族于罗网。

树林里，鸣蝉之间交换了几轮毛瑟枪的
齐射。一棵原木扣住扳机不发。一朵狂云
发令，叶子军团前仆后继，倒在血泊之中。

三

印第安的十月旗，迅速闪过、倒下！
或蓝或灰的波浪，在波士顿海湾翻涌，
浪潮如同一队骑兵军，冒热气的马鬃

和卷云般的三角旗；催熟了爬满葡萄的
凉亭和凉亭粗厚的栅栏；染红了从缅因
到手指湖区[①]的漆树，让大黄蜂前仆后继

钻洞，攻打木柴堡垒，一排歪戴帽子的
红衣轻骑在一旁掠阵，拿着乔治王先令的

① 手指湖区（Finger Lakes），位于纽约州。

赏钱，让山杨撩起围裙哗啦啦地道别，

让土地在北美清教徒沉郁的犁下翻起，
举起草叉，从干草棚里，把你的女儿们
叉出，四散飞扬，在惊恐的教堂长椅上

树起你白色的尖塔，举起《圣经》，封面是
皱巴巴的利维坦兽皮；诅咒他们，他们的
爱，掷出绳裹的长矛，刺入耶和华的心！

那就是凯瑟琳的恐惧；轭具、干草耙子、
傍晚，鲸房里吟唱的赞美诗，鲸鱼僵硬的
肋骨，白得好像一具骷髅。噩梦无法苏醒，

梦中的星期天，常春藤的鼠爪，攀附在
大学砖墙的缝隙里，而一台黄皮拖拉机
打破了安息日以及新英格兰超验主义

特色[①]的炼金术的高原稳定期，从谷糠
筛出智慧，从梭罗筛出蒿草，从爱默生
筛出渣滓，如今，用爱默生坚定不变的

原则所铸造的捐助人铜像，证明了任何

---

① 超验主义（Transcendentalism）盛行于美国19世纪中期，代表人物是新英格兰地区的爱默生、梭罗等。

一座雕像，相比它要纪念的真人，都是
一个更伟大的演员，因为它的阴影更长。

特权没有把我隔开，而是把我更紧密地
和他们联系在一起，通过那头脑的锁链，
一连串的锁眼互相链接，好像我们全部

都站在了诵经台或拍卖桌上。他们的
状态和以前相同，却没有镣铐。这锁链
更微妙，却还是从白热的火炉里敲出的，

让每个捕奴人都变成了铁匠。虽然过了
河，但每张脸孔上的眼珠组成的锁链
却还闪烁着屈服或愤怒；我从中看到了

距离，而这让我疲倦；我看到阿喀琉的
所见所闻：一只只金属锁眼，绑住他们
原本擅长划桨或某种“特殊技能”的手。

第四十二章

一

大片灯光的同义词，黑色电池组和接头，
缠绕着交通线，闪闪熄灭。日出染红了
钢铁的湖泊。加拿大的秋天映红了楼下

旅馆的玻璃，一位年轻的波兰女侍应，
眼如新煤鲜润，留着花童发式，正给他
倒咖啡，玻璃反映的枫树橙汁般鲜黄，

她白瓷的手腕倾侧，倒满他的一汪注目。
他希望爱慕会让她慌乱；敏感的鞋子
在空桌子之间穿梭，她的手过度殷勤地

忙乎杯盏，叮叮细响。像有人两次拍打
她的背，问她要证件，她转过身，带着
新移民紧张的微笑，泪水在眼眶里打转。

波兰周日游行[1]是故事的结尾。一座
巴洛克式广场，年轻士兵巡逻其悠久，
他们耷拉的国旗曾如她的口红般鲜艳，

其语言的辅音在他们靴子后跟嘎吱作响。
货车的锅炉呼哧着驶离货场，然后便是
轻软的农庄，马匹和点头的柳树掠过火车

车窗，细雨中的队列。随后是表格，她
姓名太长，都写到边儿上了，一张护照
相片，捕捉到开门时她惊恐等待的脸。

如今，她成了那部冷酷的虚构的一部分，
如此普通，以至于把她的冬日之美带到了
加拿大，用发蓝的雪影勾画她的睫毛，

让她凹陷的双颊闪烁，仿佛餐具，憧憬
一段新的生活。她站在收银机前，如同
圣坛边上的一棵亭亭的白杨树，静静地，

大雪给乌鸦翅膀的光泽盖上新娘的花边。
她的名字融入我的名字，如雪花落在河水
或黑池塘上，风刮着水面一波波的牛奶。

---

① 波兰周日游行（Polish Sunday），加拿大小镇湖上的尼亚加拉（Niagara-on-the-Lake）的年度游行，纪念一战前夕在加拿大受训时因传染病而死的26个波兰裔志愿兵。

这时她拿来了账单，我试图辨认她外衣上
别着的黄铜名牌上的字母。她丝绸的皮肤
散发出一股初雪前乡下冬日的新鲜味道。

雪映白了桌布，胡椒，撒盐瓶，餐巾的
山墙，让华沙缄默，给安静的克拉科夫[1]
插翅；乌鸦翅膀再次飞在白色餐桌之间。

有时候，不管未来多么简单，我们都不会
走向它，而是把一部分生活留在一个大厅，
大厅电梯关闭，把我们封于其中，发亮的

数字，准确显示我们要去的楼层，一位
年轻的波兰女侍应正在清理烟灰缸，我们
被吸引到窗前，一拽拉绳，空虚骤然扩大。

我们猛拉铁灰色的窗帘，嘶啦啦的滑轮
在沉默中揭示的不是多伦多之秋，而是
一个语言被警察查封的城市，妮娜姑娘

生长于斯的另一种苦役，烟雾在枪管的
烟囱压抑自己的声音，直到和她的声音

① 克拉科夫（Cracow），波兰城市。

携飞。扎加耶夫斯基。赫伯特。米沃什。[1]

二

十一月。沉郁的月份。叶子落光。柳树
弹奏查尔斯河[2]的竖琴，枝干将会发黑。
小雨骤然扑打在桥面，街灯早早地亮了，

细枝的爪子挠着云朵，篱笆变成欧洲蕨，
天空奔跑着毛皮蓬松的狼，狼爪下是一只
小兔子，兔子的皮毛随着第一场雪飞舞，

然后用它雪白的门牙，啮咬夕光；灯光
淌着血，白色面粉刮过灰色的窗。我看见
凯瑟琳·威尔顿，在风的披肩里狂奔。

三

冬日的幽灵舞即将开始。雪花飞舞，
在结冰的玻璃上印出花纹。湖面凝结

---

① 扎加耶夫斯基（Adam Zagajewski，1945—）、赫伯特（Zbigniew Herbert，1924—1998）、米沃什（Czeslaw Milosz，1911—2004），三位都是波兰最著名的当代诗人。

② 查尔斯河（Charles River），流经美国波士顿的河流。

硬邦邦的冰，一只灯笼照亮了狼之心，

草地，在一群固执的松树下冬眠，光
沉入地下，这时，不断扩张的雷雨云
裹着军用毛毯，在大平原[1]上席卷而行，

投下电矛，脸扑雪粉，头戴乌鸦软帽，
却在内部携带自身的死亡，筋疲力尽。
红神[2]随秋日而逝，白色之冬提前来临。

---

① 大平原（Great Plains），横跨美国西部和中西部的大平原，北到加拿大，南到墨西哥，都是印第安人活动的范围。

② 红神，指的是印第安人的神，因为印第安人被白人称为红人。

第四十三章

一

大平原上面粉纷纷飘落。从柴火堆
抱木柴的她，头发灰白。雪中城堡
耸起小小的角楼，仿佛一个孩子的

水晶球屋玩具，凯瑟琳记得波士顿的
街道上，每天一到下午就已亮了灯火，
躺在小女孩手中的那球体，它的力量

摇动世界，变成白茫茫的一片，抹去
世界，用飘雪模糊帕金农场[①]的方式，
发烧的壁炉，晕染了一圈橘红的霞光，

木炭架的箭头，发出一阵黄铜的颤抖，
把火光扩展到地毯边缘。她感到火光

① 帕金农场（Parkin farm），位于达科他州苏族部落，凯瑟琳的独生子在这里踩到一颗钉子之类的金属物件，受伤感染，在凯瑟琳带他去求医的途中死去（参见第三十四章第三节）。这件事间接造成了苏族的毁灭，因为失去了凯瑟琳的居中周旋，美国政府加速了对苏族的镇压。

勾勒她温热额头的皱纹，染红小木屋

上方的雪山，山上用皱纸所扎的绿松；
然后她会摇动水晶球，大雪笼罩一切，
幽灵舞，跳了起来，过去，一如当下。

劳作使她的手腕如冷铁。她放下斧子，
听见它白色的回声。她想没有比苏族
更苦的生活。但骄傲使他们的脊背更直。

饥饿可以把他们铲起，如晒干的知了，
投入壁炉炽热的火膛，她睁大了眼睛，
看着火苗。他们不是温顺软弱的人，

而她所受的教育主张：软弱者承有土地。
面粉不断地飞舞落下。不能吃的吗哪[1]
从被军队下咒而渗液的麻袋[2]里倒出，

落在他们孩子的舌头上。克罗部摇摆的旗
飘过印第安勇士之乡。他们站立如木桩，
却没缠铁丝：克罗人、苏族人、达科他人。

大雪抽打他们的脸，脸孔抽搐，仿佛

---

① 吗哪（manna），《圣经》中神赐的食品。

② 美国军队为了灭绝印第安人，赠送印第安人涂满天花病菌的衣物，使印第安人大批死亡。

又一个条约的废纸，被盲眼的萨满巫师
撕碎飞散风中。松树举起它们的长矛。

可是山脊上那条厚厚的锯齿状分割线
在飞快地长出更多松树。依稀可闻的
号角声，从小木屋那里传来。她看到

松树裹挟大片白雾，在猫头鹰的叫声中，
向山下滑去，郊狼呜咽着，回应那号声，
这时，松树在疾驰中压低了它们的矛尖，

作为小女孩，她听出了从松树原木后面
跃出的是什么，发自玩具城堡的来复枪声，
如同干旱季节的蝉鸣；随后她听到大炮——

炮弹发射了，滞后传来的闷响，炸开的
黑烟之花，炮弹的弧线下，无数的长矛
和骑手仆倒。松树在平原上散开，如

锯齿状的大海，它们自己所爆发的雪崩，
染白了它们，但它们嘶喊着，沉浸在自己
被屠杀的狂喜之中，因为这就是幽灵舞，

暴雪慢慢抹去了他们纷乱的嘶吼，马匹
和旋转的骑手，毫无用处的盾牌，淹没在
白烟中，包括苏族、达科他族、克罗族。

面粉纷飞，给它们白色战场上的尸体缝上
疏阔的针脚。笼罩在达科他平原上的缺席
被那圆球所容纳。包括它的松树和小屋。

二

“我祈祷上帝，永远不要让我陷入人类
贪欲的沟壑，它在我面前拓宽。我看到
我们的骑兵带了一串手腕串起来的俘虏。

我看着他们远去，变成一队红蚂蚁。当
最后一只蚂蚁消失，我叹息着骑马下山，
离开帕金农场，来到了印第安人的营地。

我在雪中进入营地。一只饿狗和波普斯[①]
坐在雪白的街道上，孩子手上拿着一只
黏土做的容器，那狗伸着舌头，低吼着

从我的马前一步步后退，突然掉头跑走。
我转身沿着另一条街，穿过敞篷，迎来
越来越多的沉寂。帐篷饥饿的嘴巴周围

粉尘上冻结了一些蹄印。我下马。看到

① 波普斯（papoose），来自印第安语，指印第安人的婴孩。

门里，一动不动、眼窝苍白的奥麦罗斯。
我想，他肯定还是个聋子，鉴于他连头

都没回，这时，他一只手拿起干燥的
拨浪鼓，发出的声音和我在科迪马戏团
听到的一样，战斗开始前嘶嘶的蛇鸣。

一只断箭和其他杂物，靠着他的膝盖
颤抖。那些就是给我们的保证。我盯着
看了好久，他则一直沉默。一条白河

在冬天的黑松林下流淌。只有当帐篷外
传来马的嘶鸣，才吓了我一跳，也许是
我的马被拨浪鼓声惊到。我出了帐篷。

那些女人和孩子们去了哪里？我走在
斑驳的脏雪上，停下。我看到一个武士
冻在一堆积雪里，推测他是一个苏族人，

我听到撕裂的战旗在旗杆上猎猎翻滚，
还有一个孩子的嘶喊，在大雪粉尘里，
却再也没找到她，和那条狗。我看到

帐篷周围，他们的鹿皮靴留下的足印，
一匹马瘦如炮管，牙齿周围飞着苍蝇。
我走在他们的阵亡战士中间，如海伦。”

三

“这就是历史。我不具备改变它的力量。
但是，我还是感到这一切似曾相识。
我知道它还会再次发生，但多么怪异啊，

能在波士顿的一架炉膛旁边目睹它。
我是一片叶子，卷入命定之人的旋风。
这时，奥麦罗斯的声音从帐篷口传来：

‘我们骑马奔向死亡，沉浸在狂喜之中，
要和自身相遇于一个恰如此地的彼岸：
幽灵舞已把各部族统一为一个国家。

三文鱼厌倦了它跳跃的石阶，我们也
厌倦了和白熊的爪子争斗，鲜红的
血珠洒在雪地里。世界白茫茫一片。’”

看啊，凯瑟琳！门外不再有魔鬼。白狼
拖着尾巴披巾，进入高高的积雪，穿过
松林之矛，嘴边的鲜血凝固了；惬意于

酒足饭饱。到窗前来吧，冰雪封住它
像一个瞎子，穿过玻璃的白内障；看，
结束了。没事了，凯瑟琳，你得救了。

但她坐在起居室的椅子上，任凭窗户的
裂缝扩散为网，昼去夜来，饿着肚子，
坐在摇椅上，一天天消瘦。发狂的大风

盘旋着寂寞的农场。面包发绿，她的身体
如一具图腾雕刻，硬化为木。苹果干枯了，
洋葱钻出弯弯的绿芽，越来越大胆的老鼠

乱窜，眼珠好似黑莓，动起来好像骑兵
挑着丧葬的灯笼。披巾从一侧肩膀滑下，
但她没管，心中平和，因为，这就是和平

时期了，幽灵舞之冬。“我又老了一岁，”
她对着朦胧的窗户说，“我曾经喜欢过雪，
但现在，我讨厌它在我门外白色的环伺。”

岁月一分为二，被冬天，被一种黑暗！
枝条从那黑暗之处探出，在痛苦中瘫痪。
鸟群背叛了。野鹅亢亢亢的噪音汇入

拥堵的公路，以及查尔斯河缓缓流动的
浮冰。没有暮光，虽然下午尚早，街灯
却已亮起，我弓着背的身影恍如一只

进洞的熊罴，爪子在冻死的锁头上摸索，
每一个名词都变成自己的、捂住的回声，

每道街衢都变成了一座两侧堆雪的坟墓。

忽然一下，我懂得了红绿灯在铁灰的
天空眨眼是什么意思，因为下雪的文明
才是文明，我可以白化，并淹没于无名。

翻页吧。空白的冬天。被抹平的名词
淡入一串串回声，胡涂乱抹的条条枝枝
如字母的书写。长靴踏响了电车车站。

死去的汽车，嘴角挂着冰凌的泡沫。
有轨电车的灯如船，分开冻住的碎浪，
然后，喷气的乘客划断冰裂纹的窗户

飞速缝合的蕾丝。黑大衣和风衣摇摆，
当车门分开橡胶的手风琴，泪如玻璃
之时，每一张脸都是一盏畏缩的灯笼，

此刻，那个被我发错音的名字，如沿线
鬼影憧憧的车站之外任何白色名词一样
喑哑，那里，每当挤满人的汽车驶过去，

一张张脸孔便溅上雪的雀斑，他们缩在
耐心中，如雕像缩在博物馆里。下一站
到了，她的旧址在眼前放大。乘客抓着

吊索，踉跄着，车门在一阵邪恶的哗啦
声里咧开嘴，铃声响起，我突然置身于
令人迷乱的白色，雪花模糊了我的眼睛。

街道和她的画室一样洁白，从珊瑚礁
雕刻出来的巨石，刺眼的希腊石灰石
如过道上冻结的海浪，两边门户紧闭。

下水槽里一条条的冰玻璃，和房子的
玻璃一样灰暗。我爬上台阶，找门铃，
又回到过道上，寻找那个阁楼，那里，

一座曲线毕露的雕像，把黑丝长袜褪到
膝盖下，摘了发卡，然后摇动黑发之雨，
一只白颈花瓶，传来“奥麦罗斯”的音节。

但没有一扇门打开，露出黄铜锁链后
她惊恐的眼，没有一道光把那斧削般的
亚洲面孔呈现。灰白的窗户全是瞎子。

我把地址搞丢了。我在珊瑚石之间穿行，
珊瑚石大声抱怨，如同太阳风下的墓地，
我等待电车的独眼出现，那年在街对面

我们也这样等过。来了一辆。车门打着
哈欠，吱呀呀关上。车的龙骨驶过卷浪。
房屋滑过，如码头。不属她，即属别家。

第六书

第四十四章

一

从圣费尔南多[①]到玛雅盖兹[②]之类的
山城，同样的日出沿着群岛的公路
搅动甘蔗束缨的枪矛。第一阵微风

摇荡甘蔗之矛，喧响声如远处滂沱的
大雨，从山岭挪下，耳边似乎有炮弹
爆炸声。安地列斯的星期天，凉爽的

沥青，条块分割的田野上，光线唤回
蔗糖的苦难史，越到丰收便越趋深重，
聚拢到印第安人流亡队伍发白的旗下。

细雨纷纷的光线如风，吹过稀树草原，
让赛马的毛皮变得黯淡；浓雾渐渐抹去
山丘上皇家棕榈的头冠，连同山丘

---

① 圣费尔南多（San Fernando），位于特立尼和多巴哥的海滨城市，市中心有一座小山。

② 玛雅盖兹（Mayagüez），位于波多黎各的城市。

本身。草地上马群啃过的棕斑，闪烁
如它们湿漉漉的毛皮。一匹易惊的
公马，猛摇着辔头，朝着一道滚落

山丘的闷雷翻出眼白，但马夫拽着他，
好像渔夫一样，把松弛的绳子缠绕在
一只拳头上，同时，用另一只手拉紧

缰绳，圈子越转越小。这时天空骤然
碎裂，一道分叉的大树闪现，突然，
一阵可以把整个群岛在光天化日下

隐去的黑雨，把洋铁钉倾泻到屋顶，
噼啪击打阳台。我关上法式窗，想到
马棚里的马，一只蹄子虚抬，略微

倾斜，我注视着暴雨的粗绳。我躺到
床上，床头灯失去了电流，听狂吼的
大风猛烈摇动窗户，我想起了阿喀琉，

他躺在自己的床垫上，绝望的赫克托
则试图挽救他的独木舟，我想到海伦，
在这雨雾时分，我的岛也迷失其中，

我肯定再也见不到她了。忽然之间，
雨停了，我听到排水管里喷涌激流的

声音。我把窗户打开，太阳倏然而出，

一道道山岭上，小小的棕榈树丛重新
安放，历历在目。马场红色的镀锌
屋顶，露珠闪烁白光，随后，马夫们

把马匹牵到新鲜的草地上，继续操练，
树叶、马匹的眼睛，以及所有的一切，
全都闪耀着一种不同于以往的光亮。

二

一月是绿色的，我嗅到一年之巅叶子
摔打绽开的味道，在橙色别墅的上空，
在普朗科特夫妇所在的军队营房上空，

赶着圣诞节，携带极地冰冷刀刃的风，
给港口添了些泥点，被命名为**圣诞风**[①]，
一直持续到三月，运气好的话到复活节。

它新鲜了那些杉木，给**肉月桂**打了蜡，
藏起了非洲雨燕。我嗅到细雨，轻洒在
驶出摩恩岭的沥青路面上，那种味道

---

① 圣诞风，原文用的是法语 Vent Noël。

好像湿布上的熨斗；我听到滋滋滋的
油炸小鱼的声音，鱼翻着它们铜色的皮；
我嗅到咸肉洒了丁香的味道，峨冠的

卷叶蛾的味道，客厅里的清漆的蜡味：
进来。进来，莫里斯椅扶手黏糊糊的漆；
我看见一席船帆驶出，一席船帆驶入，

一阵清风吹来，如此清新，吹起蕾丝
窗帘，如衬裙，如一席驶向伊萨卡的帆；
我从堵塞的下水道嗅到了死水的味道。

三

呵，双头的一月[①]，看到两种时态：一个
过去，诞生于卑屈，他们保证给我们的；
一个是现在，把我们抬升起来，满耳朵

面包树树叶间喧响的风，我们被抬得如此
之高，和过去是什么完全矛盾！腐烂的
面包树的球果，仿佛桑特群岛之战的炮弹，

① 罗马神话中的双头神雅努斯（Janus），一个头看过去，另一个头看将来，所以后来这个词演变为一月。

堡垒的砖墙缀满了弹孔，放在今天却是
群星。我在那里生活，用到了每一种感官。
我用我的眼睛吸嗅，我能用我的鼻孔观看。

第四十五章

一

海岸一侧[1]，悬崖笔直地坠入大西洋。
一道道转弯，让车轮大角度地倾斜，
因为路肩很窄，弯道很急，下边就是

深沟大壑，岩壁上的树被风吹弯，树木
之间裸露着岩石。视线广阔，可俯瞰
但纳理[2]的石头教堂，粗矿石的悬崖之下

是非洲的海浪终止之处。斑驳之海的
对岸，浪花的蕾丝翻涌，岩石时掩时露，
对面那港口是达喀尔[3]。无阻拦的长风

在军舰鸟的翅膀下鼓荡，你看到它们
被横穿世界的一种力量压弯，在那骤然
下沉的气流中侧身，以获取足够的升力。

---

① 这里指的是圣卢西亚的东海岸，下文说非洲的海浪终结于此。
② 但纳理（Dennery），圣卢西亚东海岸的城镇。
③ 达喀尔（Dakar），塞内加尔的首都，位于非洲西海岸。

适值凉爽的十二月，微风拍打路边的
棕榈，路上飞驰的彗星汽车豹纹座椅
空空如也，车快得连骑驴人都辨不清

迎面而来的、暴烈之火的图案，只听到
汽车嗖嗖地拐过一座桥的当儿，立体声
喇叭播放的、快节奏**祖克乐**[1]的两声震动，

车开始爬坡了，压着弯道，甩开棕榈叶
和它们枝编的阴影，挡风玻璃的视野
清晰了，忽然，赫克托看到一只慢跑的

小猪，只听一声惨嘶，轮胎刺耳的摩擦
堪比刚才过弯时急打汗水沾湿的方向盘
轮胎的噪音，这才想起普朗科特的警告。

两只飞转的后轮猛然刹住，如一只船舵。
小猪沿道路安全的一侧跑走了。车却卡在
断裂的树枝之间，扭曲的字母熊熊燃烧。

赫克托两只手放在方向盘上。头颅俯下，
头上的岩间圣母像[2]还在不断晃动之中，

---

① 祖克乐（zouk），原文是克里奥尔语，意思是“持续、猛烈的摇摆”，20世纪80年代起源于加勒比海地区的音乐流派。

② 岩间圣母像（Madonna of the Rocks），也就是Virgin of the Rocks，达·芬奇画作的名字。

圣女的微笑在蓝色的汽车头巾下摇晃，

她凹凸的长袍不再摇摆，微笑依旧保留
在她的瓷酒窝里。她看到头颅低垂之人
平静祈祷的后脑勺，头弯垂的角度如常，

俯于仪表盘的长凳。她举起的手掌，跟
玩偶之手一样大小，从蔚蓝的斗篷下露出，
说明他对着悬崖的祭坛下，泡沫的蕾丝

所祈祷的已经足够，到现在，如果愿意，
肯定能够抬起头，但他还是留在那位置，
一动不动，就像弥撒结束后的那个样子，

没有松开他紧握的拳头，或空出一只手
在额头、心脏和两肩之间迅速地画十字，
对着祭台跪下。他在无尽的忏悔中低头，

祈求她原谅自己对阿喀琉，他的兄弟
所做的一切。但他的弧线结束了，所有
彗星划过的弧线都不例外。一轮命定的

新月，被焦黑的轮胎刻印在公路上。
一颗盐腥的泪珠，从那瓷像的双颊滚下，
缓慢地坠落之后，滴在指关节上，那手

仍旧紧握方向盘。斑驳的海面，无尽
长风，放牧长长的非洲卷浪，拍打一面
系在岛屿上的一杆银矛之巅的小旗。

二

一群司机扒着栏杆。其中一位拽住我的
行李，一把就从推车上拎起来。其他人
爆发一阵土话的喧嚣，对错失拉我的机会

摆出绝望的姿势，然后转身迎向其他的
乘客。傍晚，马匹在草地上吃草，湿润
毛皮闪烁的光把它的长矛投在海浪上。

车上只有我一个乘客。
“准备好了吗？
好嘞。我的一个好朋友死了，死在他的
那辆名叫彗星的战车里。”
他从前座转过头来，

空出来的一只手转动空气。我坐在后排
伸展开来，交叉双腿，做出拒绝谈话的
姿态。“鬼知道什么时候厄运降临，那天

我刚好在机场。我看到他好像火箭起飞。

我总是说，那家伙马力太大了。说什么
就来什么。头儿，还是那个旅馆，对吗？”

我看着海滨村镇，一个个消失在身后，
任由公路之舌把灌木丛翻译成森林，把
蛮荒的大草原，翻译成适度合宜的牧场，

连带其他的生命也都卷入“改良运动”，
它的平静被明信片框起来，一个混凝土
未来，等在所有这一切的前方，贯彻在

旅馆开发建设所使用的煤渣砖，以及
过时的木匠手艺，正如我感觉到的那样，
体现于整洁的游艇码头（渔民的噩梦）。

破旧的桨架和生锈的圆锯。我的手艺
也需要同样蹲踞不动的专注，手上功夫
也必须自然天成，能在雕花窗框上画线，

或者把优雅的独木舟刨平；木头的精灵
逝去，属于木头的时代也就过去了，木头
过时了，泥瓦匠抹平了混凝土的空白页。

我眺望午后的大海。难道我想要的不是
让穷人依旧活在过去的灯下，以便我能
继续把他们固定于琥珀帝国的余晖之中，

保持对棕榈叶和木棍搭建的茅屋的偏爱，
嫌弃蓝色的公交站？难道我不是更喜欢
一道道铁轨，汇入那些殖民者观光客那

稠密的句法，我在学童期便读过的节奏
铿锵优美的文章？那拥着褐色浅滩的海湾，
普莱斯林[1]，那只苍鹭？它们可曾等待，

让我打磨好我的手艺？为什么图慕虚荣，
保存他们丢弃不要的东西，住在旅馆里
爱他们，是一种虚伪，饼干锡盒上的篱笆

被爱的藤蔓掩盖得窒息，我爱这样的景色，
普朗科特对他的研究爱恨交加，难道不是
同样的盲目？艺术是历史的乡愁，它偏爱

茅草屋，而不是钢筋水泥的工厂，偏爱
巨无霸的教堂，甚于一无所有的村子。
司机一开口，我们之间的距离就变远了：
　　　　　　　　　　“变化真大，不是吗？”

开了很久的酒馆消失了，那影子壅塞的
河却还在。这，会让我成为一个陌生人。
“大家都过好了。”他说。我说“都好了”，

---

① 普莱斯林（Praslin），圣卢西亚的小村子。

然后喃喃自语："但这大家指谁？"后视镜里
我们目光相遇。车在爬坡，出了米考特[1]。
难道我不是把他们的穷困当作我的天堂？

他的后背也可以是赫克托的后背，摆渡
那些反向就座的游客回家，豹皮座椅仿佛
蒙了毛绒的扶手，摩擦他们汗湿的脊背。

他拉着的那些疲倦的载荷，厌倦了汗水，
渴望月亮上的雪，不愿面对下沉的太阳
辐射的火热，他们知道一种单调不变，

类似于此地的气候，彻年常绿，没有
任何色彩变化的植被，只能够出产一种
原初的洞见，好像断崖边红舌怒放的

百合花，他们买来晒干的葫芦做成的
纪念品，画着假阿喀琉斯的假非洲面具，
里头摇晃的葫芦籽来自其他人的脑子。

就让他们那么想吧。在这种地方，究竟
还有谁还需要艺术，甚至老太太走路都
腰板挺直，渔民的拇指灵巧无比，这些人

---

① 米考特（Micoud），圣卢西亚东南海滨村镇。

全都风度优雅，但游客最羡慕的是他们
擅长的卡吕普索[1]，加勒比地区的小调，
如海浪的节奏回响在他们的贝壳耳廓里，

直到太多太满的幸福被罪恶感的阴影
笼罩，仿佛任何伊甸园，他们对着路标
HEWANRORRA（伊奥那劳）[2] 而叹息，

金色的大海平展如信用卡，延伸到一个
海滩，和所有其他海滩，希腊或夏威夷
没有两样。这时才觉得那该死的纪念品

荒唐、泛滥。描红画绿的葫芦，海螺壳。
他们的脸黄似葫芦。我感到自己的脸也很
奇怪，如柜台前那些人，感到身体的变化。

三

变化伏在我们的沉默中。我们来到那处
弯口，树被风吹弯了，悬崖荒芜，毫无
疑问地层层下落，通向大海的泡沫。
　　　　　　“就在这里，一切都结束了。”

---

① 卡吕普索（calypso），这里指发源于西印度群岛的音乐形式，歌词一般有关时事，多为即兴演奏，有爵士乐的影响。
② 路标指向的是圣卢西亚的荷瓦诺阿国际机场。

司机说，砰一声把他那侧的车门打开，
然后打开我这侧的车门。
“不管怎样，头儿，风景不错。”
我走过去和他一起，站在大风呼啸的崖边。
“他名叫赫克托。”

那名字也像悬崖上的树一样弯着腰，
朝向内陆。在这名字的回响中，一只
军舰鸟迎风嘶鸣。司机走开去撒尿，

扭头大声说：
“他是个马路杀手。
兴致来了，就跟疯子似的飙车，他有个
好女人。也许，他就是为那女人死的。”

为了她和旅游业，我想。司机抖了抖，
拉上裤链，提好裤子。
“他是个疯子，但是，
也算个温柔的家伙，脑子非常好使。”

镜头切换到一只猎豹驰过塞伦盖提①的
干枯草原。又切换，到了轰隆隆汲水的
桨叶，被一匹没有骑手的公马拖着，它

① 塞伦盖提（Serengeti），非洲大平原，位于坦桑尼亚和肯尼亚。

狂野的鬃毛吓坏斯卡曼德[①]。镜头切换，
一个女人捂住嘴巴却无声。镜头切换，
战车辐条和轮毂盖。又切换，他强壮的

下颌，然后闪回到阿喀琉，他在扔一个
红色锡罐，舞着一把弯刀。然后，一只
花瓶，回响女孩的沙哑喉音“奥麦罗斯”，

好像闷在一只海螺里。镜头切换，一扇
银色盾牌，转动如轮毂盖。倒带，慢动作，
密耳弥冬人，在一座村子的河边集结，

以矛代桨。镜头切换，穿着白袍的大海
嗡鸣，吟唱弥撒。停。吊车拉起损毁的
车辆。马嗅着浪花，打喷嚏，脖子剧颤。

他放弃了大海，做起了出租车的生意，
这种毫无感恩之心的背叛，让他付出了
相应的代价；是的，他挣到了钱，但是

所有那些钱财，只让他感到羞耻悔恨，
在那些漫长的午后，大声嘶喊着在码头
拉客。他错过的，是脚下流转不定的

① 斯卡曼德，希腊神话中的河神，见第六章第三节注。

沙子，他长吁短叹，为了错过一道浪的
波谷，一只船桨在他的手中猛然的抖动，
还有玫瑰红的海螺夕阳下，低飞的鹈鹕。

卡斯特里在腐蚀他，用喧嚣不止的生活，
它的街市垃圾遍地，太多争抢客人的巴士。
卡斯特里，成为他的未婚同居的老婆，

好像海伦，让他远远地渴望，却不可即，
如今，两者都被他所拥有，但让人恐怖的
空虚感，扭曲了他的面容；发现大海是

一种他不可丢弃的爱，这让他变得粗野：
不管是摔上车门，还是猛踩离合器。驾车
却似被愤怒所驾，但愤怒却付了他的房租。

一个诅咒大海的男人等于诅咒他的母亲。
“麦”是母亲也是大海①。在他的迷失的
独木舟里，他祈祷过。但现在，他处于

另外一种生活之中，这种生活用全新的
立体声音响改变他，钻进一个接一个的
车库，无法扯去衣衫，听取海螺的呼唤。

---

① 参见第二章第三节关于奥麦罗斯的音节剖析。

第四十六章

一

赫克托埋在海边，他爱过的大海，一片
浅水湾，不远是他和阿喀琉打架的地方，
为了一只锡铁罐子和海伦。菲洛可提提

吹响螺壳时，他听不到海湾上榄仁树的
悲鸣，也听不到海浪沉闷的鼓声，一天
工作结束船帆停歇时发出的咯吱响声，

船上的伙计趴在船舷上，疲倦地把桨
伸下去搅动、听音，探测水深。这样的
仪式，不久，他的同伴们都将一一重复，

当轮到他们像赫克托那样躺下之时，把
一具漆黑的油松独木舟吊入大地的波谷，
坟丘上堆着海螺壳，点缀着紫罗兰花环，

从此长眠，任凭风吹雨打。为了让他的
朋友听得更清，阿喀琉蹲下，轻诉祖先的

河流，一到地方，他准能认得出来，他

真正的家乡，永远永远永远，一直到
永远，兄弟。菲洛可提提跳着走过来，
把手沉重地压在他一侧颤抖的肩膀上，

锚定他的悲伤。七个海洋和海伦没有
走上前来。阿喀琉带了一只桨来到教堂，
把它放在教堂外面，旁边是红色锡盒。

他坚定嗓音，说："伙计，这是你的矛。"
缓缓把桨放下，就好像那天，他把一对
平行的船桨，放进高米尔树体内，那刻，

非洲雨燕和它的影子一起飞翔。阿喀琉
无法说出口的祭文，是这样的："我的
朋友，我给你的矛，只不过是木头做的。

烦恼都已经是过去。我知道你对她很好。
你从来不知道我有多羡慕你，当你站在
长长的独木舟的船头，横穿太阳，你的

胸膛，宛如一面盾牌；对任何敌人如此
评价，都是夸赞，因为没有一个非洲人
在他出生的海湾撒下宽广的渔网之时，

有过这样美的身姿。你听得到吗？没有人
像我一样了解你。好了。安眠吧。晚安。”
阿喀琉移走菲洛可提提的手，他看到海伦

独自一个人，站在那里，身体笼罩一层
孀居之光。他伸手下去，从坟墓举起那只
锡盒给她。海伦点头。一阵风吹灭太阳。

二

自此以后，骄傲固化在海伦的脸上，如
一块刻了赫克托名字的石头；她的嘴唇
像被括号里的生卒年月所切开。她看起来

表情更加严肃，因为距离感，显得更有
尊严，她缓缓穿过炽热的村路，如一挂
远帆，透出地平线之上。悲伤突出了她。

当她微笑，她显得那么遥远，很难判断
她是否听到了你的安慰。玛·吉尔曼说，
是肚子里的胎儿，让她变得更美丽了。

三

岛上的仪式被恶劣天气简化，改换了
场地。低洼的海面成了阿喀琉的花园，
隆起的田垄，大蕉哗啦乱响，体现出

对大海的理解，高地上的菲洛可提提，
常常听到一阵风卷起深沟大壑的狂怒，
烟雾腾腾的远浪，传来树叶似的飒飒，

说起烟雾，太阳落山时在蓝色高地上
点燃的篝火，和菲洛可提提清理他的
田垄所燃的篝火一样，而在日落时分，

雾气从闪耀的海平线上升起，好像从
他的搪瓷锅蒸发似的。人们无以名之的
悔恨，散发一股木焦味。烧焦的田野上

锯倒的树桩仿佛巨塔，缓慢地燃烧着，
巨大的靛蓝色黄昏，扑翅缓落，吞噬
静止的树叶，点燃萤火虫小屋，托起

恐慌的被困于红树林之笼的白鹭，它
拍打潟湖和浅湾，收拢翼梁，用头部的
顿挫调整身体平衡，再次抬起它的问号。

夜里，岛屿逆转了风向，新月的苍鹭，
从赫克托坟墓上飘移而过，海面升起了
如注的雨水，大海粼粼的黑铁闪烁着，

冒起一片明灭的钉头。褴褛的大蕉弯腰，
哗啦啦响，迈步踏过菲洛可提提花园的
犁沟，那呼啸之声，是祖先的原初呼唤

和飒飒干草的合唱，绕着村中每一座
房屋旋转，屋后花园，恶臭的垃圾堆上
生锈的夜壶、朽烂的渔网和月的冷盆。

他们震颤不已的声音，越过月光照耀的
子午线，仿佛夜里的海浪；他们的目光，
默默聚焦于其后辈映在灯光之下的影子。

聚焦于菲洛可提提，他呻吟不已，用一些
热硫磺浸花瓣贴上胫骨，用黄色的凡士林
清理伤口，膝盖夹紧，拧盆里捞出的布。

夜里，庭院沉睡，海浪的断线嘶响，有如
菲洛：“老天啊，哎咿，哇咿，我的罪就是
这伤口？”年老的大蕉承担痛苦，并闪烁。

第四十七章

一

大堆大堆的月桂叶，在药罐的药汁里
冒尖，这是女巫的妙药。一棵把天空
分成两半的酸橙树，它那带叶的小枝

垂下探水的魔杖。被雨燕微微踩弯的
荆棘，白汁横流，等待一只黝黑的手
把它采集了，掰碎了，倾入沸水炖煮，

治疗伤口，造成伤口的那只锈锚沉入
清澈海底的沙床。玛·吉尔曼，戴着
莓果饰边的黑帽，摇晃着在酒馆后门的

断阶上稳住身体，关好门，合页绞紧。
门闩夹住她一根手指，让她一个趔趄
扭伤了脚弓，她轻轻诅咒一声，赶紧

划了个十字。她关好大门。热气之中
柏油在冒汗，篱笆上是肥厚、软塌塌的

面包树叶。她的眼镜在汗水之中游泳。

她挠了下一侧的腋窝。这该死的假发
质量太次。她要参加五点的感恩弥撒，
祈祷的时候，还不时得用手把它捋直，

直到圣餐饼仿佛雨滴在微风的舌尖
融化那样，以温柔把她的心软化才罢。
教堂的暗室里，糊住眼睛的汗水干了。

她把松紧带翻卷到膝盖以下，小腿套了
肿大的长筒丝袜。就在那当儿，腿肚上
紧绷的罪让她想起菲洛可提提。随后，

她开始一边数着念珠，一边念她自己的
浆果累累的连祷文，生长在高地之上的
万福玛丽亚金盏花，缩紧光环，温润的

银莲花，清爽的水田芥，基督的神圣之心
如一朵火鹤花被刺穿，被称为生命之树的
洋苏木[1]棘刺，对缓解癫痫有益处的芦荟，

雏菊掌心被扎出的洞，那凝固的血迹就是

---

① 洋苏木（logwood），也叫墨水树、血树（bloodwood），树枝弯曲多刺，能从其中提炼出紫红色汁液作染料，这里取其血色的含义，暗指被钉在十字架上的基督。

那位渔民胫骨上的伤口，自从他被一只
钩子刺透；还有她疟疾肆虐的童年时期

在路边售卖的草药茶。这一朵是可用于
孕妇逆产的缓解剂，那一棵用于催情剂，
在她绿色释迦果一般的少女蓓蕾还没

在阳光下发育之前。但是哪条小路穿过
重重的荨麻，通向那妙药，愤怒的女巫
怎么都想不起来。畏缩的含羞草，躲避

她探寻的手指，如拉上的百叶窗，要把
路过的邪恶挡在屋外。她的衣服上也都
残留了熏香的味道。屋里，蜡烛的火苗

挺立，围在祭坛的棺架周围，她和朋友
在台阶上闲聊，但那药草关闭在叶子里，
保守自己的秘密，拒绝让她的记忆抵达。

二

伞状的白薯撑着白色叶脉的遮阳篷
和点头的花轿，上面的露珠还没蒸发，
幽暗的藤蔓深处，并没有蒸腾热气，

有的只是大清早的清新，其中，一棵
杉木飘胡须的树枝在开会。它的树瘤
脚趾之间，长着一种恶臭的无名杂草；

它分叉的花瓣，如一只沉底的锚跃出；
它的花粉臭味随风纷飞，驱走了蜜蜂，
但那苦味之中根植的力量，却吸引她

低下头，把鼻子贴近，好像公牛被人
牵着鼻子转圈，细嗅花朵。玛·吉尔曼
侧头从一边接近，用浸古龙水的手帕

罩住恶臭，它根部的腐叶发出坏蛆味，
好像菲洛可提提的伤口。她身着黑裙，
头戴莓果饰边黑帽，爬上一条羊肠小道

出了村子，经过遍布棕榈枯叶和螺壳的
一片石头，整个周日，地下的死人都在
忍受日晒，而山羊觅食新开的花朵。她

又挠了一下发痒的腋窝，钱包差点掉落。
她艰难地沿雨水侵蚀的小道爬，身后的
海湾如伤口般闭合，停歇。所有的回声

都在重复它的轮廓：一只蹒跚的山羊的
哀鸣，敲打房顶的锤子，母亲的高声呵斥，

因为追不上跑过后院的活蹦乱跳的儿子。

玛·吉尔曼捡起自己的钱包，叹了口气
继续往上爬，循着隐隐的臭味，一只手
背在身后，经过仙人掌和荆棘林，然后

是高耸在她的头上的林木，茂密的绿叶
几乎近于黑色，就像她的裙子的色调，
林子的边缘，簇簇花儿点缀牧场。看到

脚下一队蚂蚁经过，她吓得直往后退。
它们从她刚来的方向蜿蜒而来，从教堂
一路跟随，讲一种她无从辨认的语言。

三

一只雨燕的胃囊，含着强壮的种子，
好几百年前，她从对面的海岸掠过
重重波谷，把鹗鹰甩在身后，把命运

寄托于她自己的影子，目的是把这
良药，带到每道伤出现之前；她拉开
贝宁湾[①]的弓，瞄准海平线的圆环上

① 贝宁湾（Bight of Benin），非洲西海岸的海湾。

升起的雾气。夜空里星星的麦粒使她
更感饥饿；片叶皆无的大海亦无巢穴
供她解乏。有时候她会在飞行中打盹，

闭上她目光的种子，只一瞬便会醒来，
重新把直方向。海盐的干雪染白她的
胸膛，羽毛变得稀疏了。直到某一天

破晓，那颗白日星[1]从错误的方向缓缓
升起，所有浪花都从相反的东方涌来。
这种异常让她惊恐。她看到那座角岛[2]，

发出虚弱的尖叫，因为海燕天生不擅
歌唱，她扑翅伸爪，落于海滩，把种子
吐出，没入草丛。她在干藻中做了窝。

并在一年后变成白骨。所有那些动作
被她意志的火焰烧成一堆微渺的骨灰，
这就是结局，但藤蔓却长出了自己的

翅膀，从大海爬出如蚂蚁，如阿喀琉的
先祖，背煤的妇女，身后那黑暗的舱门
轰然关闭。当那株草在臭气熏蒸中生长，

---

① 白日星（the day-star），指的是启明星。

② 这里指的是圣卢西亚岛，之所以说“角岛”，见第一章第一节注释。

它的力量，也在杉树潮湿的根部聚累，
花朵如锚扎根于斑驳的树根，固定不动，
而一只蜥蜴灰黄的足，正一步步往上爬。

第四十八章

一

森林厚厚的落叶之下，有一种比我们
更复杂的生命，它有着我们爱的誓约，
在蜘蛛网下潮湿的叶子上沸腾、繁殖。

这就是甲虫一族，发自本能地榨取那些
给它们提供养分的源头，直到宿主成为
一个振振的空壳；缓缓地，它们接近

一只肥硕的伴侣，爬上那只干壳的灵魂。
不，并没有这样的昆虫，有的只是那种
两条腿的生灵，却在其眼睛里伸出螯钳，

胳膊把我们揪住，暴打；它们如同水蛭
挂在最绿的藤蔓上，垂在天堂的叶脉上。
经常，雌性的体内，那看似任性的东西

似乎更像是幸福，那痉挛的狂喜，分泌

致命的酸液，雄性一碰，便好像脱水的
叶子，飘飘坠落；而且，这种自然的历史

并不限于物种的雌性，而是完全取决于
谁掌握了权利，因为雄性，如同屎壳郎，
为了储存自己的干粪，可以把交配对象

害得筋疲力尽，苍白不已，歇斯底里。
这就是掩盖在一根伏木之下的物种演化，
它攀爬于一朵颤抖的鲜花，雌雄两性

互相拥抱、谅解；然后，那不变的插曲
再次发生，直到一方哭泣，另一方怨恨。
所有我遭遇的，我活该遭遇，如今的我

对此虽有认识，内心却痛苦而蔑视自己，
躺在床上体内，仿佛干枯的甲壳，以往
都是我害别人成为空壳，这次轮到了我。

它无法帮我摆脱那种沉重的痛苦，当我
有感于我那些无父的孩子的流浪，但是，
有些痛苦好像是石头，从来都不会融化，

虽然我们泪如雨下，把石头都滴出印记，
婚姻却还是解体，如同沙子从指缝漏下，

全是我的错[1]，对这一点的承认，清空了

橱柜里所有的希望，某些幸福之息尚存，
残留于樟脑丸的味道，一只不见的发夹
所附着的肥皂的淡香；我擅长的爱，似乎

只限于手艺和大自然；是的，我的本性
善良，但却无比固执，总把孤独留给别人，
强大的性格之机械，却蒙住了我的眼睛。

那一声呼唤，从礁石传来，从海燕独自
穿越的某片水面传来，那呼喊声延续着，
如海螺壳里粗哑的回声；它呼唤着我，

从儿子和女儿，从破晓时分我的床周围
弥漫的黑暗传来，像一位渔民走向纸张的
白噪，然后，把桨安放在空盈的船体中。

那也是阿喀琉学到的，他躺在海葡萄的
黑色房顶下，雨水漏下来，打在沙地上：
爱没有错误可言，没有所谓的对错误的人

怀着错误的爱。寂寂的岛屿，用它的

---

① 原文为拉丁文 per mea culpa，是忏悔词，意思是“全是我的错”，常常伴随着双手捶胸的动作。

盐粒涂抹伤口；他把桶里的水舀出来，
清除了舱底堆积的马疯大戟木的叶子，

一边想大海赐予菲洛可提提的那道用线
缝合起来的伤口，但大海也可以把伤口
治愈。这是玛·吉尔曼教给他的说法。

她的目光检视叶子里的神，却看不清，
他们的形象，被动荡不安的光影模糊了，
那些短暂的保护神，失去了他们的名字，

也因此失去了大部分的影响力，不像
上帝的洋苏棘刺，也不像以她母亲玛丽
命名的金色军队，团团围绕着她的膝盖，

其中一些兵被另一种祈祷的重量摧毁。
他们穿越大洋，数目繁多，比雨燕更要
迅捷，在喧闹中迁移，如非洲燕子或者

蝙蝠，在日落之际，绕飞一棵木棉树，
那时，它们目光坚定，树枝撑起天堂的
大屋；因此那些神蜂拥而来，云集在

树丛里，等待命名；但她从来没机会
认识他们，虽然他们的声音在她体内
回响，在她血脉之河里喑哑。额苏里、

珊哥和敖公；对他们的信仰削弱了，
他们的轮廓也随之模糊，他们的神力，
他们的渊源，他们的祭礼，全都浓缩在

那朵臭花轮生的花冠里。所有那些
仍未被埋葬的、死去三百多年的神的
世系——就仿佛她的脉管是他们的根——

透出她的胳臂哀泣，举起一棵大西洋
对岸带过来的树，枝条还在绽发新叶，
枯死的树身在我们的海滩边上翻滚。

他们就在那里。她呼唤他们。他们把她
喉咙里的喊声结成藤蔓。他们是蝙蝠，
声音尖锐，狗都无法听闻。玛·吉尔曼

却听到、看到他们在树叶之间飞速穿梭
如交叉的绣针，轨迹模糊，在头上编了
一道进入她的神经的网，她的皮肤发痒，

好像被荨麻抽打。她从扎入的棘刺上
寻找线索，任树丛抽打，为自己曾经的
怀疑，向他们赎罪，在疗伤开始之前。

二

狂野不羁、头发又粗又硬、身宽体胖，
神圣典范，穴居女先知，玛·吉尔曼
开始行动了。她解开那饰有红色莓果

和垂着假珠子的黑色草帽，从额头的
印记，揭开用马鬃做的棕红色的假发，
她小心翼翼地把草帽和假发分别放在

黑林中卷曲的绿苔毛囊上。她的头发
没了束缚，仿佛苔藓。蚂蚁碎步穿过
这粗硬的卷发，彼此妨碍，用潦草的

触须，或额头触碰，传递同样的消息。
玛·吉尔曼弯下她自己的额头，嘴唇
贴着蚂蚁移动，她那沾满苔藓的颅骨

听到蚂蚁操着她太祖母的语言谈话，
如远处集市的闲言碎语，她不用任何
语言，只随思想之流，听懂了蚂蚁们

发给她的这消息，让她来到这林子的
原因，林子里花儿的伤口，它的坏蛆，
它的愤怒，化脓了几百年，脓血散发

腥臭，把脓包而不是阳光浸透的露珠
渗入颅骨，大地的脑子，为了自己的
肉体和毛发而羞耻的头脑，也被渗入。

坐在教堂刷了清漆的长椅上，她想起
那个狂乱的信使停下来，绝望地比画，
它的船桨举着，但她忽视了那昆虫的

聋哑的愤怒，比画一种她不能理解的
语言，但现在，玛·吉尔曼头发蓬乱，
跟随一代代沉默的黑人劳工的藤蔓，

他们用手飞快地传递石块，挎着煤筐，
背靠海浪的白线，发出看不见的声音，
这些蚂蚁的呼唤，引领她来到那个

她曾经脱帽低头，把教服上小小的
骨扣解开的地方。她压抑不住痛苦，
朝树冠高处运行的光怒吼，似乎永久，

如同原子，她的乳头如母猪乳头那样
随廉价绸缎的窸窣而移动。她把尘土
揉进头发，用蚂蚁和祖母的语言祈祷，

祝愿疮伤从菲洛可提提的腐骨拔起，
从贴在他胫骨上的、内缩的花儿揭开；

她用指甲挖土，厉叫声刺啦啦地倒带，

回到原初的世代，太阳用云捂住耳朵，
她的嚎叫，从西比尔嘴巴的黑洞发出，
让那翡翠的蜥蜴，在举起一只爪子时，

觉得似曾相识。菲洛可提提从坟墓的
灵床上，一惊而起，感到伤痛在飞速
流逝，好像大量的海浪之花渗入沙子。

三

看啊，我的母亲，祖母，高高高祖母
就在那里。看她们黑蚂蚁一般的儿子，
挎煤筐的母亲们。体会这耻辱、自恨，

从我们所有人的体里排出，我们待在
酒馆疲倦的睡眠里（酒馆周日关门）。
我和阿喀琉没有不同。一个伤口咕哝着，

滚动在西比尔女巫哭泣的嘴里，在她
白色绸缎的大肚皮之内；黑风刮得她
四肢扭曲，仿佛盘蛇的树，蜘蛛似的

西比尔，口袋般挂在库迈[1]的岩洞里，
巫神附体的她，被白绸罩袍的祭司们
认为是邪恶的，因为蚂蚁赋予了她

说它们的语言的能力，苔塬上枯萎的
花朵散发着甜香之味，和她从雨燕的
种子继承的味道相反；这时，酷热的

草地无名花开，一个胖女人穿过，戴着
红莓饰边的草帽。她从褐黄的破路走来，
经过第一排房子，经过日光摧残的场地，

那里曾是小溪的河床，经过伏卧的山羊，
死人躺在水泥砌石之下，石头之间冒出
常绿的苔藓，然后经过锈铁包尖的镀锌

篱笆，好像弥撒之后，她顺便和几个
邻居聊了会儿天，好像停留在原木的一头
或街头的蚂蚁。药店周日关门，它的日冕

投下的阴影里，坐着七个海洋和一条
盘曲的狗，他感到她黑色的形体掠过，
唯一的声音是大海那炎热、慵懒的鼓声。

---

① 库迈（Cumae），公元前8世纪希腊人在意大利的第一个殖民地。

第四十九章

一

她让他泡在根茎的药汤里。缸是一口
老糖厂搬来的大锅，那里只剩焦黑的
柱子，钻出石缝的杂草，一匹吃草的马，

那些大锅，看上去像步兵冲锋时滚落
山坡的钢盔。孩子们用石头敲来听响。
裂缝中集聚的尘土长出来一些野花。

她后院就有一口，躺在变叶木的旁边，
张开生锈、痛苦的大嘴：发出世纪的
悲吟。她刮掉铁锈的疤痕，擦洗大锅的

巨嘴，然后生起一堆噼里啪啦的篝火，
烧的是棕榈和香蕉皮堆。她用煤油桶
倒入一桶桶海水和硫磺，嘶嘶作响，

锅底被火熏得乌黑。锅里放了根茎和
药草，冒着气泡。她引领菲洛可提提

泡在这咕嘟嘟的岩浆里。他全身颤抖，

如洗澡的小男孩。酸橙叶如吸血水蛭，
湿漉漉地附在他一节节脊椎骨上，仿佛
许多小岛攀附在铁锈的加勒比海盆上。

冷汗凝在头皮上，但他能感到沸腾的
药液里，胫骨里的腐液骨髓般被吸出，
他感到它拖着烂泥从他的耻辱里出来。

“还不到时候呢！”吉尔曼把他按了回去，
用冰桶浸过的破布给他擦脸，好像妈妈
仪式性的愤怒正把小男孩的脸擦得变形。

他听凭她怎么处理，胫骨上的臭花开始
变白、皱缩了，花冠开始闭合它的尖刺，
如海胆。除此之外，还有什么被治好呢?

二

绷紧的弓弦跳回到武士的手掌中。
压在他肩头上的不正之名的轭松开了。
他的肌肉舒缓下来，好像棕色的河水

被淤泥的堤坝拦住，以持久的更新力

磨光了它的石头。他的肋骨震动，如
一匹马在海滩上，从慢跑转而飞奔，

上边骑着一个勒缰绳的男孩，惊恐地
喊："驾！"白沫解开了他的枷锁，他的
瘦骨嶙峋的轻舟起了锚，他孩子气地

打着旋，海水校准他的眉骨，让他划入
正确的水流，平静如"吾人信痒上帝号"，
驶向彼岸，他的手握住船桨，好像嘴巴

紧紧包裹住它自己的名字，好像一只
海葵，不动声色地闭合，沉入一种秘密
之境，那秘密被很多人错以为是羞耻。

几个世纪的重量，压低沼泽百合的头，
部落的沉重负担，压弯榄仁树的脊梁，
贩奴营的后院，灵魂之烟还在飘荡，

但伤口，却找到了治愈她自己的办法。
软日子在裂缝的玻璃瓶里转动蜘蛛的
唾液，而她，浇湿草地上燃烧的垃圾，

余烬冒着气，嘶嘶作响，而学童们
趴在窗口，因为部族的耻辱而哭泣。
这是一种丢了词语的耻辱，一种倦于

接受这种丢失，然后接受一切的语言。
这就是为什么，大海泛着泡沫的尿液，
鱼的内脏在政府库房里发臭，这就是

为什么，上帝尿了几个月的雨在村子里。
但如今，很明显，泪水冲下他的脸庞，
好像雨冲下舒瓦瑟尔[1]龟裂的玻璃瓶体，

他从锅里站起来，好像小男孩，感到
原初的抟土的刺痒！她扔给亚当一条
毛巾。院落是伊甸园。闪着太初之光。

三

站在咖啡馆阳台上，感到离我而去的
错误的爱，面前是一座小广场，一棵
榕树纠缠着尖塔。我听到自己的血流

呼应山坡上翻起的叶子，恐惧如雨水
离开了它们；我感到她的嗓音，从我的
嗓音抽走排空。一阵细雨之后，打湿的

沥青，因为雨闪着阳光，太阳下着雨，

① 舒瓦瑟尔（Choiseul），圣卢西亚西南部的滨海区。

所以迅速变干，蒸发大片湿气，空气
弥漫一股熨斗的焦味。我清澈的眼睛

数得清，摩恩岭上有多少军营的拱门，
也能看清移向苏弗里耶的细雨的薄纱，
在我想象里，这雨雾沁凉了第八层地狱

沸腾的火坑[①]，透明的水珠从火山岩的
蕨类植物滚落。房顶闪烁着那残缺了
另一半的爱；如若它回返，会更为清晰。

岛屿的每道海湾都是伤口，它的自我
痊愈的过程，证明了西比尔的治愈术，
让我被雨洗过的眼睛更为清澈。我感到

喜悦把我心脏的木闸一开一合，好像
一本书，或者蝴蝶。湿气蒸发的房顶
闪烁一种室内的光，如卢西亚[②]之光，

我的喜悦则像公马蹄子，在早晨的
沙滩之上，用它喜欢的哒哒哒的节奏
把打架的螃蟹溅飞，落到海伦的墙边。

---

① 火坑（Malebolge），但丁《神曲·地狱篇》里描写的第八层地狱，根据上下文，有时音译为“马里博支”。

② 卢西亚（Lucia）字面的意思是“光”。

我们确曾彼此相爱，但和我们对此岛
之爱不同。我的戴镯子的喀耳刻已逝，
如闪烁微光的细雨，在很远的大海上，

但加勒比给了我无限抚慰，跟它如何
安抚此岛相同。我从她带廊柱的白房子
俯瞰，错误的高度，不像菲洛可提提

在白薯地、白薯花里一瘸一拐。我的爱
和尘土一样普通；褐色绵羊冲它[①]咩咩
叫，而它唱着古老的圣歌，用一把笤帚

清扫庭院，院子里有一株囊肿的李树，
树下堆了几只旧轮胎。它在热气中生锈
宛如洋铁屋顶，在垃圾堆燃烧的蓝焰里

翻卷，母鸡啄出它的眼睛，烟熏使它
为一只乞讨的面包树而流泪，一位头扎
围巾的老妇，出现在开窗的《圣经》里，

一个男孩滚动它，如同自行车的轮毂；
它当众哭泣如剥开的洋葱。在杂货店里，
它头戴呢帽，散发老年的味道。它怀了

---

① 这里的“它”以及本节下文一连串的“它”其实应该是“她”，作者故意用“它”物化了作者对离婚的妻子的爱、赫克托对海伦的爱，以及作者对圣卢西亚的爱，把三者融合在一起。

赫克托的孩子，为了缓解外边的炎热，
就那样两腿分开坐在那儿，当它微笑，
它是为这座岛屿微笑。它看向一条街道

立式钢琴一般的小门面。它失声尖叫，
当一只杂种狗从车轮下逃开。它整夜
舔食一枚超级月亮的蜜汁，直到融化。

微风轻拂菲洛可提提的皮肤，其味如
沥青蒸发的水汽，打开了她带铃铛的
门，然后挂上门钩，阖上那个问题。[1]

① 这里作者把门钩比喻成问题，挂好门钩相当于解决了问题，给问题画上了句号。

第五十章

一

窗棂之影在游廊切割出钻石之形，给
普氏夫妇的游轮计划打上叉。手册。日期
“时间，时间”，黄蝉花的铜舌摇摆着。

“便宜！便宜!”麻雀围着早餐盘叽喳。
上次回乡，他对所有一切都失望透顶：
英格兰快要死了，死于腐气奄奄的文雅，

仿佛他们住的三星旅馆，墙上冷笑的
肖像，披罩袍的行李搬运工那硬币眼的
谦卑；拐角酒吧、罗德尼酒店、店里的

镀铜门铃、体育画片，还有一品托苦艾、
两只香肠和土豆泥的暗褐，让他攥紧拳头，
好像从海底捞出宝藏的潜水员。“好吧，

这简直是抢劫我上将[1]。”他对毛德抱怨。
大部分河段维持原样，如普特尼船坞餐馆
附近的围栏拦起的区域，六月份，菊花

会在花盆里疯长；但是，那些破败的
狮子雕像，却让他心生厌倦。一天下午，
他非常渴望摇一摇他的公猫的爪子，

它就着窗前的光打盹如狮子，他想得
都要哭出声来了。大轰炸后的废墟上，
竖起了蓝色玻璃和冷漠钢铁的立方体。

特拉法加广场到处充斥着游客、相机，
邮筒状大巴的红色怒吼。他们开始争论
贴在橱窗里的菜单。但最可怕的还是

人们的口音。有一次他困在交通环岛，
在等指示灯变成海绿色时，忽然听到
一种无人理解的方言的海浪汹涌而来；

那声音在他耳廓里旋转，它永不疲倦的
呜咽，不论是脚步声、河岸街[2]的鼎沸，

---

① “抢劫我”（Rob-Me）和海军上将“罗德尼”（Rodney）的英文谐音。
② 河岸街（Strand），伦敦泰晤士河边的一条街道，通往特拉法加广场。

还是迢迢的肯星顿新月[1]，都掩盖不住。

二

等到那声音退潮之后，他听到自己的
嗓音，变得尖锐刺耳，回荡于旅馆的
楼梯，比他吩咐那些门童服务生的腔调

还高那么一阶。勺子叮叮碰响的静寂
之中，他满腔怒火，在给他倒早咖啡的
侍者眼里挑刺。他按铃，呼叫服务员，

他的音调游移不定，不知道怎样的调门
和语言合适——听起来像命令而非请求。
这让他的下颌发紧，更增添了他的愤怒。

他想到了塔姆布里和司格特。同是战友，
却只有他在阶级斗争中伤而不死，为此
而骄傲，一瘸一拐，在高档豪华的旅馆，

到处是黄铜按钮和小费，而他的结局也许
是别样人生，呼叫出租车，用清脆的语调

① 肯星顿（Kensington），肯星顿新月比较费解，可能指的是公园里窄长的蛇湖（Serpentine）。

表示感谢，俨然一位绅士。少校等了会儿，

直到怒火退潮，他闭着眼，两手托在脑后，
做好了回家的准备。汽车之浪涌来，穿过
它们伪劣的蕾丝褶边。起航的窗帘拉起。

伦敦的嗓音缺乏起伏，这让他焦躁不安。
从它自我沉溺的狂喜，他找到了自己的
借口。在它的细雨中，他绕过汽车站前

耐心排队的人们，礼貌转动的雨伞，
和躲在雨衣和派克大衣后、挂着雨珠的
冷漠脸孔，他甩去雨伞转到他脸上的雨珠，

好像甩掉他们又回到战场的古老幻觉。
在夏天那些潮湿的黄昏，天变得昏黑
如同二月，它的排水沟嘟囔着土话，

一道靛蓝的闪光，降临在它的大理石
拱门[1]的上空，预示了一场飓风或雷电。
他想念的是他的岛屿，那喧嚣的集市，

棕榈叶互相之间窸窣的谈话。神秘的是，
年纪越大，他越喜欢狂风暴雨，把树叶

---

① 大理石拱门（Marble Arch），伦敦的地标建筑。

打落，如分隔符，躺在护栏围住的路上，

而不是喜欢循规蹈矩的平庸。他感觉
自己像走动的雕像分发《世界新闻报》，
泰晤士河在他的眼中，显得有一点渺小。

三

那些日子里，毛德从来无法整个下午
都睡过去，在游廊的躺椅上舒展开来，
陷在垫褥里，摇着一把矮棕榈的长叶，

她不再研究压在手下的地图。丹尼斯
在楼上四仰八叉，穿着卡其布衬衫。
热风之中，一切的微动都如不祥之兆。

她知道事情即将来临，但什么时候呢？
从无精打采的牧场，从静静的树木上？
从宽阔的海湾里？厨房附近，鸡舍之后

公鸡刨起尘土有如坟场，或者，这便是
征兆？从驴子锯断热气的叫声？它无形
无息，只从她额头的冷汗才得到体现。

从白日漫长的、要把黑夜吞没的哈欠？

从芒果的叶子？母牛身下四方的阴影？
不管何时，亲爱的上帝，只要不是现在。

她发现，自己在天黑前便耗尽了体力。
热气蒸腾的池塘里芦苇枯萎，一只蜻蜓
嗡嗡低飞的复翼，传扬着加冕的睡莲

所实行的倦怠的白色统治；大片姜花
张开橙黄的蕊喙，渴望雨水注入它们
网结的枯茎。她知道这听起来很愚蠢，

但她能听到它们的尖叫，如一群羽毛
未丰的小鸟无休止的饥饿。她给它们
浇水。这些日子，她把一切都拟人化了，

从古雅的安妮皇后蕾丝，到向日葵
金黄骄傲的转动，狮子的尊严。花园
和帝国，她选择花园。现在，她累了。

第五十一章

一

他依旧喜欢带毛德参加五点钟的弥撒，
从车库倒车出来，黑树后闪烁尖锐的
露水迷蒙的星星，金属的潮湿味弥漫，

毛德披着围巾如在爱尔兰。下坡，车灯
照出山的轮廓，罗孚车的光柱打在一群
步履笨重、去工厂上班的工人的身上，

他们在等从公路上开来的第一趟班车，
手拿保温杯、头戴安全帽，站在类似
早春的冷风里，灰白的公路空荡荡的，

有天早上，冷冷的沥青上一辆车吱吱
拐过，飞快的双前灯挑衅他，白刷刷
看不清，然后错身而过，那司机叫道：

"挪一挪你的屁股，白鬼!"
　　　　　　　　幸运的是他们安然无恙。

普朗科特仔细把车停在沟渠边。毛德
浑身发抖。他把大灯开着，下了车。

“你去哪儿?”她尖叫。
“去找那些狗娘养的!”
普朗科特用当年部队的冷酷声调说。那辆车
在尖啸中刹了车，停在工人等待的地方，

有的工人已经钻进车了，少校顺着
灰白的公路，雄赳赳地走上前，准备
给他们一点教训。其中一个工人嚷道：

“Mi ’n’homme blanc-a ka venir，oui.”
意思是“那个白人过来了”。
这时，朝霞正在爬升，
像一阵闷雷透过椰子树。就缺风笛

和定音鼓了。普朗科特在他好斗却
退休的胡子下保持微笑。
“别动!”他怒吼道。
他们像新兵立定。其中一人靴子踏在门边。

“在我和司机说完之前，谁都不许上车!”
司机砰地开门。是赫克托。“你就是那个
混账司机?”他逼近他，用平静的语调

问他。“你喝醉了吗？我们差一点
就他妈的撞死了！”汽车引擎轰鸣。
“好吧，把钥匙给我。快点，
钥匙给我。”像和一个生闷气的孩子说话，

一边说一边打着响指。“还有，我不喜欢
你们骂我的话。我不是白鬼。我也许是
一头驴子[1]，一头公驴，但我离开那个

操蛋的岛，在这儿生活已经二十多年了，
你们不能像骂游客那样辱骂我。懂吗？”
这时，所有的工人都已上了车。“操！”

其中一个喊道。“打他个白鬼！”赫克托
一只手拦着，仿佛杉木根一样坚硬。
“对不起，少校，
我不知道是你。”普朗科特这才认出了

那一口象牙白的微笑。赫克托，好吧，
好吧；他曾经是个渔民，如今放弃了
独木舟，开出租车。那样的话挣钱

更多。他颇为狡猾地把话题转到海伦，
问她可还安好。早晨的阳光把棕榈的

① 白鬼（honky）和驴（donkey）英文发音类似。

一道道阴影，编织在正升温的沥青上。

他再次和赫克托握手，提醒他注意
他应该承担的新责任。
　　　　　　　“对不起。”普朗科特
对毛德说，扭动钥匙，发动引擎。

二

他把毛德放在大教堂的门前一群
裹着黑披肩的妇女间。空荡的广场
之上生锈的栏杆拱卫着纪念碑，

闪烁露水的光，草绿长椅也上了一层
晨光的釉彩。喷泉发出最后的叹息。
人行道上空无一人。他可以随意停车。

他把罗孚车停在图书馆前，图书馆是
乔治王的装饰风格，他朝着海港走去。
一个人，走过大桥街，闻到海的腥气，

这时，阳光突然喧响了大教堂传来的
弥撒祷文，阳台仿佛一架架立式钢琴，
起起伏伏，仿佛海水或死去的喷泉，

他从阳台下走过。有一次，在里斯本，
日出时分，他沿着空荡荡的码头行走，
心里想的是，哪里才是他和新婚妻子

安家立业的乐园。他来到海关的门前，
老关员开了门，让他进来。扑面迎来
发出炫目金属光泽的大海，夹在一排排

生锈的集装箱间，还看到蓝色的港口
本身，对面海岬上，已婚妇女疗养院的
拱门，山坡上退休军官的旧食堂，山坡

被一阵阳光的齐射击中。他能听到海水
发出咯咯的笑声，在岛际纵帆船的下面
拍打，其中一艘帆船的罗盘台还亮着灯，

虽然太阳已经很高。他漫步行走。饥饿
被传来的咖啡香洞穿。他和他分叉的
影子所走的每一步，都重复了几百年前

那位在月光照耀下，刺探荷兰商船上的
斜体铭号的海军准尉。现在，只有和平
吱吱地摇晃纵帆船的船体。他最喜爱的

是一艘老货轮，被铁锈和日落焊死在
码头上。对此，他的内心深处怀有一种

柔情，因为它哪里都去不了了，满身

都是集市吹来的煤灰，厚厚一层，挂着
旧轮胎[①]，好像已厌倦了世界。它曾经
有过几次伟大的出航计划，却没有成功，

此后，它习惯了把它拴住无法动弹的，
扣着安全帽的绞盘，满足它退隐生活的
围墙，拒斥阳光。此刻，一团团云朵

发成芬芳的面团，比船桨还长的铲子，
从一座克里奥尔的炉膛，把脆壳的长圆
面包，铲了出来。阳光粘在他的双颊上，

然后，沿着面包的裂口往下流，如同
加盐的黄油。他朝大门往回走，饥饿
啮咬他的胃。门关着，但是海关关员

再次为了他打开大门。他必须趁着面包
卖完之前赶到店里，柳条篮子不一会儿
便将一扫而空；有时候，等他和毛德

赶到那儿，面包早没了。他的天国圣饼

---

① “轮胎”和“疲倦”的原文是同一个词（tire），这里是一个同音双关的复意延伸。

撒了加盐的黄油，他的私享之共享。毛德
出现在教堂的门口。他按喇叭，催她上车。

三

毛德把微温的袋子抱在胸前，面包从袋里
伸出尖尖的头，她拍打丈夫伸过来的摸索
包装袋的手。“猪猡。”她微笑着，啪的一声

拍打他不知羞的膝盖，在他捏她的大腿时
转身，佯装生气。“丹尼斯！我可是刚从
教堂出来的！你干吗不去捏面包的乳突？”

公路上，柳编的阴影匝地，在他们碾过
公路回到农场之前，丹尼斯已经鲸吞了
两条喷香的面包，撒上他随身携带的黄油。

尽管早上差点出事，老迈的罗孚依然
航行在拍击的棕榈叶浪中，他的心啊
嗡鸣如那台老发动机，他的流浪结束了，

好似那艘被绞盘系住的货轮锈迹斑斑。
热气更盛了，阴影在毛德园子的花床上
变得更黑。花香再吸引不了她的注意。

她嗅到死亡的味道，从盛开的夹竹桃，
也从兰花散发出来；花瓶的腐水隐约
透出一种殡仪馆的气味。她爬到楼上。

那天早上她没有做园艺。厌倦了花儿。
从婚庆的木兰花，变成暗褐色的老年，
到向日葵只延续了一天的帝国，它们

共享一个命运的例证，即肉体的衰败。
本德米尔的溪边[①]。自然尚未背叛她，
她微笑着躺在床上。向日葵的圆盘

像跟踪太阳的雷达，躺在斑驳的地上，
逐渐改变百叶窗的阴影，直到超过了
挤进来的阳光。那金色之轮让她恐惧。

---

① 托马斯·摩尔（Thomas Moore，1779—1852）写的歌曲，流传甚广。

第五十二章

一

毛德死的那天早上，他坐在飘窗前，
看天使之发在她脸上轻柔飘动。陷在
枕头里的蜡玫瑰，是他的皇冠和珍宝，

一阵微风掀起窗帘，仿佛是她的婚纱。
海螺壳。塞舌尔。癌症帝国从床单的
褶缝扩张。他书信的舰队解开了缎带，

在红木大床之上航行，受阻于附近的
一本麦考利①的书和一本小牛皮精装的
吉本②，一对帝国的书挡。他的金盒、

---

① 麦考利，应该指的是英国历史学家托马斯·巴宾顿·麦考利（Thomas Babington Macaulay，1800—1859），著有《英国历史：从詹姆士二世即位起》（*The History of England*：*from the Accession of James the Second*）等。

② 吉本（Edward Gibbon，1737—1794），英国历史学家，著有《罗马帝国衰亡史》（*The History of the Decline and Fall of the Roman Empire*）。

他的皇后，她的金色蝴蝶结是他的领土，
那盖住的钢琴，她再也不会弹奏。她是
他的金球和权杖，是他内心平静的领地，

遍布英格兰的树篱路，通向尖塔的小道，
白嘴鸦从起伏如海的橡树林飞起、飞散，
电话线上排列着麻雀黑不溜秋的音符，

所有这些都在他的书信里，收在她
手边的镶铜盒里，每个词语都回荡着
他的声音。她阅读时就躺在雕花床上。

这引爆了他的痛苦。少校踉跄而起，
抓住床单把脸埋在她身上。用他俩的
名字，摩擦她的肚腹。“毛德，毛德，

我是丹尼斯，爱你，毛德。”然后摊开
躺在她身旁，好像石坟上的两座雕像，
如此寂静，他能听到热焰腾腾的游廊

一块木板发胀的呻吟，山下大片屋顶
传来木桶打水的当啷声，还有飘窗上的
面包树叶，窸窣之声如摩擦干燥的纸板。

二

行省，摄政，殖民地，统治，总督，
黑骑士，插着鸵鸟毛的督察，沙漠，
丛林，避暑山庄，帝国所向，全都

从一个小茶箱里滚落；脚穿毛毡靴的
男仆穿梭于蕨类般柔软的游廊，亲切的
警察局长陶瓷玩具，女童军专员，理事，

衣冠冢上盛开的罂粟，绿架的追思花圈，
短号，定音鼓，劳伦斯胯下嚼口香糖的
单峰骆驼，阳伞，棕榈叶披覆的凉亭，

阿拉伯帆船，三桅小帆船，茶色河流上
披本地帘饰的划桨船，预演雕像的狮子，
沙尘暴缝住它们的眼睛，横向的季风，

一只水手箱的臭味，含羞草被手指轻触
所唤回的记忆，锡兵，哒哒哒的龙骑兵。
墙上面包树的叶子手。雕像都合上眼睛。

蚊帐，棕榈叶，涡纹装饰的皇家马车，
土匪，持枪者，直布罗陀海峡的哀猿，
布道者汗湿的手帕，一支轻步兵乐队

演奏的《摇滚年代》，百合花照亮了
祭坛，一座喷泉广场上的士兵和妓女，
波浪翻动它们的乐谱，客厅里，钢琴

那排发黄的牙齿，弹奏《爱尔兰小调》，
茶水壶的尖啸作为伴奏，茶壶的盖子上
捂着保温罩的熊皮高帽，饼被悲伤掰碎，

绞金缠丝的金链花，薰衣草的淡紫香，
列队的杨树，赶去参加马弗京[1]大营救。
壁炉架上，放着一些搞笑的海滨卡片，

发黄的戈登[2]撤兵照片，喀土穆的台阶，
《世界文学经典》压缩版，克莱夫[3]黝黑
如印度，贝拿勒斯[4]沐浴者，礼服的帝国。

哦毛德，他的意志将行，他的国降临，
当向日葵转动，白眼珠在乌黑的脸框里
扩大，黑刺李的眼睛，那歪斜的烟雾，

---

① 马弗京（Mafeking），南非城市，第二次布尔战争中英军在此被围困。

② 从下句的喀土穆的台阶判断，这里的“戈登”指的是那个参加过镇压太平军的戈登（Charles George Gordon，1833—1885），后来在埃及的喀土穆围城战中被打死。

③ 克莱夫应该指的是罗伯特·克莱夫（Robert Clive，1725—1774），他建立了东印度公司，殖民印度。

④ 贝拿勒斯（Benares），印度城市，位于恒河畔，即瓦拉纳西，印度教的圣城。

从夕阳映照的屠宰场冉冉升起，一头猪
踉跄穿过村子的粪堆，从仰光到马耳他，
那颗黄昏之星，是一枚闪烁的制服徽章。

鸦片酊的安慰、痛经、污水、夜壶里的
叮叮的声音，黄昏，百叶窗的阴影投射
在被褥上，如斑马条纹，地图扩散了

它们的警告，还有第二位清洁工身上的
部落之味。每隔两周，星期天的早上，
十点整，军校生高喊着进行队列操练。

从茶箱倒出来的全部：一件钉了饰钉的
纪念品，歌剧《维多利亚女皇》的道具，
碉堡哨兵邮票，献给丰满如垫枕的女皇，

劣质酒，吸管，洗革皂，头盔和红羽毛，
邮箱红的双层巴士，油光锃亮的皮革，
铸铁海豚飞跃而出，环绕一只堤岸路灯[①]。

三

我父亲身上住了一个普朗科特，同样，

---

① 堤岸（Embankment），应该指的是伦敦泰晤士河堤岸，路灯灯柱上装饰了铸铁海豚。

我母亲身上也住了一个毛德。不光是
因为牵牛花，我们家游廊里的紫三角梅，

葡萄叶喇叭形状的手，理发师木架上的
经典小说，最相似的还应是海伦的故事
但是，在那本发黄的《尤利西斯》书中

忒勒马科斯变幻的阴影，他缺席的战争
却深藏于我的心中，帝国的原罪，被缝入、
编织，成为毛德绣被上一道绚丽的花纹。

第五十三章

一

少校站得笔直，像是没挂帆的桅杆，
挺立在教堂长椅的木质波涛之中。我
缓缓扭头，如葬礼上我们通常的样子，

看到遮盖海伦之美的面纱。我正要读
夹书签带、镀金边的赞美诗，却感到
她的纱巾擦过我的后颈，黑发拂动，

传说就在我的身后，烟肤雾肌，被海滩
之火烫伤的幽灵。我所听闻的一切都在
她一瞥之下燃烧，战舰沉没于它的尾迹。

这是流沙的诱惑，我深深恐惧那些令人
眩晕的虹膜，它们无法控制一瞥的后果，
如大地对火的迷狂，尤其是当火从大地

一跃飞腾之际。一声阿门结束了赞美诗，
普朗科特的阿门，让颤抖的合唱静止于

回声震颤的石头。扇子搅动空气如飞蛾。

在神父开口训诫前的间歇，一位身着
光滑黑衣的教士，他那更光滑的语调
比涂油礼上听众的虔静更让他愉悦，

我感到格兰达洛的鸿沟加宽了，深如
覆满雏菊的壕沟，底下是盖被子的棺架，
那种被褫夺感，白嘴鸦的连字符也无法

在两种宗教之间弥合，一个是在此的，
一个是在彼的，我们的礼拜堂。我转身
看被信仰占据的黑色面孔，听到弥撒书

翻页的哗哗声，仿佛落叶松，那是少校
让教士复印的，纪念她的打印纸，纪念
海军少尉，纪念在战争中淡去的舰队。

我认出了阿喀琉。他站在菲洛可提提旁，
穿发皱的黑礼服，眼睛在长椅上下了锚；
忽然，他抬起眼睛，我看到那双眼饱含

一个男童才会有的泪，我的眼也湿润了。
他为什么要来此，他们为何要来，既然
他们无人奉行圣言，但他身上的优雅

使我无法承受。我可以离开葬礼，但他
潮湿的漆黑的面具，和她渔网覆盖的脸，
笼罩了赫克托之死的悲哀。他衣服太小，

绷在身上，冒雨在普朗科特的鸡舍铲粪，
这样的他真的爱他吗？这种灵魂的仁慈，
比海伦的美还穿透人心，究竟从何而来？

是细雨沿着他的脸横流，如通向农场的
小路？我们跟着普朗科特唱歌，我看到
阿喀琉汗流满面，他的唇语，和着歌声。

二

我对毛德·普朗科特所知甚少。我知道
我来这里的原因，少校曾是我们军校的
教官。我和他的妻子都有园艺的爱好。

我曾渴欲绿茵茵的大字，油蜡般漂浮在
书页的皮上，但却根植于它的淋巴结里，
正如她的睡莲扎根于池子酷凉的塘泥，

每一扇乳白的分蘖都散发出《宁芙》[1]
那种日本式的平静，热气在无声的中午
蒸腾，一架窄板的拱桥跨过书法的竹丛，

每有蠓虫踩碎平静，它们的倒影便被
重新书写，围绕一块鹅卵石，书页上的
恰切的名词，扩散一圈圈清澈的同心圆。

我既在此，也不在此。我正在参加的
是一个我在诗中所创造的人物的葬礼；
她的生活的虚构，需要一个完美的结局，

我的生活亦然；那夜，一道椭圆光环
环绕着她头上的蝴蝶结，流苏明灭，我
抬头看到她光芒流转的形象，隔着绿布，

华丽的桌子旁边，少校的脸也抬起了，
那形象也是我母亲的形象，而母亲的
死亡却是真实的，真实如我们的认知。

那两个可相互替换的幽灵，混淆起来，
通过这页纸的薄纱，预期中的痛苦
让我走向我唰唰的笔尖写出的魂灵，

---

① 指的是法国印象画派大师莫奈所绘的系列油画《睡莲》，又名《宁芙》(*Les Nympheas*)。

好像一根针，刺穿圆箍绷紧的刺绣，
又如雨燕的喙，或者墨水瓶边缘的
笔尖，一只马丁鸟扇翅，抖落雨水。

普朗科特的假声如黑色军舰鸟升空，
赘肉的喉咙颤抖着，转作黄铜大炮的
低音，这声音高高回荡在长椅上空，

让阿喀琉为之垂首，我听到绕场操练时
他卡其色的口令里铜号的音符，随后
赞美诗结束了。在我们的注目下，少校

抬起他妻子点缀兰花的棺材，很多是她
从萨尔提波斯[①]的蓝烟里摘的。阿喀琉
看到被别在兰花上的雨燕，但那不过是

毛德的刺绣，用来覆盖自己的棺材，
不光有非洲雨燕，还包括角岛上所有的
鸟类、麻鸦和苍鹭，发出无声的鸣叫。

三

普朗科特经过，阿喀琉看到他通红的手，

---

① 萨尔提波斯（Saltibus），圣卢西亚的一个村子。

少校睁大眼向他和菲洛可提提致意，冲
海伦颔首致意，罩黑面纱的海伦扭过头，

他看到她的头在遮网下颤抖。然后是
一大帮贵客经过，棕色皮肤的显要人士，
有的挂着奖章绶带，带一种优雅的冷淡

冲他们挤出一丝微笑，但对他们的虔敬
一点都不奇怪。阿喀琉等着，直到过道
空了，长椅上镀金的弥撒经书撤掉之后，

才来到教堂门外，这时，已装好的灵车
又被打开，塞了些兰花和画满各种鸟的
织锦，拉直拽紧。我看到海伦靠着他，

慢步走着。她抬起满是眼睛的面纱，说：
“我要回家。”然后他和菲洛可提提一起，
还有海伦，走向煤市附近的出租小巴。

第五十四章

一

第二天，我在银行看到他，胡子拉碴，
凤头鹦鹉的怒气冲冲的白发，手发红，
向前撮起嘴唇，吹着一曲无声的口哨。

排在我后面的人说："来领保险赔付的吧。
太快了，不是吗?"
　　　　我转过身说："这玩笑一点都不好笑。"
他排在一群香蕉工人的后面。

他们散发湿土的腥气，闻起来绿莹莹的，
如他们的钱。我想到他的猪屎味的存款，
他站在那里，短裤松松垮垮，卡其布衬衫，

胳膊围了一圈黑纱，我看到他，和那些
农民混作一团，被移植到他们的峡谷的
沃土里，长在特鲁玛斯河[1]岸边的青苔上，

---

① 特鲁玛斯河（Troumasse River），圣卢西亚的河流。

俨然是一株姜花，一只钻在芦苇丛里的
红掌白鹭，他从来没有想过要什么特权，
农民们因为他的肤色自动赋予他的特权。

他站在队伍里按顺序排队，排到跟前，
便弯下腰，跟铁栏后的柜台员工说话，
苍老粗哑的嗓音，要求提取一串银币，

那嗓音仍透出一种铜号的质地，曾呵斥
列队的我们，一帮受训的孩童。我感到
那种我们都知道的恐惧的颤抖。他的喊声

越过萨尔提波斯的高地，碰到姐妹山的
悬崖，沿着姐妹山土黄色的斜坡，来到
拉法格河。他经过我的队列，仿佛阅兵。

"我们的流浪者回家了，不是吗？"
　　　　　我说："是的，短暂几天，先生。"
声调太清脆，注意力太贯注，
手指贴着裤线，从他卡其色的口令

听出了他的口音。
　　　　　　　　"一直在到处跑，是不是？"
我不记得我自己的口音的旋律了，但我
知道我听出了他的口音，他也知道我听出了

那口音代表的阶级斗争。这激起我的轻蔑。
他知道那句“是不是”在玩闹，我知道这缺乏
军官风度，一位团部军士长①的意气飞扬，

皇家海军少校，普朗科特，退休了。不是
真正的殖民贵族，但说话却和他们一个样，
带着他高地养猪场的调子，我感到疲倦，

他看上去同样疲倦。不管怎样，他把我们
领进吉卜林的安魂曲。“俺自己在写点东西。
研究。”那句“俺自己”就是他的妥协。他耸肩

说道：“也许你听说了……老婆娘。”我说
我当时就在教堂。“哦，是吗？看我。眼花了。
很抱歉，我没有看到你。老毛德，也算个

艺术人士吧。你必须过来，我给你看她
刺绣多年的被子。鸟之类的。不耽搁你了。”
啊，上帝！我受够了他们操蛋的负罪感，

受够了我们操蛋的嫉妒！战争发明队列，
他教给我们说，纪律形成了它自己的美，
它的美就在军校受训生那押韵的步伐里，

---

① 团部军士长（R. S. M. ），原文应该是 Regimental Sergeant Major 的简写，主要职责是维持军纪。

虽然人们嘲笑他的步姿，但那是他的责任，
训练我们成为绅士，如果成不了军官的话。
“很高兴见到你，先生。”我的老海军少校说，

我的视线模糊了。他走出去，街上耀眼的
白光让他停了一下，然后扬长而去，门卫
关上门，我无意祛除那套语言带来的伤害。

二

我还记得那天早晨，普朗科特和我，
因为她在海滩上那羞羞怯怯的徜徉，
想给她的傲慢寻找理由。他，站在

要塞的土黄色的草地上，而我，处于
本地方言的浅滩；我们俩好像交战的
舰队，队形平行交错；他对他的路线

确信不疑；而我，鄙视任何在海图上
标示的，把风向都纳入计算的战术。
我的理想是直觉，但少校满怀热情

想让她成为桑特海战的骄傲，让她的
黄裙子在旗舰上飘扬，这是一个理想，
和我的理想没有不同。普朗科特的天真

则在于想把历史转化为一个隐喻象征，
以一个女仆的名义；而我，出于自卫，
更改了她的对手。但一切都归结于她。

我们只不过用了相反的策略，来歌颂
她和岛屿；在要塞前的草地上翻滚的
炮弹，并非来自奥林匹克运动会比赛，

也并非从击沉的**巴黎城号**上滚落的
葡萄酒瓶，上面附着厚厚的黄铜之锈，
成就传奇的象征；所有这些名字的巧合

也不是我们故意的发明。在她乌黑的
头脑里，并非真的需要历史学家的忏悔，
也不需要文学的忏悔。为什么不能从

太阳的视角看海伦，毫无荷马的阴影，
而是独自在海滩上摇着塑料凉鞋，清新
如海风？为什么要把烟雾变成一扇门？

三

所有那些希腊粪肥，埋在绿香蕉下、
蓝山下、风雨侵蚀的道路下、洋铁皮
屋顶的村庄下、民风淳朴的神话下，

通过我阅读过的透明纸张，被照亮了。
我不断的阅读和重写，让文学也变得
如历史，有了负罪感。什么时候风帆

从我眼前落幕，什么时候我才能不从
玛·吉尔曼店里两个渔民的咒骂里听到
特洛伊之战的回响？什么时候我的脑子

能摆脱这些回声，好像马赶走一圈苍蝇？
什么时候，“奥麦罗斯”不再回响于喉咙；
什么时候，我才能进入隐喻之外的光芒？

但这全都取决于，我想从中获得什么，
或我认为能获得什么。路边荫蔽的林莽，
如伤口愈合一般关门的木屋，穿过林子

传来的河水的哗哗响声，在一个乡下的
礼拜六，干爽的前院空无一人，静止的
树叶，院落，面包树在门板上投下阴影，

这时，铁轨尽头，一个男人的身影出现，
接着是一个挎洗衣篮的女孩，小路闻起来
像面包，草地边缘，黄衣蝴蝶翩翩飞舞。

第五十五章

一

这些年，痛苦去而复来。圣诞节来了，
一切都正确、准确，一切都得到纠正，
金色的苏格兰威士忌，小酸模，海苔，

对幸福的渴欲传遍了菲洛可提提全身，
如一张平展的白桌布，万物各安其位，
晶莹欲滴的热菜，在塑料容器里冒尖，

调料船下了锚，停在花纹垫子上，垫子
则是从樟脑味的橱柜里取出的，餐巾纸
放在淡色的盒子里，在抽屉闲置一年的

刀具闪闪发光，肩并肩挨着的一小队
开了塞子的葡萄酒，还有密封太紧的
姜汁啤酒的炸药，里头塞了丁香的火腿，

外焦里嫩的烤肉如大腿似的，黑布丁，
腌制品，釉汁玉米饼裹在蕉叶里流汗，

从一座房子到另一座，宽恕的味道飘扬，

伴随着清漆的香气，平和的气氛流淌，
洋溢空荡的海滩；从葡萄酒杯之眼里
满溢而出，当她拿起米饭冒气的盾牌，

他的心砰砰砰跳着。“啊，菲洛索斐[①]！”
发自内心的感激使他不由得自言自语：
“你不能说生活不好，或者人心不古。”

玛·吉尔曼，慷慨的寡妇，从木质的
长勺里抿了一小口她的汤料，对着一个
瞎子和一个伤愈的人，宣布：“还不错。”

圣诞节后第一天，天蒙蒙亮，阿喀琉便
精神地起床。无精打采的公鸡打鸣。牧草
变得轻盈了。月亮的圆盘在河床上闪烁。

今天，他不再是那个往常的王鱼战士
而是一个肌肉女，一条围巾围住他的头。
今天是横笛的日子，是羊皮鼓嘭嘭击打

干葫芦嚓嚓的日子，是脚踝铜铃叮当的

① 菲洛可提提的自称，菲洛索斐（Philosophe）和哲学（Philosophy）英文同音双关。

日子，不是贝宁湾捆绑黑奴使用的脚链，
而是他自己，自愿系上的脚链。今天，

他是一个新人，女战士，凶猛、仁慈。
今天他是非洲人，是他自己的墓碑铭文，
他自己的复活。今天，人们会大声欢笑，

看人们披着香蕉叶跳舞，乐观面对自己
所失去的东西；今天，是他们佩戴葫芦
面具的日子；今天，沙沙响的香蕉皮堆

将会绕着旋舞的菲洛可提提旋转，他的
胫骨上海葵状的伤口之癌消失了；今天，
是在竹竿上的走绳人、踩高跷的人飘过

阳台，飘过细格窗、双斜坡屋顶房子的
日子；今天，是孩子恐惧和高兴的日子，
沿着街道疯跑、在院子里捉迷藏的日子。

阿喀琉走出门，来到关门歇业的村子
那刺眼的空虚里。他像一个拳击日[①]的
职业拳手那样跨步走着，拿着海伦的

---

① 拳击日（Boxing Day），也就是节礼日，圣诞节后的第一天，12 月 26 日，在大部分英联邦国家属于公共假日，虽然这一天和拳击没有关系，但还是按字面翻译，以配合下一句“职业拳手”的双关。

黄裙子，与裙子搭配的毛巾搭在头上，
盒子里的救生圈牌肥皂被他的手吞没，
用来洗去他和海伦做爱的汗水。渔民

仓库的小房子旁边，沙地里一道沟渠，
立着公共水管和它黄铜连接管的拳头。
淋浴头的水太小，涓涓细流。阿喀琉

先浇湿头皮，白得像七个海洋，然后
拉开短裤的裤腰，搓洗裆部。腕套上
粗糙的搓布，使劲擦去脚踝后的土泥，

接下来，他搓了搓脚后跟荆棘刺破的
伤口。他把水流开大，敲鼓一样冲走
肥皂泡，漫过眼睛，摸索着关掉龙头。

“你闻起来简直像一朵花。”他嘲笑自己。
“怎么会？”然后他把腋窝板结的毛分开，
头发喷上发胶，梳子飞快地来回梳理。

村子静静等待着什么。太阳睡在大街上
像一条狗，没有车流。他摇晃菲洛的门。
那个受苦的人治好了。现在他走路很正。

二

胳膊肘仿佛是铁锚，硕大的炮弹拳头
从嫌小的黄裙子胳膊的开口里挤出来。
海伦帮他塞满碎布，调整乳房的位置。

开始的时候，她笑个不停，但阿喀琉
坚决而又温柔地解释，他和菲洛每次
拳击日都会这么干，不是为了圣诞节，

而是为了某种更古老的、他在非洲
见过的仪式，那时他的名字跟随雨燕，
在那里同时成了他自己的父亲和儿子。

对他来说，她肚皮凸起的船帆，不光
孕育了在体内航行的蜷缩的婴儿，也
包含赫克托的坟丘，而她嘶哑的律动

是一道生产的波浪。那里，世界缩微，
变成一只果实的球体，因为它的质地
又酸又甜，所以像基西拉[①]的金苹果，

好像维纳斯的苹果，也像他从前潜水时

---

① 基西拉（Cythère），是希腊的一个岛屿。

发现的**巴黎城号**战舰，他寻找的财宝
就那样跪伏在战舰之内，永远都属于他。

海伦不再嘲笑他了，而是帮他提起竹子
骨架，整理架子上的飘带，把飘带一一
展开，一举一动，全都透着严肃认真。

她跪在他的双脚前，把铃铛系在裙子上。
分叉的女式上衣太小了，绷紧他的胸膛，
上面缠了一圈小圆镜项链，闪闪发亮，

每一个镜片都映照了海伦的脸，流淌着
她的泪水。她把礼帽扶正，帽子折面如
复活节风筝，就这样，她打扮好了阿喀琉。

阿喀琉用被缆绳摩出茧子的大手正正
帽尖，然后拿起短棍，站在她的骄傲
之镜前，接受她蝴蝶一般轻轻的点吻。

他浑身上下散发树脂清香，令人恐惧。
闻起来就好像树木挺立在日出的山脊，
仿佛绝不动摇的杉木；然后他沿酷热的

公路，去卡斯特里，广场摆满了桌子。
飞驰的巴士超过他，载着尖叫的儿童，
那尖叫，横跨了三百年，大洋的距离。

三

他们的小剧团站在炎热的大街上。三个
音乐家，吹笛的，摇沙锤的，打鼓的，
两个雌雄同体的武士：菲洛和阿喀琉。

一！二！三！舞蹈开始了，菲洛作为
灵魂舞者，伴着枯叶擦过沥青的噪音，
香蕉残叶缓缓抬升他的身体，四周房顶

围绕着他那忽高忽低的头旋转，一只
葫芦面具，盖住阿喀琉扭曲的脸，他用
脚后跟飞快地敲击地面，停下。直立。

他拄着短棍，跨着大步，走到街道的
尽头，头上的帽子呼啦啦地响个不停。
他在那儿旋转。然后，两膝交错向前，

他的步子比抬着裙子踩石头过河的女人
（光影的小镜子闪闪烁烁）还要更轻快，
小腿和摇摆的脖子展现匪夷所思的力量，

脖子好像狮子抖动鬃毛一样摆动发冠，
先是一个大步流星，然后来一个旋转，
棍子低探，好像找水的魔杖。所有的

痛苦再次袭击菲洛可提提，砍倒的白薯
秧苗，头顶关上的货舱门，缓缓相扣的
铁链，从来没见过世上的光亮的眼睛，

他们的记忆还在，但所有的痛苦已逝。
他咽下自己的呕吐感，胳膊更快地飞转，
如匠人陶轮上的酒杯，双手抚慰模糊的

棕色的中心，这时，笛师的眼睛眯着，
笛子的声音转而尖锐。鼓手手腕翻飞，
仿佛蜂鸟呼呼的翅膀，对阿喀琉来说，

他们舞得越快，他能记起来的便越多，
全都混入他的仪式；忽然，音乐停止。
围观的人们鼓掌，而阿喀琉以巨大的

傲慢，派菲洛鞠躬，捡起地上的硬币
闪闪如同鱼鳞。他任由脸上的汗水流干。
菲洛可提提坐下。然后，他痛哭失声。

第七书

第五十六章

一

一天日落，住在白色旅馆里的我
来到阳台上。海滩已被涨潮填满，
一月的大海，清澈的波谷只漂浮了

一只椰子壳，不断地朝我点着头，
那动作仿佛一个游泳的人被太阳
耀花了眼，如一段浮木，或一尊

石膏头像，泛着泡沫，在光影之中
依着云想改变形状。一只土黄的狗
在洁净的沙滩上追赶它飞快的影子，

然后突停，冲椰壳吠叫，没等爪子
溅湿，便躲开嘶嘶如猫的海浪之爪；
装作对一个螃蟹洞产生兴趣的样子

扑上去撕咬。如果那个东西真的是
椰子，为什么不随缓缓吐息的海浪

漂移？这时，从村子的方向，传来

海螺的长吟，如发自一只花瓶，或
姑娘的喉咙，这时，我看到第一艘
独木舟，从鳞光闪闪的海平线涌现。

褶皱之海，在那呻吟里寄放了衰老，
我知道，那漂浮的脑袋来到了此处。
乱云搅动天空之镜，我听到我的嗓音

修正他的名字，如浪嘶：“奥麦罗斯。”
我一给它命名，那大理石头像便升起，
两肩裸露、海水齐腰，一个人从水中

涌出，散乱披着海水的卷发和胡须，
穿着老羊皮或塑料袋，挠着那条狗的
耳朵，让它欢快地吠叫。霎时之间，

天色转暗，那缓缓漂浮的分叉浮木
逐渐变成黑色，浅滩的海水在那一瞬
改说另一种方言，其时，七个海洋

站在浅水中，被白沫之链铐住脚踝。
他一招手示意，也就是说，被潮水
漂来的木臂一招手，便有一朵云飘过，

在她的白画室里，去岁之冬，那座
白色头像随即闪烁起来，橄仁籽的眼，
胡子挂着沫，呼叫着逃浪的土黄狗，

但如今，曾现之物再次变做它的阴影，
继而变为暂驻的浮木，乘泡沫的巨浪，
升起一只胳膊示意，从旅馆里呼唤我。

它们不断变换形状，或者，那些形状
在忧心忡忡的水里变幻不定；那盲眼的
石膏头颅里刚一明晰，便有云横过来，

遮住它的额头，移走之后，面庞重新
显出一种致密的乌黑，头颅和胡子如
棉花，鼻头如一只楔子。来不及看清

便已化形，变化前什么样，也已忘记，
好像日头渐宽时，沙子忘记一个影子，
唯一的共同点，是它们发白的橄仁籽。

清早绷着竖琴琴弦的海滩上，大理石
披着湿淋淋的希腊长袍，一会儿却化作
渔民，满头泡沫、穿着白色的旧衬衣，

但两者的共同点是，他们看起来都有
盐渍的皮肤，口音都是天生的浅喉音，

视线宽广，好像沙滩上飘过的雨带，

把山峦笼罩在一片蒙蒙的雾岚之中。
我下到海滩。那条狗，沿耳尖所指的
方向，窜了出去，留下雏菊般的爪印。

二

在盲眼石像的引导下，我走上一条
菲洛可提提走过的、山羊也得小心的
陡峭山路，绕过那泡沫纷纭的海湾，

惊恐乱跳的心要迸裂了，如岩洞海水。
那道多风的海岬我认识，树木弯着腰，
对流浪者来说没有比它更好的墓地了。

若能归葬于此，结局便不能算坏——
把借来的呼吸所给予的快乐还给它，
更兼大海欢腾，大风爱得如此狂野。

他胡子拉碴的下巴猛然扭向大海，
空虚的双眼饱含了海水，和蓝天同色；
一只雨燕扬喙疾飞，在飞向海平线、

雾蒙蒙的希腊或非洲之前都不会停息。

我能听到风的大手中，大海那褶皱的
羊皮纸，那是一种没有重音的沉默，

但是，我看不到影子支撑我的存在；
我能看透自己手掌，每条褶皱和纹路
都是透明的，因为我终于能够看到

圣卢西亚之光，透过她自己的眼、
她的盲看到，从她内部的视野里看到，
无比清晰，一如他的视野，黑暗合拢，

却照亮爱，我感到所有伤痛都已逝去。
看到堕入尘埃的治病的仙人掌干叶，
西比尔摇荡的林子。想起所有的旅途。

三

“我在伦敦见过你，”我说，“你在圣马丁
教堂的台阶上晒太阳，手稿狗耳朵般贴在
你起伏的胸膛。公交车站排队的人笑话

你拖脚走路的水手的模样，一个牧师把你
踢了出来，你晃荡到夏日的泰晤士河边。”
“那是因为我是异教徒。他们不知我的年龄。

哪怕是夜莺，也会忘记它们自己的名字。
山羊下山的时候，脑袋朝下，光秃的岩石
便是悲剧的舞台。爱琴海的吐火怪是

这里的照相机[①]，你懂得我的流浪，流浪者
是我书中的英雄。”
“我没读过，”
我说，“没有从头到尾读过。”[②]
他拱起的眉头

如美杜莎的盾牌[③]把我石化，话一出口
我就感到浑身发冷。“那些神全都是身兼
多职，连字符多如好莱坞的制片人[④]。”

我听到嘴巴在那儿吧啦吧啦讲，冰涌入
我的胸膛。“那些神和半神对我们没用。”
“忘掉神，”奥麦罗斯咆哮，“读别的。”

然后是一片沉默，任何一个受到伤害的

---

① 吐火怪（chimera）和照相机（camera）英文发音类似，只是重音的位置不同，是作者玩的文字游戏。

② 沃尔科特在访谈中坦承，他从来没有读完荷马史诗，虽然本书以荷马史诗为结构原型。

③ 希腊神话中，看到美杜莎脸的人会变成石头，她后来被珀修斯斩杀，头颅被嵌入雅典娜的盾牌后还有同样的威力。

④ 好莱坞的制片人常身兼多职，在影片的演职员表上用连字符写着“制片人—导演—编剧”（producer-director-writer）。

作家都懂得的，一只军舰鸟的尖叫打破了
这沉默，我们俩盯着海湾里分裂的蓝水，

我喃喃道："大师，我自始至终都能从
大海听到你的声音，那是沙漠里的萨满
也唱的歌，当我还是个孩子，你的名字

如同海湾一样宽广，那时，我沿着海浪
卷发的额行走；'荷马'这个词意味着欢乐，
战争的欢乐，工作的欢乐，死亡的欢乐，

但海浪的平静恩赐是有限的，它从杉木、
从**肉月桂**，从树木的书页里瑟瑟升起。
大师，我是你所有读者里常新的那个。"

"准备好了？"
　　　　　我点头。我们沿山羊之路下山，
进入咬啮的海湾，围着新月形海滩，
那位一跳一跳的老山羊，回过头喊道：

"在你们岛屿的古语里，谁给了我
最初的命名？"
　　　　　"一个女人。"
　　　　　　　　我们在沉默中继续下山。
"希腊女人？"
　　　　　"还有别人吗？"

"哪个城市？你知道吗？"

"不知道，我忘了。"

"底比斯？雅典？"

"嗯。可能是雅典。"

我磕绊地说。"在当今的时代有何区别？"

老山羊听到这话停住脚步。转过身说：

"区别？

对你，也许没区别，不过，一个女人……

很好。每场战争的喧嚣都会升起她的形象。

女人的味道总比书本好闻。我记得海伦的

味道。她肌肤上的阳光。光的硬币投入

我的眼睛。十年战争算什么，只是一部

史诗的借口。你们常这样做吗？"他把头

摆向海平线，海平线笑着，和他同样悲哀。

我在空荡荡的海平线看到的，是失去的爱。

"经常。"我谎称。他问：

"他们还在打仗吗？"

我看到一场即来的雨模糊了他的瞳仁。

"不是以美的名义，"我答，"也不是以

一个女人的爱的名义。""爱是好的，

但对自己民族的爱，才更伟大。”

“是的，”我说，“这也是我跟从您的原因。
您的名字出自她喉咙的白花瓶，我以此名追寻您。”
“好。女人闻起来比世上全部图书馆加起来都好。”

第五十七章

一

浅水湾靠岸处，泊了一条黑独木舟，
毛发斑白的桨手拉住它，他胡子拉碴
仿佛晒的海胆；但不知为什么，趟水

上船的我，会感到如此无虑的轻松，
为什么船夫拉住船头，除非是因为
载了那大理石雕像，它阴影般的存在

正端坐船上。大理石一手遮眼，喊道：
“回家！”吓了一跳的狗，猛地窜进一片
橄仁树林。我听到船桨的牙互相磕碰，

但平底船的后面却没拖尾迹，桨手的
目光似乎穿透了我，看到水陆交接的
分割线，每一桨都把岸树缩小一分。

我们沿旅馆前的海岸划，经过了游泳
沐浴的人们：有一对对情人，有一家子，

还没楔入他们之间。没有人注意我们，

既没意识到水下弯曲的船影，鲨鱼般
刺破阳光之网冲向他们，也没人盯着
我们船上这几个怪人；直到激起的水流

冲击到他们的时候，才站起来抱着胸。
桨手笑了。岛屿呈纵列从我眼前掠过，
熟悉的山峦，熟悉的路。我感觉它们

绕着那里旋转，永久离开了；不知不觉
我们已驶过卡斯特里，我父亲曾经站在
那个码头上。码头离我越来越远，直到

卡在绿码头里的白游轮，不比一件玩具
更大，七个海洋每往后划一桨看我一下。
我的脸颊泗流着孩童才会有的咸湿的泪，

他看到的是，我对这岛屿曾怀有的多么
深沉的爱。也许桨手知道这个，但我不知。
这时，我看到他举起一只色如乌檀的手。

奥麦罗斯点头道："让我们一同赞美它。"
但在他面前，我做不到。我的舌头仿佛
海底的一块石头，我的嘴是张开的海螺

却发不出声响，这时，我听到卡吕普索，
那希腊之声从他大理石的身躯轰然发出，
那是一个盲人的愤怒，扩张了整个大海：

“在大海的迷雾当中，有一座角岛，
绿色的深水港，停泊着希腊的舰船。”
歌声中，海水随着他划动的手摇晃，

这时，我听到自己单薄的声音，飘摇在
他的赞颂之上，如离岸的雨燕随波逐浪：
“那是一个光明之地，下有明光的峡谷，

上有雷电的云层。一个热那亚流浪者
说到安地列斯山的明珠，把此地命名为
一个盲眼圣人。后来，其他人称之为

疯狂的女人。她的山峦回响泉水的銮铃，
森林长满了苔藓的胡须，鸟儿的嘶鸣
编织为它的挂毯针脚。池塘潜行的白鹭

泛起一圈圈的涟漪。非洲渔民制作木板，
用斧砍树阵阵回响，树和他们敬奉的神
一样高大，还有一座火山，喷吐刺鼻的

硫磺，好一座疗伤的宝地。”我的嗓音
运行于他那强劲的声音之下，远远的，

一只黑色军舰鸟听到了，翅膀转趋稳健。

二

焦黑的船夫不停地划桨，黑得好像
煤炭，如同那些妇女攀爬过的煤山。
　　　　　　　　“咋的啦，老板?”
他咧嘴笑着，我闻到难闻的酒精味；

所有的岛屿都有那位传说中的桨手，
啪的一声出牌，拍在酒馆桌上，一把
搂过成堆的多米诺骨牌，口臭重得

仿佛挖墓人，龇牙而笑，从没输过。
我的死亡，那亲切而熟悉的鬼影操着
我自己的语言，我为之而死的语言，

他裂了口子的鞋底，抵着船舷的骨架，
而不是大理石像的舌头，我就坐在那
石像的旁边，正在死去的还会有什么，

除了掠过这页纸的帆影或她的脸庞?
这就是为何他咧嘴而笑，划着我沉睡的、
瘦骨嶙峋的船体，乘多变之风来到彼岸。

七个海洋跟他讲话，而桨手扭过船头的
航向，一只桨刹住，同时另一只桨划动，
把独木舟划入一个环山的潟湖之中——

马里歌特海湾[①]，喷射永恒之花的大火，
一道新月形的海滩薄似弦月，纯洁如玉，
一尘不染，直到战争的帆影出现之前。

三

七个海洋指给我看，在那个海湾的深水
庇护所停泊的那只幽灵舰队，集结起来，
要毁灭它所折射的倒影，他恨恨地朝着

平底船的一侧吐了口唾沫。“这简直就是
特洛伊的翻版。这森林为一张脸而集结！
海草胡子的国王身后，只有岁月在改变。

透过这些石榄仁籽，我看到格拉斯伯爵[②]
踱步，如长角的墨涅拉俄斯[③]，他的王后

① 马里歌特海湾（Marigot），圣卢西亚西边的小海湾，三面环山，风景秀丽。历史上曾是英法舰队多次交战的地方。

② 格拉斯伯爵（Comte de Grasse），桑特海战中的法国统帅，被英国舰队俘虏。

③ 墨涅拉俄斯（Menelaus），希腊神话中的斯巴达国王。说他头上长角应该指的是他的王后海伦被帕里斯拐走，从而引发十年特洛伊之战的事。

一手摇着拖鞋，在女墙上仪态万方地行走，

心里明白，她的美，不可能被任何一个
男人占有，正如这片海湾。她身着金装，
美丽超群，海滩则佩戴了她名字的花环。”

在绝对的静默中，我们划过那只腐朽的
舰队，破坏这静默的只有船头哗哗的笑，
每一根桅杆的倒影，都变成一根细长的

栅栏，横在红树林河流的拐弯处，这是
阿喀琉的河，雾气模糊他的视野。雕像
张开大理石之嘴，转动没有瞳仁的眼睛。

第五十八章

一

从苏弗里耶往上，是普朗科特喜爱的
高地，经过废弃的本尼特和沃德工厂，
被密密麻麻的藤蔓锚定在灌木丛里，

瞎子导游用僵硬的大理石手臂带领我，
我们闻到硫磺味，犹如置身于天堂的
地狱，踩着火山伤口，那脆弱的结痂，

当我看到那两座角峰下的投机之湖时，
那道熄灭了卢西亚之眼的灼人的光线
也灼伤了我的双眼。我听到沸腾的蒸汽

从地缝嘶嘶喷出，赫淮斯托斯[①]和敖公，
对那些出卖自己民族的罪恶之魂咆哮，
倾泻他们的深沉的愤怒，古老的锻炉里

---

① 赫淮斯托斯（Hephaestus），希腊神话中的火神和匠神，火山是他的锻造炉。

冒着气泡的铅水喷发，投机者的脑袋
在马里博支的岩浆里沉浮着，嘟囔着
他们做过的交易。他们就是那些叛徒，

人民选举出来的官员，把土地当景观
来开发，兴建旅馆，提拔别人家的儿子
当服务员，自己的孩子却去另修学业。

现在，他们才来到真正属于自己的地产，
岩层喷出秘密的泡沫，我们走过的时候，
他们用正在融化的泥浆手指，竭力抓住

我的鞋子，想把我拉下去，急剧翕张的
嘴巴辩称，飞速繁殖的零，是一种必然，
为了谁都不懂的岛屿的福利。其中一个

把大海租给那些近海拖网捕鱼船，若把
渔网绞上来，有海岸线三倍长，另一个
窃贼转过他的头，好像赌场里的黑球，

这时，轮盘赌轮在池子迟钝的涟漪里
慢了下来，好像他咯吱吱直打战的牙齿。
每当从岩浆里浮起的间歇，他便尖声

叫嚷，断断续续地，宣泄对黑人懒惰的
轻蔑。忽而地缝喷发一股热气，抬高了

价钱，为了群岛的利益，他们举起炽热、

融化的手继续叫卖，急于在人民的价格
下降之前成交。在我前面行走的草鞋，
绕过火烫的沙地以及投机之湖的圆环，

引导我走在正确的道路上，而别的人却
挤作一团，给那些新来的背叛兄弟的奴隶
腾出位置，石像之眼，流出诅咒的泪水。

二

夜莺忘记了他的诗行，同样，相机，
而非吐火怪，看到了他紫色的海水，
从明信片的群岛，岛上有遒劲的松树

和无神的庙堂，那里，诗歌的死亡，
是一只哀鸣的山羊，从剧院台阶滚落，
而桃金娘沙沙作响，如干枯的船帆。

“你无所去，”七个海洋说，“无所观，
不管你走多远，把多少城市以及城市
拖着阴影的塔固定在纱窗上，纱窗

被雨燕的尖喙拆了又缝，缝了又拆；

相比那个站在海滩上观看泡沫之线
如何拆解的男孩，你并没学到更多，

除了你的独桨技巧[1]；你听过你父亲
也听过的下流话；一座岛配一个真理。
你的流浪者是幻影，来自那男孩的海滩。

记住，他不会离去；而是派来叙述者；
他玩弄时间的游戏，因为每段奥德赛
都有两出旅程，一出发生在危险的海上，

另一出盘踞不动无声无息。对两者而言，
‘我’都是一个桅杆；书桌是其中一人的
筏子，在纸张上泛起泡沫，用笔嗲蘸它，

戳破它，另一出则是真实的筏子载着
另一个人，来到不同城市，那里的人们
说不同的语言，或只是把他看做异乡客，

太阳，照旧从另一个方向升起，投下它
令人不安的阴影，但正确的旅途应该是
静止不动的；正如大海绕着一座岛旋转，

看去却是岛屿在动，爱情绕心也是同样——

① 这里的独桨应该指的是作者的笔。

用周围环绕的盐，那缓缓旅行的手懂得，
它必须出发的港口，它最终必然返回。

因此，这就是这座岛对你的意义，我的
石像说话的原因，让海燕指引你的原因：
是为让这种艺术，绕着你和你的岛旋转。”

泥浆骷髅的头盔。从火坑滚沸的炉子浮现
一群鬼影，其中一个双重形体站了起来。
它咧嘴而笑，看起来就好像是赫克托。

地狱中的赫克托，肩上扛着一只船桨！
在这种地方，他用他对来世完全的信仰
武装了自己；一个嗤嗤的热泉中的影子

弓着腰，喷射弧线的气流，好像一颗
彗星，对我来说，如果没有在此看到他，
就是对原则构成挑战，而我对此原则的

确信比我的梦想更多。他的脸膛焦黑
似乎是在追日，一道光乍然闪过，穿透
变换的黑烟，地狱对他如天堂一般确定；

现在，他被头盔所笼罩，借来的墨镜
把他的脸孔一分为二，好像鼉蜥的眼窝，
他的盾牌是辐条的轮毂，这位马路战士

在烟雾中暂停，不是为奥麦罗斯的神，
也不是掩盖自己的来源，河神、神蛇，
而是为了那个一，用渔网，把他的族人

聚拢在一张网里，是一个确定无疑的
对自己地狱的信仰者，坚信对他魂灵的
惩罚，不过是通往那无烟之地的暂留。

那里竟是本尼特＆沃德！两位年轻的
英国人，戴着肮脏的太阳软帽，蹲伏着，
陷入火山壳渗漏出来的黄沙里。两个人

都被判罚接受温度计的考验，而温度计
仿佛黑色的路牌上连接他俩名字的＆符，
盘踞在伊甸园的树上，恰似一条蟒蛇。

三

一双石脚引导我。我紧跟在他身后，
穿过肮脏、刺鼻的硫磺粉尘，也变得
和它一样成了瞎子，一只手挡在面前，

拍打额头前的尘絮之网，蹚过黄色
岩石的愚人金，和石缝渗出的细细的
流沙。但是在这样的环境里，引导者

没有受伤者的完全信任，是不可行的；
他能察觉身后的我的怀疑。这可不好。
我早已失去了对宗教和神话的信仰。

其中一座火坑里是诗人。那些自私的
幽影，只会用眼睛写作，只看到自然
和人类的表象，在他们的明喻中痴笑，

被惩罚在火坑里，对着自己的书哭泣。
我也来自那个阵营。骄傲于我的手艺。
拔高自己。我脚步不断打滑，朝着他们

炖煮的屎溺滑去；所有的诗人都在嘲笑，
滴液的手指指点点；但奥麦罗斯抓住了
我的手，大理石的力量攥住了我，用力

把我拉出了那堆人，否则，我就将落入
那诽谤的圈子，成为只懂嘲讽、自恋的
一员。瞎子的脚步引导我，沿着凝固的

岩浆一步步往上。当我轻蔑地转过头，
从那塑造灵魂的炉里伸出一只冰雪之手
攫住了我的头，挖出它半真半假的谎言，

分别称呼其名，但每个祈求原谅的名词
都卡在自己的深坑里，如果被给予另一次

在语言里复活的机会，便随时准备投降。

但冰雪冻结的脑袋嗞嗞冒气，
“你尽你所能
表达他们的生活，但那从来都是不够的；
现在，你要在硫磺的臭味中质问自己，

是否有一种对贫穷的爱，帮助你使用
别人的眼睛来观看，如那看不见的石眼？”
我自己的头，沉入苏弗里耶的黑泥之中，

而它用尽所有信仰之力，向身后望去。
两只头都转过去，我好像站在岁月之神
吞噬之洞的山脊上，望向我来自的地方。

噩梦结束了。大理石成为它自己的过去，
我还能听到它浮沉于远处的泡沫。我醒在
早餐时分，满耳是黑鸟叽叽喳喳的争吵。

第五十九章

一

我的光清澈明晰。它勾勒一只海星
堕落的派系，在沙地上印了个星号，
向奥麦罗斯，我的驱魅之人，致敬。

我是阿特拉斯[①]额上的蚂蚁，蜘蛛的
细掌，写在云书之纸上的一笔，只是
小小的星号而已。带短刀的阿喀琉

蹬蹬蹬冲入货仓，他和一列群岛的
黎明分享同样的权利，一种崭新的、
咸腥的语言，说这语言的包括麻鸦，

还有低飞的鹈鹕。大海是我的恩典。
一个崭新的民族。那些名城的喧嚣
进入榄仁树的枝条之间，然后收紧，

---

① 阿特拉斯（Atlas），希腊神话中的擎天神。

陷入沉默，我伸出螃蟹爪子写作——
天色渐亮，沿一月的海滩，来了几个
弯腰的西比尔清扫沙滩，然后出现了

一位隐士，他站在齐腰深的海湾里，
往自己脸上泼水，在那无尽的空阔中，
战争只能爆发于云朵之间。神圣的

空间如此安静，我能听到菲洛可提提
斋戒沐浴的水声，还有那祝福新年的
深沉的叹息。这时，菲洛可提提从远处

挥手道早安，我挥手作答；我们共享
一种伤痛和疗伤之法。我感到脚板下
湿漉漉的沙子，海滩之书随着一个个

脚印，在身后合上。早晨的馈赠多么
慷慨，但比这馈赠更神圣的，是螃蟹
举起的钳子，运笔如飞，如雨燕点水。

那片大海所有雷鸣的神话，都被海浪
轰然拍碎，海浪从海岬上的卡普餐馆
缓缓扑来，越过前面防波堤的蕾丝边。

大海对此一无所知，不识字的礁石、
盘旋的军舰鸟，甚至编织金羊毛的

白网，也同样一无所知。大海没有

关于流浪者吉尔伽美什的记忆，也
不记得《伊利亚特》里谁的剑，砍了
谁的脑袋。它是一部史诗，每一行

都被擦去，然后重新书写，写在浪花
汹涌泼溅的纸上，狂暴而盲目，波峰
耸起，此起彼伏，那惊心动魄的呼啸，

从几内亚开始，到这里的疲倦的喷泉，
不管一个人怎么阅读，都不能看做是
我们的失败，或胜利；它浸湿每一个

被护佑的幸存者。从不曾为响应时代
改变韵律，宽广的书页亦无隐喻。它是
我们的最终庇护，也是你的，奥麦罗斯。

二

为什么要把笔墨浪费于阿喀琉，一个
海床上的阴影？正如自我愈合的珊瑚，
一种强大的文化从每个先祖的白肋

悄然分支，似浅实深；用时间流畅的

线条雕刻我们，漫长而确然，它将如
珊瑚虫一般去吸附，被海蜗牛的黏液

牢牢焊接。在他身下是一座仿造建筑，
由大地的廊柱撑起多孔的庙堂，廊柱
吸附了苔藓，摆尾的鳗鱼在其中滑游，

在他上方，有许多葡萄牙水母的轿子，
流苏摇曳，一开一合，宛如亚洲的皇帝，
伊斯兰尖塔，被棱线分明的沙丘掩盖，

苔藓之旗摆，如僵硬的鬼魂。远征的
螃蟹在他的尾迹急行，因为水，真正的
元素，在静态停滞中什么都不能纪念。

从珊瑚礁透明的起源，传承下来一支
简朴正派的种族，与不同的传统决裂，
从怒号的流沙，踏上一条森林的小路，

从最遥远的无名世代割裂出来。除了
一支鱼枪的长矛，他手中空空，鱼群
不断改变方向，仿佛不同的哲学流派，

警惕的浮游生物，它们一直等到黑暗
从安地列斯的海床升起，迸发为磷火
断续的赞美，如一片草原。历史已然

把他简单化了。历史的哀歌使我困惑，
面对浓烟滚滚的特洛伊发出俗世的悲叹，
但珊瑚却从自身之死获取营养，骨骼

分蘖为更多的珊瑚，矛盾也由此而起。
它蕴含于海星之星裂（海星反转了天空[①]）；
历史之镜融化了，镜子下面，一个病人，

杂交的生物体，在他的十字阴影之下
生长。一个遍布珊瑚帕特农神庙的城市。
没有吸引信众的塔尖，却哺育好的人民。

神的光荡漾于他们头上，如同早晨的
特鲁玛斯河，光同样荡漾于我头上，
当棕榈之轮摇动它的辐条，领受恩典的

那种狂喜，用军舰鸟的翅膀把我抬升，
在一种我从没能摆脱的对幸福的恐惧中，
被飞掠大海的一道阳光之矛倏然刺穿。

哦太阳，天空唯一的眼，哦力，哦光，
我的心朝你跪下，我的影从没有改变，
自从盐腥鲜美的早晨，那圆环的喜悦，

---

① 此句颇为费解，可能是一个文字游戏，“海星”一词英文是 starfish，字面意思即“星鱼”，星落为鱼，所以说反转天空。

军舰鸟的翅膀穿过它的城市，比任何
共和国都更自由，滑翔着古老的轻盈！
我赞美你，不为我的眼。另一种视域[1]。

三

钴蓝的海湾之滨，那种无声的轰鸣
用它惊人的广袤和色彩，撞击着额头，
衬托出阿喀琉的愤怒，他不满于

照相机只顾捕捉独木舟拼写错误的
船名[2]，人们被简单化也是这样一种
逻辑，好像他们是马似的，漂亮的

腱子肉是因为海上的劳作；胸膛上
深陷的胸骨，能带动一双铁腕，在
冲刷中拖住死沉的原木，或者在波谷

抬升为波峰时，他们的脚坚若磐石，
虽然在水浪扑溅、视线模糊的那刻，
为了站稳，不得不后退那么一小步。

---

① 这里可能指的是黑暗之视域。

② 见第一章第二节关于船名拼写错误的注释。

一只锚把铁锈刺入那受苦者的伤痂，
至今骨裂还看得见；对骂骂咧咧的
阿喀琉来说，愤怒的祈祷即是工作，

他拒绝为蹲下来照相的游客摆姿势。
一天的劳作结束了，他们拖着渔网，
肌肉酸痛，干燥的手被僵硬的网格

割破、撒盐，游客们飞奔抓拍，像是
海鸥为了一条鱼打架，相机咔咔乱响，
阿喀琉拖着网，掷出一只想象的长矛！

他对着相机嚎叫，好像武士失去了他
唯一的灵魂，压过独眼巨人的镜头那
咔嚓之声，他们惊恐地散去，如一只

被踢了一脚的杂种狗。这是自我保卫的
最终形式，是坏蛆的呐喊，荆棘的尖刺
环绕着的脚踝。阳台上打领结的侍者

嘲笑他的怒火。他们也是被简单化的。
好像是劳伦斯端着盘子，踩着浮沙而来。
用典型的被伤害种族的嘲笑，嘲笑简单。

第六十章

一

他从来没见过这样的怪天气；出人
意料的一月份，狂风暴雨把浅滩
搅得一片棕黄，让大海咆哮不已，

使他确信，“某个地方，有人在影响
大自然的进程”；母马毛茸茸的尾巴[①]
以更令人惊惧的频率，扫过来扫过去，

海上的日落，更像是飓风季节沸腾的
火炉，军舰鸟飞得更靠近陆地，渔网
绑在它们的竹竿上挨饿。雨水发了疯，

行为肆虐无度。是什么激怒了那雨水，
让整个大海泡沫沸腾？困惑的七个海洋
会唠叨说，现在，人类才是濒危物种，

---

① 英语 mare（母马）和法语 mer（大海）同音双关。马尾卷云，即 cirrus uncinus，钩卷云，预示狂风暴雨即将来临。

好像一个幽灵，正如阿鲁瓦克人，或
白鹭，或鹦鹉，每当有人类逼近之时
它们便会惊恐地尖叫，一旦人们厌倦了

同类相残，便会转移目标，开始毁灭
大自然。那些异象，便是不祥的征兆。
他必须在保持尊严的同时，克服恐惧；

母马的尾巴横扫岛屿如西比尔的围巾，
那种变迁超出了他的力量范围，他只能
对自己负责。这是一种令人发狂的智慧。

在愤怒的冲动下，他向南航去，远离
拖网渔船，它们竭泽而渔的贪婪无耻
和那帮在岛上挖银矿的家伙没啥两样。

最新的生意经是，将多孔货舱里拍尾的
鱼获，堆积成金字塔；三十里长的渔网
抢劫了水岸，冷藏的鱼鳞如硬币挤压，

海床上再无龙虾可寻。火山锥口之下，
所有的迹象都说明，一场隐蔽的大毁灭
即将到来。每个早晨的来临，都使得他

生意更难，一无所获，把他逼到更远的
他宁可不去的海域，他感觉自己被职业

被一种贪欲背叛了，后者从不愿发禁令

制裁那些永不餍足的渔网。好几英寻
深处，他曾见过马林鱼弯弓弹射的地方，
如今只剩空空的沙床；刚蓝的金枪鱼也

不再扑上他的鱼钩质问海豚，是的，但
虾子枯竭了，它们的身体弯曲着，好像
地下深处的银矿里精疲力竭的加勒比人；

他是否世界上最后一个还在坚持老办法
捕鱼的渔民？相信他的劳作是一种祈祷，
抓鱼能糊口就够了，因为大海也得生活，

它也是生命。就这样，他把船划到苏弗里耶，
靠着海岸不远行驶。他也许必须背井离乡
找生活，离开村里的酒店、码头，冻虾般

挤压成团、粉红皮肤的游客，找一个地方，
定居某个海湾，好像另一个埃涅阿斯①，但
创建的不是罗马，而是家，从此生活静好，

远离迪斯科、拉客小巴、贪婪、喧嚣。

---

① 埃涅阿斯（Aeneas），特洛伊战争中的英雄，帕里斯的兄弟，特洛伊沦陷后流浪多年，到达意大利，其后代建立了罗马。

所以，他和菲洛可提提把独木舟装满，
沿海岸线寻找，经过安拉雷，卡勒里斯，

经过钉满鸟类的悬崖，还没有被污染的
海滩，看到那里一个小男孩骑着原木，
用一根编织线钓鱼，记忆掷出一把长矛

扎中了他的胸膛；他从平底船里招手，
但那小男孩不睬他，很久之前，阿喀琉
也是这样做派。瘦小、柔韧、光着屁股。

但他还是找不到能和他的村子媲美的
海湾，不管将来会发生什么，没有一座
海汉口，悄声对他倾诉，没有一座海湾

如同身下的海伦分开嘴唇，所以，他对
菲洛可提提说，除非找到了，否则他们将
继续南行，远至格拉纳达，哪怕储备不足。

二

他们在苏弗里耶的海滩待了一整晚，
和其他的渔民谈话，在那耸立如角的
两座圣峰下，阿喀琉生了一堆篝火

赶蚊子，晒干的棕榈叶哔啵作响，他
感应到一个消失的民族，民族的英魂，
有的没有牙齿，有的露出伤疤，很多

在歇渔期变身成为酒鬼，但每一张脸
在噼啪作响的火光下，都显露出某种
因爱海超过自己的家乡而受到的伤害。

他和菲洛可提提聊着天，直到一轮弯月
暗淡下来，双子角峰耸立在静静的大海
之上。他们睡在靠岸的独木舟里，直到

阳光照彻的风惊醒他们，其他的平底船
都已出海，他们洗刷完毕到仓库里拉屎；
然后找家店喝咖啡，但所有的门都关着。

三

朝格林纳达的方向又行了七英里，他们
看到一排礁石状物，在晨光平射之下
显得湿漉漉的，掠过船帆，菲洛可提提

在船头拉线，忽然惊呼起来，提醒他
快看那排礁石，它飞驰的速度比平时
要快，他祈求阿喀琉，赶紧收起船帆。

惊恐的菲洛急忙松开缠在手腕的线圈，
水面升起了一头鲸浑圆的背，两个人
心都提到了嗓子眼，阿喀琉喊，“鲸”[1]，

一圈水花从它那裂开的荚壳呲呲地
喷射而出，一座庞大的岛屿缓缓升起，
发出沉闷的声响，尾鳍滑动，消失于

一道白沫的水槽，把“吾人信痒上帝”号
和上边的两个人高高抛起，置于空廓的
大海之上，然后猛然沉降，没入一波

高耸的大浪之中，而那头漠然的大鱼
向北破浪而去。他看过了雷电的冷脸，
他见识了恐怖的巨浪，把此世和来世

分开，他见过了鲸喷吐水柱。舱底的
积水被舀出来，船迎着家的方向行驶，
他们湿漉漉的脸挂着盐，闪烁神的光。

① 原文是法语 Baleine。

第六十一章

一

她被框入上个世纪，永远，爱尔兰
也差不多同样，那些丝绦垂蔓的客厅，
琴罩覆盖的钢琴，她的褐色古董长椅

(英国殖民时代结束后的拍卖品)；
不光是她喜欢这情调，他也一板一眼
喜欢制服上闪烁着烛光的黄铜扣子，

准确说，是军士长而非少校的制服，
他喜欢她把头发团起来，扎成发髻，
顶上插一支银发针，喜欢她穿着大衣，

泡泡衣领，宛如一颗椭圆形的宝石，
坐在褐色的长椅上摆姿势，一手栖在
另一只手里，两只手一起歇在括号般、

对称押韵的扶手上——银版圣母像——
他细细打量，不觉掰弯一只锃亮的女鞋。

有时她会清唱一曲，伴奏的是他笔挺的

制服吱吱的皮革声，坐在印度滕垫的
象牙图案上。多浓厚的世纪末情调啊！
他常常会想，他是不是在错误的时代

参与了一场错误的战争。天鹅一般的
维多利亚式白颈，衬着黑绦垂饰徽章
愈发白皙，他禁不住从扶椅站起，抓住

她的手翩翩起舞，穿梭航行于烛矛间，
海伦在暗处伺候，头上扎马德拉斯头饰，
她宽容的大眼睛被映照成一泓纯白。

这些全都是一场游戏。好像出自艾迪[①]
或阿尔马-塔迪默[②]之手的画作，镶嵌于
镀金画框里的那些回忆，用一只枯手

抚摸暗处的公猫。停电了，她的脸上
闪烁着她所有的领地，灯罩里烛芯跳跃，
生动而活泛，如她黄褐色的头发的反光，

---

① 艾迪（William Etty，1787—1849），英国画家，题材多取自历史叙事的场景，很多是裸体画。

② 阿尔马-塔迪默（Lawrence Alma-Tadema，1836—1912），英国皇家学院派画家中的世俗装饰大师，画作多是古代题材，描绘奢华场景。

她长发披拂，尽力摊开在野草上，那是
一个姑娘能献出的全部，他们身下泊着
迷彩装的运兵船，海鸥在悬崖上盘旋，

在我们头顶上嘶唤，她双唇分开，舌头
寻找他的灵魂，她狂野的灰眼睛，点缀
斑驳的光，如同大海；她在催促我进入

她，那座入境港，用我的手指，而我却
不能。她生气自己还是处女，于是转过
颈项，而我拘泥于旧礼，只把她柔顺的

长发拨到一边，露出完美轮廓的耳轮；
她抽抽噎噎地哭着，引导我的手穿过
她亵衣的泡泡褶纹里摸索，细弱的手腕，

却表现出一种意料之外的坚定，但我却
不能。她坐起来，盯着草根，然后笑着
面向我，柔柔弱弱的。我说，很不幸，

我需要某种东西，它能让我有一个等待的
目标，也许，这也不过是十九世纪的桥段，
汤姆。我想更像一个军官，而不是那些

只懂得把酗酒吧女的肚子搞大，让她们
怀孕的家伙，我一边说，一边轻抚着她

紧缩的肩头。我更愿信任她，而不是战争；

就好像旧小说，满是披肩和士兵，事情
就是那样，汤姆。她弯下雪白的脖颈说，
“我觉得自己像个妓女”，把发夹插入发髻。

“我真的想把你骗到手，”我说，“我们会
生个儿子，是的。但这肯定不是你愿意的
方式。”她拿起我握起来的拳，用它擦去

她的眼泪。他们躺在草地上，过了会儿，
她的眼泪停止了。他告诉她说他在广告里
见过一座岛屿。一座可以退休养老的岛，

如果他能活到战后的话。她会给他生养
一个儿子。蚊蜢正在从草地上升起，他们
看着那些茅草在太阳下炙烤，垂弯了身体，

淅淅沥沥的小雨停了，留下闪烁的雨滴，
仿佛是字母，拼写出她的名字，她将以此
为名，从那天开始，从那个蜻蜓的午后。

在小酒馆，靠里的地方，热得好像地狱，
少校埋着头。藤椅吱吱吱地乱响。汗水
沾湿了他的卡其衬衫。西比尔阖着眼睛，

摘掉她的裂了缝的眼镜。蜡烛高高挺直，
来自地球深处的叹息里，其中便有一道
吹拂，把烛芯头的火苗压弯。他等待着。

在一阵清脆的铜铃响声中，她将巴豆的
嫩枝，夹在打开的《圣经》里，他厌恶这种
氤氲的香气，还有所有、其他、一切——

蕾丝边的小桌布、珠子、他的怀疑。
“我看到了，
平水如银。我看到你的妻子在上行走，
穿着褶皱的白裙，在微风中，一只手

按着白帽，行走在湖水之滨。”
格兰达洛。
随便哪本廉价日历上都可以看到这个。
少校微笑着想。她不必看得那么远，

就在毛德的床台附近，他想象她的灵魂
好似一个嗡嗡转的小东西，突然从它的
皱巴巴的紧身衣，从它干燥的藤巢射出，

飞跃洋铁皮屋顶，铁皮褶沟起伏如海，
然后如一只杓鹬，在灰扑扑的风中飘落，
它看到爱尔兰的山丘和破碎的城堡。

普朗科特从没想到他会问下一个问题：
“天堂?”他微笑着。
　　　　　　　　“是的。如果天堂是绿的。”
她阖上的眼湿润了，而他的眼大睁着。

那一瞬把他和另一个种族永远联系了起来。
少校说：“请你帮我跟她说一说什么话。”
“她听得见你，”女巫说，“跟平常一样。”

“告诉她”，少校清了清喉咙，说，“钥匙……
我摔打钥匙的那次，我很抱歉，带给她
所有的痛苦。告诉她”——他顿了顿——

“没有妻子像她那样承受了太多太多”。他
端起烛台，蜡烛烧成了残段，他塞了一张
二十块的纸币在烛台下，《圣经》的旁边。

二

玛·吉尔曼睁开双眼，摘下眼镜，
擦了擦裂缝的镜片。脱下眼镜之后
她便不再是西比尔了。
　　　　　　“她是快乐的，先生。”他想，

正如你们这些女巫，我也会快乐。一张

二十块纸币，额外的。他从汗渍的塑料
桌子一旁起身，这时一只白皙的手分开

竹珠串串的门帘，平静如同格兰达洛，
毛德微笑着，引着他出来。街道炙烤着，
头上的伤口却冻结了他。无数的鸟群

从她的旅行手册里，尖叫着飞起，飞过
村里的一片片棚屋，投下巨扇的阴影，
所有那些被她刺绣在丝绸被子上的鸟儿，

距骨上绑着标签，他知道，她透明的手
已把固定它们的针线解开，他看到它们
飞过起伏的屋宇，直到它们变成阴影……

如同山丘上一朵云的影子。他坐在罗孚
车里，回过头看“不痛咖啡”。毛德关好
车门，抱着面包，坐在他旁边，洋溢着爱。

上一次她流露同样的满足感，还是那天
他们看到那位老人，携了一只灰色的包，
包里露出许多蛇头。从他的炭盆冒出的

烟雾，形成一面黑旗，旗子后再没有
出现那个年老的劳动者。大天使给她看
他住的地方有多远：一座葱郁的山谷，

山脊耸立如鬣蜥的背。那条老路的两旁，
树叶呼啸着呼应风暴，下方，不间断的
强劲山风搅乱山谷，如游轮泛起的尾迹，

把绿竹丛压弯，如弓手，老竹发黄的节
嘎吱作响。小路蛇形蜿蜒，穿过蕨类植物，
从隐河往上，蠕动着，盘绕成一条蛇的

S形状。曾有一次，他掉过头不顾而去；
但片刻之间已足够让那幽灵的背影锁在
灌木丛中，并在他返回之时，浑身颤抖。

三

他的伤口慢慢愈合。生活好像绣被的
图案，从中他发现了一种小小的快乐，
他用平日的声调对她说话，却不再会

感觉很傻。很快，他就习惯了她的缺席，
不再内疚。她的缺席已然遥远，但却比
索尔蒂博斯[①]的寒光凛凛的蓝山，更近。

他的记忆打开了含羞草的快门，如同她

① 索尔蒂博斯（Saltibus），圣卢西亚的一个区域，热带雨林，多瀑布。

池塘里的百合花，在夜间的黑暗中秘密地
盛开，好像天使在属于她的信仰里变大。

他闲来无事，在狮爪支脚的浴缸里泡澡，
他喜欢新毛巾那清香的绒毛，他按照她
坚持的方式，擦拭自己的耳朵，他乐意

遵照她无形的声音发出的指令行事。他
学会了如何在石拱的荫凉下驻足，观看
亮红的不朽之花，他忘记了战争的历史

那历史让他失去了一个儿子和妻子。他
平静地阅读，对工人说话的口吻，不再
是把他们当做给他干活儿的孩子，最后，

每人的名字听起来都不相同；他想到海伦，
她不再是一个起因，一朵云，只是一处
本地的名胜的名字。有时候，他喜欢独自

一个人，而这，是最好的迹象。因为他
知道毛德以他为傲，每当阳光的方格子
投射在紧绷的绣被之上（被子绣得真好）。

第六十二章

一

秘植的香泽兰之后，是当季的小酸模，
看起来好像是日晒的淤滞，却隐藏了
铁皮篱笆后沸腾的生活，无尽的争吵，

被七个海洋记录下来，除了比杂种狗
灵敏的耳朵他什么装备都没有；在自家
地里干活，旧轮胎压不住蔓延的紫罗兰，

他隔了一片屋宇便能听到争吵。其中有
牧师赦免他们罪孽的晚祷，周日的赎罪
赞美诗，虽然没有什么严重的罪孽发生。

穿着皱巴巴黑西服的渔民从他身旁经过。
星期的轮回过去了，它的舵轮停住不动。
窗前，七个海洋听到他们依稀的祈祷：

一条石船的长凳，传来的“赞美圣母”声，
布道坛上的黑牧师操纵船舵一样指挥着，

一边划雨燕十字，从额头到喃喃的嘴唇。

村子逐渐让位给了一种生活，被白色
码头里，游艇林立的桅杆之矛所包围，
那里，白鹭藏在潟湖之畔，羽毛纷盛的

芦苇丛中。这种景象，变成了自身的
旅游纪念品，餐桌上铺设的桌布，如
游艇一样雪白，从那里，你能够看到

码头的水道，一直通向大片屋宇，顶层
是破败的山墙，俯视渔民的院子，院里
饼干铁盒包饰的篱笆，裂开的沥青街道；

码头上一圈旧轮胎，不胜藤蔓之重的
篱笆，一个老女人把疲沓松软的白床单
挂在晾衣绳上。那是一种为相机镜头

而调适过的生活，流露有毒的挽歌情调，
摄取那些纷然而逝之物——七个海洋
和药店荫凉下的狗，连同每一处滑稽的

拼写错误，“吾人信痒上帝”号，“蓝基”，

"亚尔兰蒂克城"，"此处禁倒啦弃"等等①。
村子以旅馆的游客手册为蓝本，摆出

一副贫穷的气氛，完全为了迎合镜头的
猎奇。那些喜欢和"土著"亲近的游客会
拍一张菲洛可提提的照片，展示他的小腿，

却不说那伤如何痊愈；有人拍了赫克托
坟包的景色，上面堆着贝壳，摆了一把桨。
挂竹珠帘的"不痛咖啡"里，所有这一切

都受到欢迎。有人在滑稽的博物馆发现
一只扭曲的酒瓶，缀满生锈的黄铜，刻了
那场战争的铭文，如假冒的圣餐杯，闪闪

发亮，此外还有一条用紫墨水写的记录：
"普朗科特"。被反复提及的西印度群岛的
海伦，但一涉及所有权，他们毫无例外

转过冷漠的背影。他们踢踏着拖鞋，登上
城防工事，踏碎了不朽之花的朱红色军团，
从那里，他们朝着驼背的蓝角之岛射击，

---

① 蓝基（BLUE GENES）应该是 BLUE JEANS（蓝牛仔裤）的错误拼写，亚尔兰蒂克城（ARTLANTIC CITY）应该是 ATLANTIC CITY（亚特兰蒂克城）的错误拼写，此处禁倒啦弃（NO GABBAGE DUMPED HERE），正确拼写应为 NO GARBAGE DUMPED HERE（此处禁止倾倒垃圾）。

随风丢下对非洲的嘲弄。没有一个人看到
悬崖上有一只雨燕飞掠仙人掌，也没听到
它的嘶鸣。蜥蜴从大炮的嘴里伸出，如舌头。

二

沿着旱季狮黄色草地往上，劲风紧吹的
山巅，矗立的加农炮，冲着大海打哈欠，
炮口在炎热中张大，喘不过气来。如果

你把一只手放在炮管上，便会被它灼伤，
但一只蜥蜴趴在那儿，提出了它的问题：
“如果这个地方是属于她的，那么空茫的

海平线，可曾为了她的荣耀，喷射攻击
之火，划出听不见的轨迹？帝国的台球桌，
上面所进行的庞大事业，是否能由一位

手指挂着廉价的拖鞋摇晃，乳房硕大如
皮通山的人来承担？她的非洲臀部，劈成
两半的面包果，是否两个半球？她的大海，

是否一件凹凸的希腊长袍？她是他们
所爱的海伦，还是雕刻而成，散发橄仁
味道的嘴巴？她走在女墙一侧，身穿

偷来的衣裙，站在一间倾斜的、屋门
敞开的棚屋里。谁给了她棕榈的桂冠？
阴郁的阿喀琉和赫克托的争斗，是否

重复了历史？”只把长矛换成了弯刀；当
帕里斯把苹果从手里掷给维纳斯，一只
爱神之果，让所有类比物毫无意义。名字

不是船桨，必须肩并肩摆在一起，传说
也不是；翻涌的云渐渐忘了我们的名字。
你从来没有在特洛伊，在两个海伦之间，

你的海伦在此，活生生的；她们的古典
风貌，在眼神一瞥的电光石火之间变成
一个个剪影。这些海伦分属不同的物种，

一位是大理石的，一位是乌檀的。一位
从她凹凸有致的蛮腰，缓缓解开棉质的
黄腰带；一位，则解开紫色的羊毛绳索，

另一位从纤细的手腕取下一圈贝壳手链；
一位躺在贴着马赛克如橄榄之眼的房间里，
另一位，却躺在一间海滩茅屋的干草垫上，

但每一位都慢慢地抬起肘部，拂过脸庞，
张开她的嘴巴，奉献她雕刻一般的裸体。

一群三趾鹬腾飞而起，发出连串的嘶鸣。

毛德·普朗科特以女巫般稳健的手，把
那些鸟儿绣在绿绸之上，它们都是岛屿
出产：棕鸽，黑羽椋鸟，牛奶罐似的苍鹭，

被固定在一个栖息地，很多物种都以之
为家。世上那些湖泊，每年冬天都会有
流亡的鸟类栖息，但这些鸟却不会回归。

非洲雨燕，来自印度的雀鸟，现在全都
操着一种小口抿茶的燕鸥讲的白色语言，
伴随一道山东屏风上的中国夜莺之鸣，

波斯鹰看到的却是沙地变绿，沙丘成海，
它的尖叫，给天空留下一道伤疤，直到
它闭嘴才罢，波斯鹰作为军舰鸟的替身，

讲一口加勒比的海洋方言，它就用这种
方言，和夜鹰、雀鸟、麻雀对话，每一个
物种都丰富了岛屿，它们的鸣声，也被

缝纫在岛上。海湾的对面，山脊刚毛竖立，
其中一道是座城堡，还有一道是内海海岬
本身；船运全都是军事目的，迅疾的桅杆

交错，分别属于两国海军；听到水手长的
哨令，船队骤然发动，沸腾如七个海洋的
水壶，从火山口缓缓冒出一队队的士兵。

它的地形图，如榄仁叶，布满海湾的谜团，
可攻可守，但它的大炮列成一圈，矗立在
山顶上，如同火神之额喷发烈焰。一会儿

法国旗，一会儿英国旗，飘扬在好运山上。
一旗初升，即被又一场战争斩断绳索，军号
甫一响起，又升起另外一面。每天的日落

映照它的烧得乌黑的旗舰，它闷烧的浓烟，
燃煤味，被微风一直送到海岸，然后稀薄、
消散，每一个红衣兵都成了余烬，驻守的

鬼魂们，肩上扛的毛瑟枪仿佛棕榈叶，
列队游行，向着夜晚漆黑的忘川（战神的
墨镜）而挺进。海平线上一道绿光闪烁，

一道海岬吞没了太阳的叶子，如同蜥蜴，
传来一只葫芦里炮弹的震颤。随后长长的
黑影，与光线间隔变幻，如普朗科特的

黑白交替的钢琴琴键，映照于月亮那盏
流苏披拂的灯，昔日的围困和战斗，变成

它的横跨大洋的面纱遮盖的歌曲。现在，

成千上万的法国人和英国人，在隔开的
墓地里倾听，他们为了一只蜥蜴和红叶
而死，配享尊荣，只为历史的绿光一闪。

三

云朵的大帆船平静了，等待着一场风。
蜥蜴绕着它的三脚架摇拍，寻找堤下的
圆石，乱石上是奴隶们建造的防波堤。

桑特海战穿过树丛呼啸的浪。教科书
哗哗啦啦一直翻到罗德尼的蛋形肖像，
他戴着云状假发，却不见建筑者之名。

赫克托、菲洛可提提、阿喀琉的先祖
皆无以见之经传。蓝天是法国束腰上衣，
英雄十字勋章呈旭日之形。两位海军

上将的凸版蛋形肖像，在合拢的课本里
严丝合缝，被关入同一只盒子。孩子们，
只用元音的尖叫，从历史中冲出。有的

跑过防波堤，那无名的石冢，被一长队

黑蚂蚁驮着，有的学生则跑到街道上，
蹲伏在玛·吉尔曼的小店的窗台的下方，

支着胳膊肘，发出美国口音的大喊大叫：
“嗨，七个海洋！”叫声吓坏了菲洛可提提。
有一个打赌服输，蹑手蹑脚，吊在呼哧

呼哧的狗身后。他们的课本全是合上的，
如一只蛾子对折的翅膀。蜥蜴跃入草地。
你低头，听炮管里的“伊奥那劳”的呼声。

第六十三章

一

七个海洋如锚，固定在酒馆窗台上，
土黄狗在他的脚下伸展，拍打苍蝇。
周六的阳光在地板上投射一张地图，

在他的影子里投射一些小点的地图。
小姑娘收拾狂欢节的空盘，出后门
堆在门边。她是玛·吉尔曼的侄女，

刚从乡下来，对她而言，这个村子是
目眩神迷的城市，音乐扩展了她的视野，
俨然一个新的海伦。狗尾巴砰砰敲打

地板。酒馆发烫的平台如船，停泊于
星期六的倦怠之中。玛·吉尔曼打盹，
在摇椅上晃，把他们引入闲聊的深湾。

“静电是这女孩的叔叔。选举后他去了
佛罗里达，当了移民采摘工。你知道

玛尔约。迪迪尔？那家伙让她操够了心，

是的，除了他的私生子，这不，肚子
又大了，不过这个，我的教女，是婚内
合法的。她很乖，当女仆肯定没问题。”

“我知道佛罗里达，”七个海洋说，“那儿
生活好些，但并不好。这就是美国的问题。”
“静电变了，”她说，“有人帮他带一封信

给家里。克丽丝汀，你去，坐在院子里
那个木箱上，甜酒车来的时候，再叫我。”
女孩出去，到了院子里。
　　　　　　　　　　“一封长长的家信。

他的工作是把橙子装袋，
一个一个地来，好像它们是岛。”
　　　　　　　　　　　　　　“在南方，”
七个海洋说，“在南方腹地[1]，你不能还嘴。

白人让你做什么就做什么，啥也别说。”
“不管怎样，”她叹气，“静电遇到个切诺基
女人，一个印第安蛮人，你知道，同居了，

---

① 指的是美国南部诸州，比如佐治亚、田纳西、密西西比等。

过得还不错。‘优质电’，他说。他把照片
发给他老婆，他老婆好跟人家炫耀，说她
认识真的印第安人，不是西印度群岛人。

我见过那张照片，她看起来真的很野性，
没有披着羽毛之类的，不过垂着硕大的胸，
随时恭候的样子！所以我把小女孩打发走。

哎，哎！静电信上说有一天晚上在酒吧，
一个如假包换的印第安人进来了，还没等
反应过来，便被这位乔克托部的卡车司机

揪住领子举起，差点窒息，他跟那女人说，
‘我们走吧，宝贝儿’，剩下静电独木舟般
形影相吊。静电说，现在美元是他的女人。”

二

海伦进来小店里面，微笑着，带着怀孕
妇女特有的那种猫科动物的从容缓慢和
优雅。有时候，诸神会把整个民族的美

都集中到一张脸上，闪耀着荣光。她想
买一点人造黄油。玛·吉尔曼给她看
冰柜里存放的盒装黄油。海伦挑了一盒，

然后付了钱，离开了。被她分开的空气
在她的尾迹之后闭合，小店又陷入阴影，
地板上投射了地图，俨然她就是那太阳。

“她就要生了，”她说，“阿喀琉想给孩子
取个非洲名字，虽然孩子是赫克托的种，
海伦不想养非洲孩子。阿喀琉说，到孩子

受洗礼的时候再说。还说海伦必须明白
她是从哪里来的。菲洛充当永久的教父。
你明白？永久，菲洛，站直了！[①] 那伤口

把他折磨得死去活来，你想想？”
“我听见他的呻吟
从白薯地传来，”七个海洋说，“那些作物
长势不错，白薯。海风确实给它们撒了盐。”

他在寂静中哼唱。鸡油菌之歌，河上流浪
艺人之歌，苏族萨满之歌。沥青起伏着
电线，似在拨弄一只竖琴。街道静悄悄的。

七个海洋叹了口气。什么是那原初之罪？
“普朗科特答应，下个圣诞会送我一头猪。

---

① 原文为standing，Philo，standing straight！第一个standing接上面“永久教父”的意思，第二个standing则用的是“站立”的意思。

他也将随着时间的流逝而痊愈。”
“我们都会痊愈。”
时间不可治愈的

伤口，沿那条布满尖锐阴影的长街刺入，
穿透了他们的身体。一道轰鸣的海浪。
阳光铺设好桌子。一颗彗星遥远的嗡鸣。

西比尔鼾声阵阵。须白的七个海洋趺坐
如大理石雕刻。他手拄拐杖，纹丝不动。
一只雨燕如合页吱吱，从窗台一跃而起。

三

我跟随一只海燕穿梭于此文本的两侧；
她的连字符[①]缝住了接口，仿佛被分为
两半的地球仪，沿着赤道，互相咬合，

大洋分开的两岸严丝合缝，咔塔一声
捏合成一个球体；不过，它的子午线
却不是飞跨南北，而是横越东西。其中

一半新世界，是对旧世界的完全模仿，

---

① 海燕（sea-swift），原文中间有一个连字符“-”。

是同一大脑的半球，或配合划桨的双手
把两艘心瓣统一于平衡、重量和构造。

她翅膀的扇动把这些岛屿带去了非洲，
她用一根穿针线缝合了大西洋的裂缝
以及灵魂的裂缝。如今，视力减弱之际，

它瞥见高空翱翔的雨燕那拉直的符号 X，
如一棵杉木的树枝，被日出的光线扩大，
如交叉静置的船桨，在平静水面上扩大，

因为此地满足了我对天堂的所有的需求，
尽管任何标记都欠奉，除了蜥蜴的签名，
尽管任何别的桂冠都欠奉，除了肉月桂。

第六十四章

一

我歌唱安静的阿喀琉，阿弗拉比之子，
他从来没有坐过电梯上升，从来没有
护照，因为所有这些海平面都不需要，

从不乞讨，从不借钱，从没伺候过谁，
生命的终点，当它来临，是水上的死亡
（跟本书无关，他不知道，也不可能

读过）。我歌唱，那给他带来快乐的
唯一的屠杀：杀鱼——但也是出于生活
之必需，我歌唱太阳下他的汗流浃背。

我歌唱我们广袤的祖国，加勒比的海。
她痛恨鞋子，鞋底绽开如裂缝的石头。
她温柔地对待绳子，她只有一件正装，

无人敢加辱于她，她亦从不加辱于人，
笑如白浪翻涌，皱一下眉却像扩张的

雷雨云，她的铁拳会给我极大的荣耀，

如果它紧紧扣住我的棺材的桨架，
而不是让我自己抬起他自己的棺材，
在两只锚沉下，扎进同一岛屿的时候，

但如今，田园已逝，圣杯破碎，雨水
沿一只舒尔瑟瓦的黏土罐子那棕色的
脸颊，缓缓滴流。太多的东西，没有

被我吱吱的笔尖说出！我的土门半掩。
我躺下，裹了面粉袋的船帆。独木舟
落索，泥块颤抖。刺耳的铲子从货舱

刮去干燥的泥雨点子，但请扭转你的头，
当榄仁树哗哗作响，或我的金字塔（无关
法老）炮管投在纸上的、葡萄树的锈叶

被风撕得粉碎，如白色的海鸥飞散，把
它们的名字，从泡沫里分别出来，朝着
一位渔民点头，那渔民的土黄狗被拍碎的

浪花吓得后退，它们瞥见他水面的倒影，
然后迅疾飞逝。我的平底船航行在它的
大地之波上，船桨包着黄铜。我并非与之

出身相同，而是与之俱往，与赫克托，与
毛德（她的床被泥刀抹平），与漩涡里的
原木（它从波浪中涌起的覆满苔藓的头）

分享同一个节奏；让加勒比深沉的赞美诗，
继续我的收场白；祝海浪脱下面纱，好像
我笔下哀伤的人物走回废弃的村庄，一手

拎着鞋子，经过一个男孩的身边，那男孩
走过无知无识的泡沫，看到一席船帆出海，
抑或是进港，看到雨的星号褶皱了沙滩。

二

你可以在翡翠鸟酒店见到海伦。她穿着
一件民族服装：低开口紧身上衣，白色，
领子覆盖了绉纱的垂领，只露出来那么

一小抹酥胸给顾客，当她俯身于餐桌的
盾牌，给客人点餐时。他们尽可以想象
那绣着金边的马德拉斯衣裙下面的风情，

及马德拉斯头巾那诱人的缠裹掩不住的
无限风光。她在桌子间穿梭，不时驻足
停留，盘子平端于肚腹上方，遮挡孕期

那圆如波浪的叹息。她沉静的风度总是
透出一种出尘的杳远。女人打量她的美，
眼光刚一相碰，便赶紧转过她们的脸，

她的美如同一具乌檀木雕。身影仿佛是
直接从大海的金属锻敲在盾牌上的肖像，
但如果她能把那剪影侧偏，细长的脖子

饱含渴欲如棕榈，你或许会想起那场战争，
人们因之命名了一个岛，或想起巴黎城号
在她的紧身上衣的浪花里沉浮不定的残骸，

也许你只是想，“多美的土著女”！你只要
打个响指，她的头便倏然响应，眼睛缓缓
瞄准你，如同一只豹子，以悠闲的步态

穿过带着棕榈绿铁伞的白桌子，经过那些
插着充气翅膀，在泳池里扑腾的孩子们；
这时，整个非洲走来，而非石膏的希腊，

整个地球的一半打开，露出它的黑珍珠。
她等着你点菜，你的眼睛垂下，避开她
那双，从来没有携带特洛伊之罪，从来

没有背叛戴绿帽的墨涅拉俄斯，也没有
陷阿伽门农于她们的瞳仁之网的，眼睛。

但是，海伦这名字，却钳住了我的手腕，

让它跳入泡沫沸腾的纸张。三年过去了，
作为魂灵的倾听者，我不断走近一个声音，
粗哑如冬天的回响，从花瓶的喉咙发出！

仿佛菲洛可提提的伤，这语言携带自愈的
药方，和它光芒四射的痛苦；我的艺术[1]
如阿喀琉的舟，不情愿地从它的锚钩滑脱，

那锚被我系在它的十字架上；点头的船首，
被我们本土出产的木头支撑，书写着简单的
字母，乘着这些忧心忡忡的、最后的诗行；

它的节奏同意：从那个斧头加桂树的绿日
升起的那刻，它所忘记的东西，一只雨燕
帮它回忆，直到日落缓慢地把它化为余烬。

阿喀琉自己也曾是那些孩子之中的一个，
他们的嗓音是海浪，笼罩在铁皮屋顶之下；
校园里，绵羊咩咩地哀鸣；一个加勒比人

他的毛结的上身，曾是独眼巨人的羊群的

---

① 艺术（craft），在英文中也有“船”的意思，作者这里把船和诗艺双关起来了，见本书题献注。

脊背，其中一只羊，肚子下藏着那个聪慧
之人[①]。从孩提时我们便背诵的粗俗笑话

随着波吕斐摩斯的岩石升华。马尾卷云的
雾巾，从奥麦罗斯的石膏像出发，用粉笔
在我们自己的天空，持续抒写相关的魅影。

三

离开了水，鲭鱼砰砰地拍打身体，先是
银白，继而铅灰。鲷鱼朱红的鱼鳞褪了
颜色，如落山的太阳。长满苔藓的海扇

湿漉漉的，如瘦硬的水草，在水中摇摆
不定，硬化而成骨质的蕾丝，一只章鱼
滴水的触手，缠在切割内脏用的屠刀上。

阿喀琉把内脏摘下来，一把扔到沙滩上，
喂给那些瘦骨嶙峋如同棕榈一般的野狗，
还有锯木一般嗡嗡嗡的苍蝇。那些野狗

跟土狼一样胆小，跳来跳去，腿颤抖着，

① “聪慧之人”指的是荷马史诗《奥德赛》中的人物奥德修斯，他和部下被独眼巨人波吕斐摩斯囚禁，奥德修斯设计刺瞎了波吕斐摩斯的独眼，然后躲在羊肚子下面出逃。

口鼻斜着角度啃个不停，然后鼻子抬起，
踅摸下一处腐尸。一个喜气洋洋的阿喀琉，

双手沾满鲜血，移到别的独木舟上，船内
满是捕获的鱼，砰砰乱跳。摊开的渔网上，
银色的鲭雨点点闪烁，给一道海湾平添了

大片硬币闪烁的喧嚣。那些铜鳞的晃动被
一大滴铁泪所平衡；这时候一切平静下来。
他们洗刷好短刀，他们卷起面粉袋的船帆，

然后帮着他把“吾人信痒上帝”号拖回原地，
在龙骨之下垫了几根木头。他感到放松的
肌肉如解开的绳结。渔网合上它们的眼睛，

软塌塌地在竹骨上歇息，靠近混凝土仓库。
浑身酸痛的阿喀琉，站在水管的沙土沟里
冲洗脚后跟的泥沙，然后把铜管龙头拧紧，

等它流完最后一滴。一种广大的，紫色的
空虚降临海面。他冲胳肢窝哼哼着自己的名字。
他搓掉手上的干鳞。他喜欢自己身上的

那股子海味。夜晚，用一颗夺目的流星
给自己的火炭盆扇火。村子里，“不痛咖啡”
照亮自己的门，阿喀琉把他为海伦而保存的

海豚车标残片，放入赫克托生锈的骨灰盒。
一轮圆月在天上照耀，仿佛一瓣切片生洋葱。
他离开海岸的时候，大海还在那里咆哮。

梗　概

第一书

第一章

一　圣卢西亚渔民菲洛可提提给一群游客讲伐木造舟的事，展示自己被锚划破后化脓的伤口。作者继而追溯圣卢西亚的自然进化史。

二　另一位渔民阿喀琉砍树，给他凿好的独木舟取名，船名有拼写错误，受到了嘲笑。

三　黎明，阿喀琉和其他渔民会合，轮换着喝苦艾酒，准备出海。

第二章

一　阿喀琉的对手，渔民赫克托出场，菲洛可提提因为腿上溃烂的伤口而无法出海，去玛·吉尔曼的小店买“药用”白朗姆酒。

二　盲人七个海洋在厨房煮咖啡，他通过耳朵来“看”。诗人呼唤奥麦罗斯（荷马的希腊语名字），作为史诗的开篇。

三　诗人在情人安提戈涅的画室里，通过对“奥麦罗斯”的音节拆分把个人的爱欲、希腊英雄史诗、殖民主义的贩奴史交织在一起。

第三章

一　赫克托与阿喀琉为了海伦进行决斗。

二　玛·吉尔曼的小店取名为“不痛咖啡”的预示。瞎子歌手七个海洋的名字的由来。

三　菲洛可提提对玛·吉尔曼说，他好不了的腿伤是一个诅咒，如同他被奴役的祖先被铁链磨蚀的脚踝。吉尔曼试图从她继承的非洲先祖的记忆里挖掘出能治愈菲洛可提提之伤的药草之名。

第四章

一　菲洛可提提为了发泄情绪，在薯园里用刀砍白薯。个人的命运被折射在种族大屠杀的背景下。

二　菲洛可提提躺着，观看天空变幻，有所感悟，决定要对自己的伤痛有所承担。

三　诗人坐在海滩的酒店露台，看黑人侍者和白人女游客嬉笑。这时天空中出现了海市蜃楼，海伦从中走出。从此争斗不休。

第五章

一　退役英国海军少校普朗科特和妻子毛德在酒吧喝啤酒。普朗科特时常回忆自己的军旅生涯，但是不满他的同胞的浅薄。

二　普朗科特回忆二战，战友一个个倒下，自己也被炮弹炸晕，昏迷了几个月，醒来后决定要和毛德去到一个没有战乱的天堂度过余生。

三　毛德不信任女仆海伦，因为后者偷了她的黄裙子。而普朗科特觉得应该为海伦正名，希望给她和她的岛屿以公正的补偿。

第六章

一　海伦怀孕了，想找工作，她以前做服务员的时候因为不堪客人的骚扰而辞职。

二　烟雾缭绕的沙滩上，历史中的白皮肤海伦与现实中的黑皮肤海伦相互交织。

三　从特洛伊之战的黑烟滚滚，过渡到现实。海伦摆摊做小生意，诗人与海伦再次邂逅。

第七章

一　阿喀琉与海伦在集市上激烈争吵，海伦坐上了赫克托的车。

二　阿喀琉回忆自己对海伦失去信任的那天早晨。

三　阿喀琉（或作者）回忆自己和伴侣快乐的过往，对比现在倍感凄凉。

第八章

一　博物馆中陈列的酒瓶，据传是从英法海战中法国旗舰上掉落的。为了取悦海伦，阿喀琉潜入海底寻宝。

二　阿喀琉和各种海底生物的对话。

三　菲洛可提提试图让赫克托与阿喀琉讲和，但无济于事。

第九章

一　飓风季节，无法出海的阿喀琉在普朗科特的养猪场找了份糊口的工作。阿喀琉想念大海，毛德想念故土爱尔兰。

二　在暴雨和巨浪中，赫克托努力挽救自己的独木舟，但徒劳无功。

三　飓风是一场众神的狂欢音乐会，风暴雷雨，不同乐器轮番上阵。

第十章

一　普朗科特少校的疏离感。毛德在屋里弹起爱尔兰小调，普朗科特发脾气。

二　雨停了，普朗科特开车带着毛德兜风，一路经过了火山、间歇泉、硫磺矿，联想到奥斯维辛和但丁笔下的地狱。

三　毛德喜欢文雅的英格兰，普朗科特却更喜欢圣卢西亚的文盲形象。从毛德花园里飞出的黄蝴蝶让他联想到海伦。

第十一章

一　普朗科特欣赏岛上居民的优秀品质。他潜心研究历史，为了给岛屿、给海伦一个真正的历史地位。

二　普朗科特足不出户，在书本和海图里航行，毛德孤独无眠，开始做针织。

三　毛德对岛屿生活的有过浪漫的设想，但是岛上的现实生活却有所不同。

第十二章

一　诗人回到童年时期的家，现在是印刷厂。他遇到了父亲沃里克的灵魂，一起追忆他走上诗人道路的过程。

二　诗人与父亲的灵魂一同走在人行道上。

三　父亲的灵魂带着诗人来到了一处绿荫广场，他没有问父亲关于来世的问题。

第十三章

一　沃里克给沃尔科特讲述自己的人生故事，他对文学的热爱。小镇上的无政府主义者理发师。

二　沃里克给沃尔科特描述那些往游轮上背煤的黑人妇女，让沃尔科特承担起自己的责任。

三　沃里克告诫儿子，他作为诗人的使命，就是踩着那些背煤妇女的脚步的韵脚，赋予她们一个声音。

第二书

第十四章

一　场景转到18世纪桑特群岛海战前夕，一名叫做普朗科特的英国海军准尉，来到荷兰刺探情报。

二　普朗科特准尉在月色下的港口收集情报，被夜哨发现。

三　红衣兵与黑奴把大炮拖上悬崖，瞄准了法国舰船。阿喀琉的先祖，黑奴阿伏拉比被上将赐名为“阿喀琉斯”。

第十五章

一　桑特群岛海战，英国马尔堡舰脱离原来的战线，突破法国舰队的阵线。

二　法国舰队旗舰“巴黎城号”被击中，马尔堡舰避让不及被撞到。

三　马尔堡舰上的普朗科特准尉溺死。从“巴黎城号”跌落的酒瓶在海水中翻滚着猩红。

第十六章

一　回到现代，普朗科特少校制作族谱树，雇人帮忙搜寻档案信息。

二　普朗科特绘制战线图，工作陷入停顿，毛德绣百鸟被。

三　战后，普朗科特曾想进行一次走遍大英帝国的朝圣之旅，但因为种种原因放弃了。

第十七章

一　普朗科特为研究桑特群岛海战，考察当年的城堡，看到炮管上爬着一只蜥蜴，意识到历史的吊诡。

二　普朗科特在军械厂研究“破铜烂铁”。在翻阅战争卷宗时，发现了一个同姓者。

三　十九岁的海军准尉普朗科特淹死于海战。普朗科特少校在心中把他默认为儿子。

第十八章

一　桑特群岛海战中，英国舰队衔尾追击，法国舰队大败，普朗科特从中注意到荷马式细节的重复及预言。他在浴室碰到海伦，后者正在试戴毛德的镯子。

二　普朗科特压抑对海伦的情欲，因为意识到历史的阴影。

三　普朗科特挖掘一座垃圾山，下面是法国士兵的墓地，他找到两颗黄铜制服纽扣。

第十九章

一　普朗科特高声背诵赞歌，他发现了桑特群岛海战和荷马史诗的巧合。他想起了自己认作儿子的年轻准尉，并想象他的经历。

二　普朗科特的房子所在地正是战时营房的地点，他想象士兵们的生活和自己的军旅生涯。

三　随着普朗科特对历史的研究逐渐深入，他意识到圣卢西亚是海伦的化身。

第二十章

一　玛尔约成立了圣卢西亚的第三个政党，为穷苦人民发声，被人们称为“静电教授”。他雇菲洛可提提等人为他助选。

二　“静电”一行人开车前往各地拉票，他学会了如何像政客一样说话和表现。

三　“静电”举办通宵演出筹款，竞选失败了，他移民去美国佛罗里达做了劳工。

第二十一章

一　阿喀琉痛恨响彻全岛的迪斯科和狂欢烧烤的人潮，认为它导致了传统生活的瓦解。

二　普朗科特上校研究历史，他合上书页，来到游廊仰望夜空。与此同时，阿喀琉也在观看天上的星谱图。

三　海伦沐浴完毕走出，阿喀琉与海伦争吵。

第二十二章

一　海伦与赫克托同居了，但阿喀琉认为她还会回来。阿喀琉陷入抑郁，躲避所有人。

二　赫克托卖掉了独木舟，买了一辆他称作彗星的车，开始从事客运生意。

三　时光飞逝，阿喀琉和菲洛可提提不在意岛上的政府轮换，但普朗科特始终怀有历史负罪感。

第二十三章

一　正午，钟声响起，每一位公民都停下了手中的工作，静静伫立，游客仿佛置身庞培古城。

二　毛德看着窗外的风景，植物绚烂的色调让她想起死亡的秋色。这是干旱的季节。

三　海伦来找毛德借钱。尽管心怀不满，毛德还是拿了钱回来，但海伦已离开。

第二十四章

一　阿喀琉清晨出海，海燕一路相伴，他忽然觉得海燕其实是诸神的诱饵。

二　阿喀琉依稀看到那些尸体一一飘过，质疑自己存在的意义。

三　阿喀琉的独木舟在星光照耀下航行，海燕指引他。

第三书

第二十五章

一　阿喀琉回到欧洲人贩运黑奴时代之前的非洲，在一条陌生的大河上划行。

二　阿喀琉沿刚果河的支流来到一处村落，在欢迎的人群中，看到父亲向他走来。

三　阿喀琉与父亲阿弗拉比交谈，时光是他们的翻译。阿弗拉比问阿喀琉的名字的含义。

第二十六章

一　阿喀琉在族人之间安顿下来，有一天他来到林中，呼唤众神，但神没有回应。

二　阿喀琉感到与族人格格不入，独自对着河流沉思，希望能够忘记未来。

三　阿喀琉梦见自己在海底走了三百年，回到圣卢西亚，醒来时却发现自己仍在部落的草屋中。

第二十七章

一　部落被袭击，阿喀琉的族人有十五个被贩奴人抓获。

二　阿喀琉回到浩劫后的部落，只看到一条狗和一个孩子。他知道未来的世界，却无法改变历史的走向。

三　阿喀琉伏击一个掉队的袭击者，用船桨砸烂了他的脑袋，自己却被藤蔓绊倒。

第二十八章

一　阿喀琉听祭司吟唱，被奴役的人们远渡重洋，有的死在航行中，有的活了下来。

二　黑奴被铁链铸住，无法伸展，失去了原本的手艺。

三　海风把哭泣的黑奴塑造成了一个民族，词语消亡，语言改变。

第二十九章

一　海伦在赫克托的院子里晾晒衣服，担心阿喀琉失踪。她躺在床上，沉浸于对阿喀琉的性幻想。

二　菲洛可提提来看七个海洋，他为阿喀琉的失踪忧心忡忡，七个海洋预言阿喀琉还活着。

三　诗人成了前妻或情人（喀耳刻）眼中的恶魔或猪。阿喀琉踏上了回家的航程，三百年历史的变迁在头脑中闪过。

第三十章

一　阿喀琉苏醒。天空中，军舰鸟引领阿喀琉和同伴回家。

二　阿喀琉归来，载着同伴夜里捕获的金枪鱼。

三　阿喀琉受到渔民的欢迎，海伦出现在人群中又离去。

第三十一章

一　在阿喀琉脑海的雷鬼乐节拍中，印第安人冒着殖民者的枪炮冲锋。

二　阿喀琉帮七个海洋清理落叶，七个海洋告诉他阿鲁克泡母树名字的来源。阿喀琉发现了一块阿鲁瓦克图腾，在恐惧中扔掉了它。

三　七个海洋试图告诉阿喀琉命名的问题，讲述自己的印第安人记忆。

第三十二章

一　诗人去养老院探望母亲，她日渐衰老，记忆消散，但还是在恍惚中认出了他。

二　诗人走在故乡非洲的小镇上，既陌生又熟悉。

三　诗人乘飞机离开，透过悬窗看到下面的阿喀琉划着独木舟驶近了岛屿。

第四书

第三十三章

一　夏末秋初，诗人在美国新英格兰地区的长岛海湾漫步。

二　诗人回忆感情失败后在波士顿郊外的孤独生活。

三　诗人哀叹婚姻失败后空旷孤独的房子。

第三十四章

一　诗人从飞机上俯瞰达科塔，把自己的婚约比作撕碎的白云，进而联想到美国白人殖民者与印第安人之间撕碎的合约。

二　诗人进一步回顾印第安人的历史。印第安人失去了土地，表情呆滞一如他失去自己的女人。

三　凯瑟琳·威尔顿，苏部印第安头领的白人秘书，怀念自己不幸去世的儿子。

第三十五章

一　诗人沿着“血泪之路”考察印第安人历史。

二　凯瑟琳·威尔顿的自白。

三　诗人阅读凯瑟琳·威尔顿写给美国政府印第安监理官的最后一封信。

第三十六章

一　诗人参观波士顿的一家博物馆，从温斯洛·荷马的画作《墨西哥湾流》中看到了他的阿喀琉的形象。穿插麦尔维尔名作

《白鲸记》中关于肤色的种族主义描述。

二　诗人走过波士顿夜晚的街道，公交站一个白人女性投来警惕的目光，他意识到自己的另类，因肤色而产生的恐惧是无法治愈的。

三　诗人在新英格兰的海滩上和父亲的灵魂交谈。父亲告诉他，唯有看尽万事万物，才能回来欣赏圣卢西亚简约的美。

第五书

第三十七章

一　诗人来到欧洲旅行，第一站是里斯本，视线沿着相反的沙漏，看到大洋对岸的特立尼达和多巴哥首都西班牙港。

二　诗人回顾西班牙和葡萄牙在教皇亚历山大的调停下把地球分为两半的历史。

三　诗人比较葡萄牙和他的家乡对历史的不同认识和把握。

第三十八章

一　诗人来到伦敦，看到流浪水手形象的奥麦罗斯在圣马丁教堂的台阶上被教堂执事赶走。

二　奥麦罗斯坐在泰晤士河边，看驶过的船舶以及西敏寺在水面上的投影。

三　诗人对英国殖民主义的质问。

第三十九章

一　诗人来到都柏林，在修道院里回顾爱尔兰的历史及现状。

二　诗人沉思月光下的爱尔兰乡间景色，看到其中的仇恨。

三　诗人在利菲河边遇到现代派最伟大的小说家詹姆斯·乔伊斯的魂灵。

第四十章

一　诗人来到希腊的爱琴海岸，看到迷失的奥德修斯和他的船员。

二　奥德修斯的船员切换成了渴望回家的黑奴。

三　诗人依次来到伊斯坦布尔、威尼斯。

第四十一章

一　诗人讨论罗马和美国的共同点：都存在民主和奴隶制的矛盾。

二　诗人回到美国康科德，从美丽的风景中看到美国对印第安人的种族灭绝。

三　诗人回到波士顿湾，思考新英格兰的先验主义历史和美国对印第安人进行种族屠杀的关系。

第四十二章

一　沃尔科特在多伦多，被一个波兰女侍者的身世所吸引。

二　诗人想象凯瑟琳·威尔顿的逃亡。

三　幽灵舞即将开始。

第四十三章

一　凯瑟琳·威尔顿通过童年的水晶球玩具看到了幽灵舞，看到了美军对印第安人的进攻。

二　威尔顿来到大屠杀的现场。

三　场景从印第安人的奥麦罗斯，过渡到死去的凯瑟琳，最后到了波士顿，诗人忽然理解了“白”雪的意义。

第六书

第四十四章

一　诗人在一场大雨中想起阿喀琉、赫克托和海伦。

二　一月份，刮起了清新的圣诞之风，诗人却从下水道嗅到了死亡的味道。

三　对一月的颂歌。一月是回顾过去，展望未来的月份，不能因过去否定未来。

第四十五章

一　赫克托飙车，为了躲避一只小猪而冲出了路面。

二　诗人回到圣卢西亚，和出租车司机谈起了赫克托的死，反思自己对圣卢西亚之景、之人所持的视角。

三　出租车司机把车停在赫克托死亡的悬崖上撒尿，对诗人谈起了赫克托。

第四十六章

一　阿喀琉和菲洛可提提在赫克托的坟墓上哀悼他们的朋友。

二　海伦在赫克托死后的变化。

三　新月飘过赫克托的坟墓，菲洛可提提和阿喀琉分别承受自己的痛苦。

第四十七章

一　玛·吉尔曼参加弥撒，在记忆中搜寻能治疗菲洛可提提的药草。

二　玛·吉尔曼沿着山路寻找一种散发恶臭的植物。

三　对这种植物的起源的追溯：三百年前海燕从非洲携来。

第四十八章

一　诗人反思自己的失败的婚姻。玛·吉尔曼寻找药草过程中的反思。

二　玛·吉尔曼找回了自己真正的起源，听到蚂蚁用先祖的语言说话。

三　玛·吉尔曼结束了追寻，回到世间。

第四十九章

一　玛·吉尔曼让菲洛可提提浸泡在她采来的药草煮成的液体里。

二　菲洛可提提的伤口被治愈了。

三　诗人感觉自己也从加勒比海获取了治愈的力量。

第五十章

一　普朗科特回忆自己对伦敦的厌倦。

二　普朗科特已经不适应伦敦的暧昧、虚伪，更喜欢加勒比海的极端性。

三　毛德感觉到死亡将临。

第五十一章

一　普朗科特想起一天凌晨去教堂的路上，差点撞上赫克托一帮人，并和他们争吵。

二　普朗科特把毛德放在教堂门口，自己在周围街区散步。

三　普朗科特夫妇在回程的车上调情，但毛德闻到了死亡的味道。

第五十二章

一　毛德去世，普朗科特爬上床，躺在她身边。

二　普朗科特翻看抽屉里毛德的小物件，一幕幕的记忆涌来。

三　诗人从普朗科特和毛德身上看到了父母的影子。

第五十三章

一　诗人在毛德的葬礼上看到了菲洛可提提、阿喀琉和海伦。

二　诗人解释自己参加葬礼的原因，虽然对毛德所知甚少。

三　普朗科特随着棺材走过时向诗人、阿喀琉、菲洛可提提等人致意。葬礼结束后，海伦告诉阿喀琉她要回到他身边。

第五十四章

一　诗人在银行碰到排队的普朗科特。

二　诗人反思自己对海伦的着迷和普朗科特对海伦的爱，本质上没有不同。为什么把海伦当作历史重叠的阴影，而不是一个单纯的人？

三　诗人反问自己，什么时候才能脱离历史的负罪感。

第五十五章

一　玛·吉尔曼小店里的圣诞晚餐。天亮了，阿喀琉、菲洛可提提准备参加狂欢庆祝表演。

二　阿喀琉按照自己从梦中寻来的非洲传统，在海伦的帮助下男扮女装，准备去街上表演。

三　阿喀琉、菲洛可提提等人在街道上的表演。

第七书

第五十六章

一　诗人看到起伏的海浪漂浮着一颗头颅，看起来一会儿像奥麦罗斯，一会儿像七个海洋。

二　诗人沿着陡峭的崖壁走向海边，感觉大海是他最好的归宿。

三　诗人在海边和奥麦罗斯交谈，接受后者的教诲。

第五十七章

一　诗人和奥麦罗斯（不时又变为七个海洋）划船离开圣卢西亚的海岸。

二　两个人划到一处神秘的海湾。

三　七个海洋（奥麦罗斯）指给诗人看海湾下面的幽灵舰队。

第五十八章

一　奥麦罗斯（七个海洋）引领诗人来到但丁式的地狱，在硫磺中沉浮的罪人企图把诗人拖下去。

二　七个海洋（奥麦罗斯）对诗人的教诲。两个人在地狱的见闻。

三　诗人在地狱中经受了考验，认清了自己的使命。

第五十九章

一　诗人目睹大海无休无止的重新书写，反思自己的道路。

二　诗人反思自己的写作的意义，即使大海毫不关心。

三　阿喀琉鄙视游客的浅薄。

第六十章

一　狂风骤雨的大海似乎散发不祥之兆。阿喀琉和菲洛可提提痛恨堕落的人们对大海的贪婪索取。

二　两个人划船出走，来到另外一片海滩。

三　两个人在海中碰到一头鲸鱼，船差点被掀翻。

第六十一章

一　普朗科特怀念毛德。

二　普朗科特寻求玛·吉尔曼的帮助，看到了毛德的漂游之魂。

三　普朗科特在伤痛中渐渐找到了平静。

第六十二章

一　游客对岛屿的生态和人情的破坏。

二　诗人解剖希腊海伦和加勒比海的象征意义。

三　一群学童经过，他们只知道殖民者的历史，没有人教给他们圣卢西亚的本源。

第六十三章

一　玛·吉尔曼的侄女从乡下来，谈起竞选失败的“静电”移民美国的遭遇。

二　海伦来到玛·吉尔曼的小店买东西，玛·吉尔曼和七个海洋的闲话。

三　诗人认识到，海燕缝合了分裂的文本、分裂的世界。

第六十四章

一　诗人反思自己的写作，尽管田园之歌已逝，但还是要歌唱。

二　诗人剖析自己写作的象征和动机：海伦、海燕、奥麦罗斯。

三　阿喀琉在捕鱼、杀鱼的日常中找到了平静。大海依旧在咆哮。

译后记

《奥麦罗斯》的作者德里克·沃尔科特（Derek Walcott，1930—2017），出生于加勒比岛国圣卢西亚的卡斯特里，是闻名世界的诗人、剧作家。沃尔科特是加勒比海地区第一位获得诺贝尔文学奖的作者，被他的好朋友，同样是诺贝尔文学奖获得者的诗人布罗茨基称作迄今为止英语世界最好的诗人。沃尔科特的父亲有英国和荷兰血统，母亲有黑人血统。沃尔科特在《飞行号纵帆船》一诗中说：

我体内是荷兰人、黑人和英国人的血，
我或者什么都不算，或者是整个民族。

加勒比海地区的族群组成很复杂，既有印第安人的血统，也有白人殖民者和黑奴的血统。沃尔科特的身世既有个人的特殊性，也有这一地区的普遍性。如何认识这样一种复杂性，既是沃尔科特本人内心纠结的问题，也是晚近从殖民主义脱离出来的加勒比海地区人们共同的问题。沃尔科特代表“整个民族”的自信并不是与生俱来的，而是经过艰难挣扎后达到的认识。沃尔科特在大学时期写的《来自非洲的呼喊》一诗里说：

我这个被两种血液毒害的人，
从血管里便已分裂，我该如何选择？

曾诅咒过英治时期
醉酒军官的那个我，在非洲
和我热爱的英语之间何去何从？
背叛两者？还是全都回报？
我怎能面对那屠杀，平静超然？
我怎能背向非洲而活着？

沃尔科特从良心上站在被殖民者的一方，但却无法否认自己身上的白人血统，以及对英语语言的热爱，因此沃尔科特的身上充满了分裂和矛盾。如何调和这种兼具殖民者和被殖民者两种血统的矛盾，成了沃尔科特最为迫切的问题。他一生的事业和使命都在于弥合两者在他个人身份认同上造成的裂缝。这种身份的特殊性在他的笔下，被塑造成了一种现代社会的普适性，可以说不仅抓住了加勒比海的命运和脉搏，也抓住了当代全球化、后殖民社会的脉搏。

沃尔科特成长于一个卫理公会的信徒家庭，从小讲英语，而圣卢西亚的主流社会则信奉天主教，讲法语影响之下的克里奥尔语，沃尔科特14岁时在报刊发表的第一首诗，还曾因为宗教原因遭到批评。不可否认的是，这种矛盾给了他痛苦也给了他财富。接受这种分裂，并且弥合伤痛，在此基础上寻找一种新的身份认同、民族认同，这不仅仅是个人层面的心路历程，也是圣卢西亚乃至于整个加勒比海地区血统混杂的族群的公利所在。沃尔科特通过他的诗，在超越了个人有限性的层面上，实现了这一理想。2017年沃尔科特去世，他多姿多彩的写作生涯画上了句号，圣卢西亚为他举行了隆重的国葬，备极哀荣，这也证明了沃尔科特的成就不仅局限于他个人的挣扎和奋斗，而是推而广之，撬动了一个地区和民族的共同想象。

沃尔科特的父亲沃维克（1897—1931）是个业余画家和诗人，34 岁死于耳朵发炎，当时沃尔科特和双胞胎兄弟罗德里克只有一岁。沃尔科特在本书的第十二章提到此事，并且注意到父亲和莎士比亚的忌辰在同一天，病因相同，且两人都出身于英国的沃里克郡，所以不无揶揄地模仿父亲的口吻安慰自己：

> 我相信这些相似之处，给了你某些安慰。
> 死亡模仿艺术，呃？

如果说早逝的父亲给了沃尔科特一种精神上的向度，那么母亲则给他提供了物质上的保证。沃尔科特很小的时候就明确了自己的志向，继承父亲的绘画和写作事业。沃尔科特的母亲是学校老师，经常在家里给沃尔科特姐弟三人朗读包括莎士比亚在内的西方经典文学作品，浇灌沃尔科特心灵里父亲种下的文学种子。沃尔科特 14 岁的时候发表了平生第一首诗。尽管家境并不好，但是母亲还是筹了大约 200 元钱，按当时的标准算是一笔巨款，帮助沃尔科特在 20 岁左右出版了两本诗集，《诗 25 首》（1948）和《青年墓志铭：诗章 12 篇》（1949），每本大约定价 1 元钱，沃尔科特在大街上，在熟人和朋友之间兜售，可以预料的是，他没有收回成本。

沃尔科特是个多产的作家，一生出版过十几本诗集，近 30 部戏剧。他还是一个业余的画家，举办过画展。后来他在特立尼达创办了特立尼达剧院作坊，上演自己的剧本。很多戏剧都在探讨加勒比海地区的人和历史，著名的有《猴山之梦》等。他的作品视觉感、戏剧性特别强烈，也许根源于此。沃尔科特的职业则是教师。大学毕业后，20 世纪 50 年代和 60 年代期间，他先后在格林纳达、牙买加和圣卢西亚做过老师。80 年代的时候，沃尔科特来到美国，先后在波士顿大学、哥伦比亚大学以及哈佛大学教了 20 多年的书，和当时同在美国新英格兰地区教书的爱尔兰诗人希尼、布罗茨基交好，互相提携，互相鼓励。他每年往返于圣卢西亚和美国之间，深深植根于加勒比海的现实与传统的同时，也浸淫于西方经典及批评理论的氛围。《奥麦罗斯》就是这样一部把两者融为一体的作品。

关于《奥麦罗斯》

1990 年对沃尔科特来说是个特殊的年份，对他影响甚大的母亲于这一年去世，他文学生涯的巅峰之作《奥麦罗斯》也出版于这一年。《奥麦罗斯》是一本现代意义上的史诗，甫一出版便获得批评界强烈的反响，很大程度上帮助沃尔科特赢得了 1992 年的诺贝尔文学奖，是他一生中的里程碑式的作品。但《奥麦罗斯》并不是凭空冒出来的，从他 19 岁出版的长篇叙事诗《青年墓志铭：诗章 12 篇》对乔伊斯的《尤利西斯》的借鉴，到后来的自传体长诗《别有一生》（1973），500 多行的自传体长诗《飞行号纵帆船》（1979）等，沃尔科特一直都在发展、锻炼他在《奥麦罗斯》才登峰造极的一种缩小版的奥德赛：一个反叛的本地身份的流浪者。

“奥麦罗斯”是现代希腊语“荷马”的意思（见第二章第三节对奥麦罗斯的音节剖析），顾名思义，本书和荷马史诗有着紧密的联系。《奥麦罗斯》一书在情节上是一个双层结构，下层

"基础"是沃尔科特歌颂的对象，如加勒比海地区的黑人渔民、女佣、养猪人等，上层"建筑"则是荷马史诗，包括《伊利亚特》和《奥德赛》。前者是实写，后者是象征。两者之间的关系既是平行的，又通过天气、风景、故事等不同层面时刻进行着象征和意义的相互交融。很明显，这种对应结构的灵感，来源于伟大的现代主义代表作，乔伊斯的《尤利西斯》。沃尔科特在本书的第三十九章有专门一节叙述他和乔伊斯的"魂灵"在爱尔兰的酒吧里见面。

《奥麦罗斯》有四条主线，《伊利亚特》的影响主要在第一条主线，即关于两个加勒比海渔民，黑奴后代阿喀琉和赫克托，争夺美丽的女佣海伦的故事。在荷马史诗中，希腊联军的阿喀琉斯杀死了特洛伊的赫克托，但两人并非争夺海伦的直接竞争对手。在《奥麦罗斯》中，和希腊英雄同名的阿喀琉并没有被射中脚踵，赫克托也并非死于战场，而是死于车祸。但是对海伦的争夺是两部史诗共同的主题，也是所有情节推进的原动力。圣卢西亚的别名叫做"西印度群岛的海伦"，从17世纪开始到近代，英国和法国为了控制圣卢西亚，曾经爆发多次战争，圣卢西亚在这两个帝国主义国家之间十二度易手。英国和法国的生死之争，类似于希腊联军和特洛伊的战争，起因也都在于"海伦"。所以，诗中对海伦的争夺获得了更大的历史背景和象征意义。这些相似性或对应关系似是而非，似非而是，与其说是作者有意而为的复杂精妙的设计，不如说是一种戏剧灵感的爆发，或者是一种信手拈来的必然和巧合的结晶体，因为所有的巧合汇集起来，便形成了本书庄严的戏剧性的必然。在第五十六章里，荷马来到了现代，问作者你们是否还在以美的名义为了一个女人打仗。沃尔科特回答，对民族的爱才更伟大，这构成了对全书建构在以海伦之美为主题的基础的反思。

第二条主线是关于英国二战退休军官普朗科特和妻子在圣卢西亚的退休生涯。普朗科特沉醉于历史，想给圣卢西亚写一部历史，给海伦正名。因为他没有子嗣，所以他从18世纪的历史中找到一个同名的人当做自己的儿子，编制家族年谱。诗中以18世纪的普朗科特海军准尉为引子，描画、勾勒了一场波澜壮阔的英法大海战。这条线其实暗合于奥德赛在海上的流亡，忒勒玛科斯对父亲的寻找。另外，普朗科特和妻子有隔阂，所以整天在历史中徜徉，好像迷路的奥德修斯，而妻子则像佩涅罗珀，她主要的活动就是编织一条丝被——虽然没有像佩涅罗珀织了拆拆了织，却也似乎永远都织不完，在孤独的精神世界里等待普朗科特的回归——虽然并没有一众追求者围在她身边。

第三条线是关于作者本人的旅程，他从加勒比海一路来到欧洲的葡萄牙（殖民主义的起源国），再到英国（殖民主义达到巅峰的国家）、爱尔兰（曾为殖民地）、威尼斯、伊斯坦布尔等地，其中这些一度辉煌的殖民帝国，现在都沉浸在落日的余晖之中，然后作者回到北美洲的波士顿，他婚姻失败的地方，继而往西，沿着印第安人的血泪之路，一直到了达科他大平原，看到美国殖民者对印第安人的屠杀，最后返回加勒比海参加赫克托葬礼。在书的末尾，作者终于认识到把历史强加于加勒比海和海伦的谬误，从而把大海还给大海，把历史还给历史，得到了某种程度的救赎，这也大致相当于奥德修斯流浪的旅程最后的终结。

如果说第一条主线主要是以《伊利亚特》为映射结构，那么第二、三条主线则是以《奥德赛》为映射结构。其实，在第一条主线从圣卢西亚充分展开之后，作者让阿喀琉从梦中返回500多年前的非洲，追溯自己的本源，已经开始了对奥德赛的映射。但这个惊人的奥德赛并无法改变祖先被贩运为黑奴的命运，相反，作为现代人的阿喀琉在自己的族人之地却感到格格不入。这个梦幻中的奥德赛改变了史诗的走向，以此开始了作者去北美和欧洲的对意义的追寻之旅。

贯穿始终的另一条主线则是菲洛可提提的伤口。菲洛可提提的伤口在脚踝，是被一个生锈的锚擦破的，无法治愈，发出恶臭；荷马史诗中的同名人物也是因为同一个部位的伤口被希腊联军放弃，而他的痊愈，成为希腊联军制胜的关键；正如《奥麦罗斯》中，菲洛可提提的治愈，似乎让所有的矛盾得到了解决，象征了某种意义上的救赎。整本书开始于菲洛可提提的伤痛，结束于他伤口的愈合，以及一个民族屈辱之痛的解决，是一个把所有情节串联起来的线索。

每一条主线都不是单纯的线性发展，而是空间和时间互相穿插的蒙太奇。时间上，前一章我们还在当代的圣卢西亚，下一章就出现在 18 世纪的荷兰军港，英法大海战的战场，或者是 500 年前的贩奴贸易开始阶段的非洲，19 世纪美国殖民者屠杀印第安人的被白雪覆盖的现场。在空间上，除了从加勒比海到欧洲和美洲的旅行，作者不时诉诸一个空间上的“对跖点”概念（见第三十七章），比如大西洋对岸同一纬度的城市的关系（里斯本和西班牙港）；从象征意义上说，对跖点好像一个 X 形可以翻转的沙漏。在时间上，作者也不时寻找互为象征的对跖点，比如双头的一月，因为一月 Janus 是罗马神话中的双头神，同时可以望见去年和今年。沃尔科特对这些对跖关系非常着迷，把象征的维度扩展到了时间或空间的剪切应力之中，也深入到了裹挟着繁多的器物、词语、现实和神话人物的血管里，反复呼应，不断强化，回旋往复如洋洋大海之层波叠浪。

除了荷马史诗，《奥麦罗斯》的很多情节和西方诸多史诗也有一些或明或暗的“对跖”关系。比如，《奥麦罗斯》中作者“父亲”对沃尔科特的引导，很容易对应于《神曲》中维吉尔和但丁的关系。而迷惘的作者渴望得到父亲的教诲，岂非现代版的忒勒玛科斯？另外，儿子（沃尔科特）在恍惚中或梦中和父亲相见，并听取父亲的建议，也很容易让人联想到《埃涅阿斯纪》里埃涅阿斯和父亲在地狱里的会面，以及父亲给埃涅阿斯的预言。荷马在本书中以一个水手和盲人的形象出现，引导诗人穿过硫磺泉，看到在地狱火坑里挣扎的各色人物，则完全是从《神曲》中拿来的炼狱景象。盲人“七个海洋”是与瞎子歌手荷马对跖的可以相互替换的另一极。这种和经典的对跖关系在诗中大量存在，体现了作者对西方典籍的熟悉程度。他对西方典籍驾轻就熟的引用是如此华丽，就好像一位随手挥洒的画家，千万个笔触中，每一个笔触都可以映照出或塞尚或毕加索或凡·高或莫奈的影子，而所有这些强力笔触结合起来，却毫无违和之感。

这种影响的多元性和复杂性，似乎完全没有在沃尔科特的身上激起任何“焦虑”。事实上，著名的美国批评家哈罗德·布鲁姆一方面推崇沃尔科特，另一方面又曾批评过他对西方同行和前辈比如哈特·克兰等人的模仿。我觉得布鲁姆的批评令人难以置信，因为，对布鲁姆来说，一个西方的诗人可以对前辈进行创造性的“误读”，为什么沃尔科特的“误读”就是拙劣的呢？难道因为沃尔科特不是白人，没有合法继承西方文化的权利？布鲁姆的批评在此不无自相矛盾的地方，一方面把“误读”解释为必然、必需的文学创造力，另一方面却把传统之外的“误读”想当然地当作了一厢情愿的模仿，而不是对文学疆域的拓展。沃尔科特对西方经典的熟悉，远远超过大多数西方人，他在诸多先辈文学大师的雕像下闲庭信步，自在闲逸，就好像漫步在自家后院，完全没有任何焦虑。这个可能超出了布鲁姆的思考范围。沃尔科特从中心的边缘进入了中心，这不是一件容易被“中心”接受的事。布罗茨基说，长期以来，英语文学很难接受这样一个异类，因为沃尔科特这个“外来者”写出了更伟大的英语文学。布罗茨基认为，帝国溃散了，支撑帝国的往往是边缘省份对帝国文化的偏执守护。沃尔科特执教的美国学院里，英语文学的中心在各种“后”主义的解构下轰然倒塌，大家全都戴着显微镜解析权力关系，沃尔科特却能满腔热情地从事一个加勒比海身份认同的构建，这个真是历史和命运的双重嘲弄。

沃尔科特的对跖点偏移，也许就是一种带有他个人风格的“误读”吧。这种对跖关系，不光是和文学经典的关系，仅就作品内部而言，也存在大量诸如此类的情节上的对跖关系，比如，阿喀琉在500年前的非洲的情节中，有盲人祭司（荷马）在巡视部落屠杀的场景，这个主题在后面的章节里再次出现：美国军队对印第安人进行大清洗之后，剩下威尔顿一个人，在战场上巡视周围广大平原上被雪覆盖的血腥。英国退役军官普朗科特焦虑于没有子嗣，所以在历史中找到一个同姓的军官，大量寻找他的资料，这个情节对跖呼应了书中作者作为儿子对父亲沃维克（忒勒玛科斯对奥德修斯、维吉尔对但丁）的追寻。菲洛可提提的伤口，对跖呼应了作者婚姻失败后的心理挫败感，所以菲洛可提提的痊愈，也意味着作者走出失败的阴影，得到心灵的安宁。

虽然《奥麦罗斯》得益于荷马史诗、《神曲》《埃涅阿斯纪》《尤利西斯》等西方经典史诗的结构性影响，沃尔科特本人并不喜欢人们过分强调这首诗的史诗特性。在不同的场合，他极力淡化史诗对这首诗的意义。比如，他说作者本人在文本中的大量介入，就不是史诗的做法。而且诗中的阿喀琉、赫克托、菲洛可提提，作为他歌颂的对象，虽然有着希腊英雄的名字，却不过是普普通通的加勒比海渔民，没有在战场上立下不朽的功勋。他在本书中还有访谈录中提到，自己并没有从头到尾看过荷马史诗。他想让读者忘掉史诗的抽象而关注诗的具体情境，也就是加勒比海人民的生存。他的写作意义，正如诗中他借父亲之口而言，就是为那些在码头背煤炭的黑人妇女代言：

跟着她们的脚步，那些惯于攀爬的先辈
缓慢的节奏；没有她们，就没有你的作品，

因为正是那些以倍数增加的脚步双行体，
给了你最初的韵律。看啊，她们在攀爬，
不为人知；她们凭力气挣来铜板，而你，

……
被那力量和美刺伤，即承担了相应的使命

他父亲最后说，“现在就是你的机会，给那些脚步一个声音”。让那些黑人妇女踩着的木梯逶迤蔓延，成为现代的英雄双行体。对这些被历史压迫牺牲的同胞的爱和歌颂，成为沃尔科特一以贯之的主题，并体现于许多作品之中，比如早些年那首著名的《世界之光》。

对这些被历史抹杀的劳工来说，沃尔科特的歌颂也许并不是必要的，但对于沃尔科特的良心来说，却是无法回避的，虽然他的身上不光流着黑人的血，也流着白人殖民者的血。沃尔科特的位置是一个微妙的刀锋，必须踩着血和泪才能达到自我的和解。对这样的情感来说，最重要的也许不是纵容放大，而是必须直面之，不能从中滋生道德的优越感。所以，沃尔科特对他们的艺术处理，在对他们充满了爱和信心的同时，并没有回避他们的那些并不独有的问题。因此，沃尔科特加入史诗的因素，这并不是一个消极的因素，并没有抹杀作者的歌颂对象的声音，而是大大强化了弱者的历史回响，并且赋予他们多元化的声音，以及令人信服的性格特征。沃尔科特的价值取向，对一个当代中国诗人来说，很可能是不可思议的，因为当代中国诗人几乎已经丧失了这种对待“人民”的态度，人民更多是晦暗不明的。中国诗人对沃尔科特的美学期待似乎更多集中在技巧和殖民身份认同上。考虑到我们不同的社会制度，这种反转的态度似乎颇有一点讽刺意味。

当然，从一个当代中国人的角度来看，沃尔科特把旅游业当作西方人对圣卢西亚的再殖民，未免有嫌简单化，对旅游时代（即“后殖民”时代）之前（也就是殖民时代）的怀旧也有点奇怪，我能想象到，这些处理可能会成为某些道德原教旨主义者的攻击目标。沃尔科特在几次访谈中也谈过，也许是因为他的童年时期已经是殖民时代的末路的缘故吧，他本人从来没有经历过残酷的事情，所以，尽管从认知上讲，他完全了解殖民主义的罪恶，却无法不对以前殖民时代的日子怀有某种特殊的情感。在《奥麦罗斯》中，作者也对自己宁愿圣卢西亚停留在过去的想法进行了反思。不管怎样，必须认识到，《奥麦罗斯》的反思性声音，来自一个出生于加勒比海地区，但是浸淫于西方学院传统中的知识分子，作者忠实于自己的视角，挣扎、游走于自己身上相互冲突的不同身份之间，最后达到了某种程度的和解。整部书是从上而下的，而不是从下而上的。作者在“独眼巨人”的注视下，海螺O的回声里，海燕十字架的象征里，让圣卢西亚这个殖民主义反复争夺、蹂躏的对象，成为历史的主体，本身已经是一个几乎是悲剧性的创举。苛责其知识分子视角、西方历史和经典的俯瞰，便意味着对作者身份认同的复杂性的漠视，是一种道德或艺术洁癖。

讨论《奥麦罗斯》，有很多有意思的切入点，也有很多话题可说，每一个切入点和话题都可以发展成一本书的规模。而事实上，关于这本书的研究也确实非常之多，相对于《奥麦罗斯》的复杂程度，一点都不令人意外。沃尔科特多次说，他的本意并非把这本书写成一个供学者们钻研的谜语般的文本，然而《奥麦罗斯》对殖民主义、后殖民主义的指涉，对西方经典的大量运用，给喜欢勾陈索引的学者们提供了一个绝佳的探索空间。限于篇幅，无法介绍这些学术上的研究，有兴趣的读者可以自行发掘。我在翻译的过程中，心中的理想读者是欣赏诗歌的普通人，而不是研究文本的学术人员。我个人希望《奥麦罗斯》首先能被当作一首诗来读，虽然这首长诗、史诗的价值，如其他文学作品一样，不仅仅在于其文辞，还在于修辞所表达或象征的理想或现实，而且两者往往无法简单地切割。《奥麦罗斯》不是一部简单的单线条的作品，其复杂程度不是文化研究的解剖刀可以全部分解的，需要读者全身心投入、体验才能有所获得。因此，我提供的注释主要是为了欣赏诗歌的读者之方便，尽量简明扼要，绝不多言，一旦与正文激发出互文的关系便及时停下，以免生出阻隔。

关于《奥麦罗斯》的翻译

不知道为什么，国内很多人觉得《奥麦罗斯》是一本很难的书，难在哪里却不知其然，也许是因为“难”，所以不知其所以“难”吧。三年多前，广西人民出版社的编辑吴小龙问我有没有兴趣翻译，我心里对这本书也挺发憷的，所以没加考虑便决定拒绝。过了一阵子，我却想：这不正是一个挑战吗？与其让时间白白浪费了，不如强迫自己做点事。我翻译的目的主要是学习，如果对我自己的写作有帮助，就会去做，否则，很难有动力去做这种吃力不讨好的事。而《奥麦罗斯》这部史诗，肯定有值得认真学习的地方。

我在翻译过程中发现，《奥麦罗斯》并没有想象的那么难，其实应该算是简单的，因为除了个别地方，基本没有文字障碍。一路畅通，非常顺利。但是翻译到一多半的时候，我逐渐认识到，对沃尔科特的译者来说，难处原来根本不在于对原文的理解，而是如何在汉语中找到一种适合他的风格。据作者在访谈中说，《奥麦罗斯》诗行基本是六音步抑扬格。全书除了第三十三章第三节使用了抒情性的双行体，全都采用但丁《神曲》的“三行体”（terza rima），也就是三行一节，但并没有按照神曲的 aba，bcb，cdc…格式押韵。事实上整首诗除了个别地方，看起来更像是既不押韵，也不尊奉抑扬格的自由诗。作者还谈到没有采用荷马史诗的五音步的原因，据他说因为五音步容易造成双行（couplet）的整饬和停顿，妨碍诗行的流动性。而六音步，加上但丁的三行体，就更有滚动发展的动力。沃尔科特对韵律的态度介于布罗茨基和希尼之间。布罗茨基是讲究押韵和格律的，希尼是不讲究的，而沃尔科特虽然强调格律，并且对美国的文学教育对格律分析（scansion）的缺失深恶痛绝，但他自己的诗歌实践却受到了激进现代主义的部分影响而并没有严格遵照格律，几乎完全避免了规规矩矩的尾韵。

初稿我尽量按照原文，不避繁冗，亦步亦趋，但是这样做的结果就是诗行太过臃肿，完全没有紧张感，好像下游建了水坝的大河，水流速度减缓，携带沙子流动的速度也随之减缓，沙子慢慢沉降，造成壅塞。我觉得初稿并没有达到我的期待。我认识到，能供我借鉴的文风并不存在。比如，我不可能伪造一种在文学界备受推崇的《圣经》和合本那样的语言，因为我深信，每个时代的翻译都应该借鉴并回馈当下、当地的语言。我也不可能完全逐字逐句逐词地去硬译，那样做就是彻底的偷懒，而且翻译出来的效果惨不忍睹，不像我此前翻译弗罗斯特和希尼，很多时候"直出"的效果就已经非常好，多加篡改反而是失败。沃尔科特"直出"的效果就是拖沓、重复，完全没有原文的效果。

比如，沃尔科特继承了荷马史诗语言上的一些程式化做法。荷马史诗的很多名词前都冠有一个与之固定匹配的形容词，如同《水浒传》里人物的绰号，一提到大海，便是葡萄酒黑的大海，一提到维纳斯，便是玫瑰色手指的维纳斯，等等。沃尔科特一提到波浪，便是蕾丝边的波浪，一说船桨，就说船桨之矛，等等，把这些固定搭配无数次地重复强化。而且此类称号式的形容词临时搭配也很频繁，甚至在一行诗句中有两个或两个以上，这便给翻译带来了很大的挑战，因为节奏感和忠实性很难得到平衡。但是，这些程式化的东西乍看似乎是重复，其实是一种强烈的口语化史诗文学的风格，必须忠实保留。

在一个一个处理这些具体问题的过程中，我认识到直译或者意译不是非此即彼的站队，也不能作为一个一般性的原则一刀切。假如说，我们可以把直译和意译作为一把刻度尺上的两个极端。那么绝对的直译在一端，也就是音译，其翻译实践除了地名人名也不是没有别的做法，比如佛教中的咒语。次一级的直译，就是逐字逐句对应，语序不做调整，完全遵照原文。这里已经有译者介入的问题了，因为逐字逐句不一定能处理原文的双关，目标语言中的对应也不一定有原文词语的色彩，甚至会多了原文没有的色彩和含义。再次一级的直译，就是可以调整语序，也可以不一定逐字逐句，但是不增不减。这样一直下去，直译的成分愈少，意译的成分愈多，一直到另外一个极端，也就是完全的意译，完全的再创作。我认为好的翻译必然介于两个极端之间，而且如果允许的话，要尽量往直译的一端靠近。这个度的把握应该随着翻译对象的不同而调整。

所以，在翻译沃尔科特的时候，每一个句子，每一个词，都会面临一个决断，不是选择直译或者意译，而是在这两个极端之间找到一个合理的着力点，这种时刻把握平衡的技巧好像在踩高跷，轻重缓急，不能错乱，也好像一个歌者，假嗓子和真嗓子在一句唱词之间多次交替运用，还得让人沉浸其中，完全感觉不出突兀。认识到这点，原则问题就得到了解决，剩下的就是技术问题，一切都好办了。我的根本当然还是直译，但是必须切磋琢磨，务求再现沃尔科特的文风和声音，虽然这需要译者的创造性介入，但我认为，“直”在其中矣。

第二遍修订我一改初稿为了完全模仿原文而造成的拖沓和漫无边际的恣肆。形式上要大致整饬，以约束溢出；个别用词尽量简洁，在简洁和拖沓之间找到一个尽量更靠近前者的平衡点。越靠近直译的一端越好，直到文辞的准确性、连贯性，或者文辞的顺畅程度达到自己的要求。这个过程当然不是数学上的加减，而是凭着译者的经验，其成败自然也取决于译者的经验。在第二遍改完之后，我又重读，觉得还可以再简洁一点，以便把张力压缩在更短的诗句之中，从而起到加大诗句的爆发力的目的，于是立刻着手修改第三稿。最终的效果是，相对于二稿，三稿的每个句子都少了两三个字的样子，全诗一下子精悍了起来。因为有些地方形式上太整饬，所以会有意造成一两个字的参差；有些地方还是不够整饬，所以会有意识地加强形式上的张力。通过形式上的调整，我觉得，诗行的流动性增加了，而长诗的恣肆却并没有减弱，反而因为体量的原因，显得更加洋洋大观了。

每一次修订的工作量之大，几乎比得上初稿的翻译了。因为这是一首长达七书六十四章的长诗，不算空行差不多 8000 多行，翻译这样的长诗，不可能没有一个一以贯之的原则，但是这个原则却不是一蹴而就的，而是在反复摸索中，在山重水复疑无路中，逐渐成形的。一旦成形，则意味着全书都得根据这个原则进行统一。修改一个句子就意味着整部书的节奏的改变，不像翻译选集，对其中一首诗的改动不会影响诗选集中其他诗的节奏；而更像是一条长蛇，捋一下全身都得颤动，所有诗行的节奏都得调整。

每一个作者都有自己的风格，翻译的原则也必须随之调整。一味执着于直译或意译的原则性问题，而不落实到每词每句的选择，往往沦为空话。如果在翻译原则上执于一端，非得用死去的古语强拗，那么就是昧于原则，从根本上就错了，或者说完全不适用于其翻译对象，具体的实践可想而知。说了这么多，具体效果如何，一切还得交给读者评判、检验。

本书翻译得到了很多无私的帮助。胡一红最早帮我审读了初稿，广西人民出版社的卢秋韵帮我按原文校对了一遍，指出了很多错误，并帮助我编译、撰写了附录的情节梗概，非常感谢！《奥麦罗斯》的翻译是一个庞大的工程，因为时间紧，译者水平有限，错误之处在所难免，敬请读者不吝批评指正！

译　者

2018 年 6 月

桂图登字：20-2014-072

图书在版编目（CIP）数据

奥麦罗斯/（圣卢西亚）德里克·沃尔科特著；杨铁军译.—南宁：广西人民出版社，2018.10（2022.11 重印）
（沃尔科特系列）
书名原文：Omeros
ISBN 978-7-219-10644-0

Ⅰ.①奥… Ⅱ.①德… ②杨… Ⅲ.①诗集—圣卢西亚—现代 Ⅳ.①I766.25

中国版本图书馆 CIP 数据核字（2018）第 139943 号

奥麦罗斯
AOMAILUOSI
［圣卢西亚］德里克·沃尔科特/著　杨铁军/译

出 版 人　韦鸿学
责任编辑　吴小龙　许晓琰
书籍设计　刘　凛

封面油画　《墨西哥湾流》局部（温斯洛·荷马）

出版发行　广西人民出版社
社　　址　广西南宁市桂春路 6 号
邮　　编　530021
印　　刷　恒美印务（广州）有限公司
开　　本　889mm×1194mm　1/32
印　　张　16.75
字　　数　405 千字
版　　次　2018 年 10 月　第 1 版
印　　次　2022 年 11 月　第 2 次印刷
书　　号　ISBN 978-7-219-10644-0
定　　价　78.80 元